Als Herzenslied
zum 3.2.98
von C.

E. Annie Proulx
HERZENSLIEDER

E. Annie Proulx

# Herzenslieder

*Erzählungen*

Aus dem amerikanischen Englisch
von Michael Hofmann

List

Die Originalausgabe erschien unter dem Titel H*eart Songs and Other Stories* 1988 im Verlag Simon & Schuster, Inc., in New York.

Der List Verlag ist ein Unternehmen
der Econ & List Verlagsgesellschaft,
Düsseldorf und München

ISBN 3-471-78432-2

# INHALT

# AUF DEM ANTLER

Hawkheels Gesicht war so fein gerunzelt wie auf einer Wiese getrocknetes Leinen, sein schmaler Rücken gebeugt wie ein Ast unter der Last des Schnees. Noch immer verbrachte er den größten Teil seiner Zeit in den Wäldern und an den Flüssen; es waren angenehmere Tage als damals, als er noch der halb wilde Junge war, der keuchend die schlammige Holzfällerstraße entlangrannte und Äste zertrümmerte, um das in der Ferne leiser werdende Dröhnen des Schulbusses zu übertönen. Damals hatte er Bücher gehaßt, alles außer dem Wald verabscheut.

Doch dank der Schlaflosigkeit des Alters las er die halbe Nacht lang; die mit Patina überzogenen Wörter glitten unter seinem Blick dahin wie ein über polierte Steine strömender Bach: Bücher über Wildgänse, die richtigen Insektenlarven für Bachforellen, auf Schnee ausschwärmende Wölfe. Er ging seine Kataloge durch, malte rote Sternchen neben die

Bücher, die er kaufen konnte, und schwarze Kreuzchen gleich winzigen Grabmarkierungen neben die Raritäten, die er sich nie würde leisten können: Halfords *Floating Flies and How to Dress Them*, Lanmans *Haw-No-Noo*, Phillips *A Natural History of Ducks* mit Farbtafeln, so schön, als wären die wilden Wasservögel wie Blumen zwischen den Seiten gepreßt worden.

Sein Wohnwagen stand am Nordufer des Feather River im Schatten des Antler Mountain. Die paar Tausend mickrigen Quadratmeter waren alles, was ihm vom ererbten Grund geblieben war. Er hatte ihn nach und nach verkauft, seit Josepha ihn verlassen hatte und ihm nur noch der Wohnwagen, vierzigtausend schwammige Quadratmeter Sumpfland und die Schecks von der Sozialhilfe geblieben waren.

Trotzdem hielt er diesen Abschnitt seines Lebens für den besten. Er hatte das Gefühl, als wäre er in seichte Gewässer gelangt, nachdem er länger als ein halbes Jahrhundert über Stromschnellen gefahren war. Er war froh, daß er das Paddel weglegen und sich den Rest des Weges treiben lassen konnte.

Im ganzen Chopping County hatte er seine geheimen Plätze; die suchte er auf wie Kreuzwegstationen; der Reihe nach, voll Ehrfurcht und in Erwartung von Erträgen. Ende Mai folgte er den Forellen die schmalen, sonnenwarmen Bäche hinauf, warf die Angelleine geschickt zwischen den Ulmen hindurch aus, zertrat dabei Farne, deren abgeknickte Halme einen flüchtigen, bitteren Duft verströmten. Im Oktober senkten sich Nebelschwaden auf ihn, wenn er durch die aufgeweichten Goldruten-Wiesen watete und auf Waldhühner lauerte. Und in der dumpfen Novemberstille war Hawkheel auf Hirschjagd oben am Bergsattel des Antler; während er mit dem Rücken an einer Buche lehnte, bildeten sich auf dem blauen Metall der Flinte gefrorene Eisfäden.

Die Hirschjagd war Abschluß und Höhepunkt des Jahres: der unwiderrufliche Schuß, die darauffolgende zerbrechliche, hallende Stille, der reglos am Boden liegende Bock, der Himmel wie gewölkter Marmor, aus dem Schnee feiner als Staub schwebte, und das Gefühl, daß ein Kreislauf vollendet war, wenn das erkaltende Blut in das tote Laub rann.

Bill Stong konnte die Dinge nicht ruhen lassen. Ihr Leben lang hatte Haß zwischen Hawkheel und ihm Funken geschlagen und war bisweilen aufgelodert, ein Haß, der nie ganz erlosch, sondern weiterschwelte, bis ein Windstoß die Flammen aufs neue anfachte.

In der Schule war Hawkheel der einzelgängerische Waldmensch gewesen, ein schwermütiges, aufmüpfiges Wesen, das durchs Hinterland streifte. Stong war ein Naseweis mit einer Ader für Gemeinheiten. Er ging mit seinem Vater und seinen Brüdern auf die Jagd und erlegte mit elf Jahren seinen ersten Bock. Wie hätte er auch danebenschießen können, dachte der unter Frauen aufwachsende Hawkheel verbittert, wenn er doch in einer großen Kiefer genau über einem Wildpfad saß und sein Alter im richtigen Augenblick flüsterte: »Jetzt! Schieß jetzt!«

Stongs Vater betrieb ein wenig Landwirtschaft, führte eine Futtermittelhandlung und bezog ein geringes Gehalt dafür, daß er den Dorfpolizisten spielte. Er schlichtete Prügeleien beim Tanz am Samstagabend, knallte Hunde ab, die Schafe rissen, und spürte manchmal Schulschwänzer auf. An einem Schultag wartete sein großes, narbiges Gesicht auf Hawkheel, als dieser morgens die Felsen zu einem Forellentümpel hinabglitt.

»Willst du mal wieder die Schule schwänzen? Da dein Alter nicht dazu in der Lage ist, werd ich dir eine Lektion erteilen, die du nicht vergessen wirst.« Er verdrosch Hawkheel mit einem zurechtgeschnittenen Eschenschößling und fuhr ihn dann zur Schule.

»Du schwänzt keine Schule mehr, Bürschchen, oder du kriegst es wieder mit mir zu tun.«

Im Klassenzimmer verriet ihm Bill Stongs ausweichender Blick, daß er verpetzt worden war. »Den schnapp ich mir«, sagte Hawkheel am Mittag zu seiner Schwester Urna. »Ich laß mir was einfallen. Der wird nicht wissen, wie ihm geschehen ist, wenn ich mit ihm fertig bin.« Das Spiel begann, und die Wut zog sich wie eine Fußnote durch ihr Leben.

Ende Oktober, am Sonntag vor seinem fünfzehnten Geburtstag, verlor Stong durch einen Zwischenfall, der die schlampige Haushaltsführung seiner Mutter ans Licht brachte, seine Familie.

Die Bauern in Chopping County weichten ihr Saatgut in Strychnin ein, um die frechen Krähen umzubringen, die sich mit den keimenden Körnern vollfraßen. Einer der Stongs, man wußte nicht wel-

cher, hatte die tödliche Lösung in einer großen Bratpfanne angerührt. Die Saat wurde ausgebracht und
die ungereinigte Pfanne unter das verrußte Eisenge-
schirr auf dem Boden der Vorratskammer geschoben, wo sie bis zum Schweineschlachten im Herbst
blieb.

Es war kalt und windig, die letzten Sommertage
waren unter stürmischen Böen in der Luft zersto-
ben. Stongs Mutter holte die Pfanne heraus und bereitete darin einen Schweinebraten, der ausreichte,
um die ganze Familie am Sonntag satt zu machen.
Das Schweinefleisch brachte sie alle um außer Bill
Stong, der sich gerade bei einem ersten schlüpfrigen
Abenteuer auf Willard Irons Heuboden wälzte. Das
Zusammentreffen von Eros und Tod warf einen
dunklen Schatten auf seine Jugend.

Während Stong älter wurde, ließ er die Farm verkommen. Er saß Jahr für Jahr in der Futtermittelhandlung und hörte in die Sammelnummern hinein.
Mit seinem scharfzüngigen Klatsch kratzte er an der
Hülle Fremder, bis ihr Innerstes bloßlag. Auf den
Tanzvergnügen am Wochenende tauchte er allein
auf; er selbst tanzte nie, sondern sah zu, wie die
Frauen vorbeigaloppierten; ihre bedruckten Blusen
unter den Armen waren feucht vor Schweiß und ihre
Röcke klebten an den heißen Beinen. Nachts spazierte er durch die Stadt, um zu schauen, welche von
ihnen die Fensterläden offen ließen. Er erschien un-
eingeladen bei Kirchenessen und Kartenspielrunden,
kitzelte saftige Geschichten aus den Leuten und be-
schmutzte die Abwesenden mit gemeinen Andeu-
tungen. Oft zog er seine messerscharfe Zunge an den

13

Fehlern und Schwächen seiner verstorbenen Eltern ab, als käme er gerade frisch von einem erbitterten Streit mit ihnen; bei anderen Gelegenheiten bezeichnete er sie mit tränenerfüllter Stimme als Heilige.

Stong spielte Hawkheel immer wieder auf seine kleinliche Art übel mit. Nachdem Hawkheel mit der Landwirtschaft angefangen hatte, stellte er ein- oder zweimal im Jahr fest, daß jemand den Briefkasten umgeworfen, Wasser in den Treibstofftank des Traktors gekippt oder das Tor geöffnet hatte, so daß die Kühe auf die Hauptstraße liefen. Er wußte, wer dahintersteckte.

Trotzdem kaufte er weiterhin sein Getreide in der Futtermittelhandlung, bis Stong ihm von Josepha erzählte. Stongs Augen leuchteten wie die einer gefräßigen Stallkatze, die gelernt hat, die Mäuse in Butter zu braten.

»Mensch, jeder in der Stadt weiß, daß sie's treibt, bloß du nicht«, flüsterte er. Er verschlang Hawkheel mit den Augen, preßte aus seinem bedauernswerten Zustand den letzten Rest Saft.

Es war kalt im Laden, und die Fenster waren mit Getreidestaub überzogen. Hawkheel spürte das feine Pulver zwischen den Fingern und in seinem trockenen Mund. Sie starrten einander an, dann hastete Stong durch den ins Haus führenden, kalten Gang davon.

»Jetzt kriegt er sein Fett weg«, sagte Hawkheel zu Urna. »Ich könnte ihn draußen im Wald festbinden und ihn den Hunden überlassen. Ich könnte ihm jederzeit was wirklich Schlimmes antun, aber ich will sehen, wie weit er geht.«

Stong spielte allen übel mit. Der Umsatz der Futtermittelhandlung ließ nach, und es gab so manchen, der wie Hawkheel ausspuckte, wenn er den schwarzen Pritschenwagen aus der Stadt fahren sah, während Stong seinen großen Kopf hin und her drehte, um auch ja alles mitzukriegen, bevor der Wald sich um ihn schloß.

Lange Zeit fand Urna Ausreden für Stong, behauptete, der Tod seiner Eltern habe ihn »gekippt«, als wäre er eine bei schwülem Wetter sauer gewordene Schüssel Milch. Aber als Stong den Wildhüter wissen ließ, daß in ihrem Keller eine Sommerhirschkuh lagerte, hängte sie sich ans Telefon und redete Hawkheel die Ohren heiß.

»Leverd, was für ein Mensch ist das, der seinen Nachbarn verpfeift wegen Hirschfleisch, das er genauso gern ißt wie alle anderen auch?«

Hawkheel hatte eine Antwort, behielt sie jedoch für sich.

Ein paar Jahre, nachdem Josepha ihn verlassen hatte, begann Hawkheel, sich tief in Büchern zu vergraben. Er war auf der Versteigerung von Mosley und hoffte, die Schrotflinten würden bald aufgerufen, damit er der Menge entkommen und verschwinden konnte. Aber die Versteigerung schleppte sich hin, Hunderte Häkeldeckchen der alten Damen und ihre Patchwork-Decken gingen erst einmal an die Sommerfrischler. Hawkheel wühlte sich durch die Kisten auf der rückwärtigen Veranda, abseits des Lärms. Ein Buch mit dem Titel *Neue Abenteuer des einäugigen Wilddiebs* hörte sich gut an, und er stürzte sich darauf wie eine Schwalbe, die Moskitos über dem Wasser schnappt, mit einem Ohr hörte er auf das Geplapper des Auktionators. Er setzte sich auf das kaputte Verandageländer und las, bis der Auktionator, die Menge wie ein Gefolge hinter sich, nach hinten kam und rief: »Wer gibt mir fünf Dollar für die Kisten mit Büchern!«

Umgeben von diesen Büchern und Hunderten weiterer, die er über die Jahrzehnte dazugekauft hatte, genoß Hawkheel in seinem Wohnwagen die Einsamkeit.

Auch Stong war in seinem Laden immer häufiger allein. Während er älter wurde, schrumpfte seine Kundschaft auf ein paar bedrängte Bauern zusammen, die bei ihm kauften, weil sie es immer so gehalten hatten und weil Stong sie anschreiben ließ, bis ihre Milchschecks eintrafen. Telefongespräche mitzuhören genügte ihm jetzt nicht mehr; er unterbrach Gespräche, rief: »Aus der Leitung! Ich hab nen Notfall!«

»Wenn du mich fragst«, sagte Urna zu Hawkheel, »dann ist er nicht ganz richtig im Kopf. Sein einziger Notfall ist er selbst. Paß nur auf, eines Tages finden sie ihn auf dem Küchenboden liegen, steif wie ein Stallnagel im Januar.«

»Wenn ich mit ihm fertig bin«, sagte Hawkheel, »dann ist er bestimmt steif.«

Irgendwann würde Stong vielleicht mit einem blechernen Scheppern auf den Küchenboden fallen, aber als er die Sechzig überschritt, wurde sein Haar platinweiß und sein Gesicht so dünn, daß die hervortretenden Knochen ihn zu einem gutaussehenden

Mann machten. Es war die Zeit, als Fremde in die Gegend kamen, die alten Farmen mitsamt dem Grund aufkauften und die Zuckersiedereien zu Gästehäusern umbauten.

»Bill, du siehst aus wie eine Figur aus einem Rupert-Frost-Gedicht«, sagte die Frau, die die Potter-Farm gekauft und tausend kümmerliche Birken auf erstklassigem Weidegrund gepflanzt hatte. Die neuen Leute hielten Bill für ein Original. Sie mochten seine Geschichten, sie lasen aus seinen faustdicken Lügen Moral heraus und ermunterten ihn zum Erzählen, indem sie in der Futtermittelhandlung herumstanden und Farmer spielten: Sie kauften Salzblöcke für das Wild, Sonnenblumenkerne für die Blauhäher und Maschendraht für die Hühner, die sie als Haustiere hielten und jeden Herbst verschenken mußten.

Stong setzte seine zerschlissenen Segel nach diesem neuen Wind. In seinen späten Lebensjahren wurde er zum erstenmal bewundert und beliebt, und er war dankbar. Er begriff, was die Sommerfrischler mochten, und ihnen zum Gefallen trug er armeweise Einweckgläser, Bücher, Werkzeug und andere Dinge aus dem Familienbesitz vom Haus in den Laden. Neben den Arbeitshandschuhen und der Eutersalbe breitete er auf den Regalen die Besitztümer vieler Generationen aus. Er füllte die staubigen Fenster mit Teilen alter Pferdegeschirre, hölzernen Spazierstöcken und angeschlagenem Porzellan.

Im Herbst lagerte er Munition für die Sommerfrischler ein, die für eine Woche Hirschjagd zurückkehrten. Auf dem Schild in seinem Fenster stand:

FLINTEN WINTERPELZE FUTTERMITTEL WEIN AN-
TIQUITÄTEN. Das war nur ein Bruchteil seines Ange-
bots, denn sämtliche Interessen und Unternehmun-
gen seiner Familie lagen kreuz und quer in den
Regalen, als wäre er mit einer Harke durch das Leben ihrer Mitglieder gefahren und hätte die Trüm-
mer im Laden aufgehäuft.

»Es heißt«, sagte Urna, »daß er alles rausgeholt
und ein Preisschild draufgeklebt hat, von Wasser-
kesseln bis zu Spinnweben. Du weißt doch, oder,
daß er die alten Bücher verkauft, die seinem
Großvater gehört haben. Sie liegen wie Kraut und
Rüben in der Scheune, wo die Mäuse sie anknab-
bern können.«

»Ach was«, sagte Hawkheel.

»Du wirst ja wohl hingehen und sie dir anschau-
en.«

»Na ja«, sagte Hawkheel, »vielleicht.«

Die Stone-Farm lag hoch oben auf einem Felsvorsprung, eineinhalb Kilometer Luftlinie flußauf-
wärts von Hawkheels Wohnwagen. Hawkheel hatte bei jeder Kurve das Gefühl, als würde sich ein
großer Bohrer in die Vergangenheit fressen. Er erinnerte sich nicht mehr an seine Fahrten als Er-
wachsener die Auffahrt der Stongs hinauf, entsann
sich aber mit lebhafter Deutlichkeit daran, wie er
auf dem staubfarbenen Beifahrersitz des alten Fords
saß, während sein Vater über eine Matte durchge-
weichten Laubs fuhr. Das Autofenster war heruntergekurbelt, und tief unten zertrümmerte der vom
Regen volle, reißende Fluß Felsbrocken auf seinem
Grund. Sein Vater fuhr ruckartig, er bewegte die

Lippen und führte ein geflüstertes Gespräch mit unsichtbaren Kobolden. Hawkheel hatte die Hand auf dem Türgriff liegen, falls der alte Mann auf den Abgrund zugesteuert wäre und er hätte springen müssen. Es war eine der letzten Erinnerungen, die er an seinen Vater hatte.

Die Farm, sah er jetzt, war heruntergekommen. Schon bald würden die Immobilienmakler danach greifen. Das windschiefe Holzhaus lief in einem langen Anbau und der Scheune aus. Der Laden befand sich noch immer in dem Anbau, aber Hawkheel nahm die alte Abkürzung hinten herum, fuhr durch die Brennesseln und erhaschte einen Blick durch das Ladenfenster auf Stongs weißen Kopf, der über einer Handvoll Papieren auf und ab hüpfte.

Die Scheune war von einem trüben braunen Licht erfüllt, das wie indische Seide mit glänzenden Fäden aus Sonnenlicht durchschossen war. Es roch schwach nach Äpfeln. Auf der anderen Seite der Wand schlug ein Hahn mit den Flügeln. Hawkheel schaute sich um und sah hinter den Getreidesäcken Hunderte von Büchern, manche in Kisten, manche in Regalen und auf Fensterbrettern gestapelt. Das erste, das er nahm, war eine unversehrte Ausgabe von Thad Norris' 1865 erschienenem *The American Angler's Book*. Er hatte es zu Hause in seinem Katalog für $ 85 aufgelistet gesehen. Stong wollte einen Dollar.

Hawkheel machte sich an die Kisten. Er holte Richter Nuttings hübsches Büchlein über Waldhühner heraus, *Die Geschichte eines von siebzehntausend Tagen*. In einer Kiste mit fleckigen Zeitschriften verbarg sich ein seltenes Exemplar von Halfords *Floating Flies* aus dem Jahr 1886. In der Schutzhülle hatte Stong mit Bleistift den Preis von $ 1.50 eingetragen.

»Mein Gott«, sagte Hawkheel. »Jetzt hab ich ihn.«

Er versteckte die wertvollen Bücher, indem er sie unter langweilig aufgemachte Werke über Kartoffeln und Feldvermessung mischte, und trug den Stapel in die Futtermittelhandlung. Stong saß an der Theke und bearbeitete die Rechenmaschine. Hawkheel fiel auf, daß er jetzt Overalls trug, dazu ein um seinen dicken Hals geknotetes Tuch. Er schaute sich um, ob irgendwo an einem Nagel ein Strohhut hing.

»Schön, dich zu sehen, Leverd«, sagte Stong mit öliger Stimme. Er plauderte und scherzte, als wäre Hawkheel einer von den Sommerfrischlern, zwinkerte und sagte: »Gib nicht dein ganzes Geld für Bücher aus. Spar dir was, um mal einen draufzumachen. Hast du die neuen Ruger-Flinten gesehen?« Ein milder und gereifter Stong, durch Bewunderung geläutert, dachte Hawkheel.

Die Bücher hatten Stongs Großvater gehört, einem Angler-Helden, dessen Name einst dank einer Rekordforelle in den Bostoner Zeitungen gestanden hatte. Die ausgestopfte und präparierte Forelle hing noch immer an der Ladenwand neben dem vergrößerten Foto des alten Mannes, auf dem sein zur Seite geneigter Kopf und hinter dem Oval der Brille seine milchigen Augen zu sehen waren.

»Bill, was nimmst du heute für deinen Großvater?« riefen die Sommerfrischler, die samstags den

Laden überfüllten, und Stong antwortete stets: »Ich nehm, was ich kriegen kann«, und machte Habgier zur ländlichen Tugend.

Auf einen Blick seines Zuhörers hin war Stong bereit, sich in seine Großvatergeschichten zu stürzen. »Der alte Depp hatte eine so weiche Birne, daß er durch Krähenstrychnin zu Tode gekommen ist.«

Voll Bücherstaub aus der Scheune, sah Hawkheel, daß Stong noch immer ebenso mühelos log, wie er Luft holte. Die Sommerfrischler standen um ihn herum wie lechzende Hunde, die auf die warmen Herzen und Lebern abgeschlachteter Hasen warten.

Stongs beste Kunden waren die Jäger im Herbst. Sie zogen wieder in ihre Sommerhäuser, nun ohne Frau und Kinder, verschürten das Holz, das sie im August bei Bucky Pincoke gekauft hatten, und ließen die Flasche Bourbon neben den Spielkarten auf dem Küchentisch stehen.

»Hartes Leben, was?« pflegte Stong jovial Mr. Rose zuzurufen, der mit seinen neuen roten L.L.Bean-Hosenträgern glänzte. Die Jäger kauften Stongs Messer und Munition und gingen mit verrosteten Fallen, abgenutzten Hufeisen und verbogenen Schürhaken wieder fort, die sie aus Körben mit der Aufschrift »Sammlerstücke« gezogen hatten. In den Taschen ihrer Jägerwesten steckten Flaschen von Stongs billigem spanischen Wein, der vom Stehen in der Sonne orange verfärbt war. Stong log ihnen mit seinen Märchen die Hucke voll.

»Ja«, sagte er, »darum heißt der Antler Mountain so, der Geweihberg, nicht weil es da oben irgendwelche großen Rehböcke gibt, die gibt's nämlich *nicht*« – er zwinkerte Hawkheel zu, der mit seinen seltenen Büchern, die er wie heiße Ziegelsteine hielt, in der Tür stand –, »sondern weil da oben vor Jahren ein Paar namens Antler wohnte, Jane und Anton Antler. Einfache Leute wie so manche Familie hier.«

Ein verschlagener Blick. Meinte er Hawkheels Vater, der mit feuchtem Kinn und zitternden Händen in die staatliche Irrenanstalt gekarrt worden war, weil er die Mistgabelzinken für Nattern hielt?

»Ja, sie hatten da oben eine kleine Hütte. Ernährten sich von Waschbären und Wurzeln. Dann bekam die alte Jane dieses Baby, das einzige, das sie je hatten. Es war ihr ein und alles, sie taten, was sie konnten, aber es überlebte ihre Fürsorge nicht und starb nach ein paar Monaten.«

Dann wandte Stong sich wie ein launischer Tenor ab und ordnete die Münzen in der Registrierkasse. Die Jäger rieben mit ihren weichen Händen über die Theke und bettelten um den Rest der Geschichte. Auch Hawkheel fragte sich, wie sie ausgehen würde.

»Tja, meine Herrschaften, sie konnten es nicht ertragen, das Baby in der Erde zu begraben, also steckten sie es in ein Zwanzig-Liter-Glas voll reinem Alkohol. Mein eigener Großvater – er stand immer hier hinter der Theke, wo ich jetzt stehe –, der hat ihnen das Glas verkauft. Wir haben früher so große Gläser geführt. Die kriegt man heute nicht mehr. Sie stellten das Glas mit dem Baby auf einen Baumstumpf vor ihre Hütte, wie wir uns vielleicht eine Gipsente auf den Rasen stellen.« Dann hielt er einen Augenblick inne, um die Wirkung zu steigern, und fuhr fort: »*Den Baumstumpf gibt's immer noch.*«

Sie baten ihn, hinten auf ihre Papiertüten eine Karte zu zeichnen und stiegen den Antler hinauf, um den Baumstumpf anzuglotzen, als wäre der Abdruck des Glases wie von einem heiligen Feuer hineingebrannt. Stong erzählte Hawkheel mit einem Lachen wie das Geklapper einer kaputten Rahmzentrifuge, daß sämtliche Äste des gefällten Ahorns in seinem Holzschuppen lägen. Für jede Lüge nahm Hawkheel sich drei Bücher extra.

Den ganzen Winter lang schürfte Hawkheel in der Buchmine in der Scheune, legte die guten Bücher zuunterst in den höchsten Stapel, damit keiner sie fand, kaufte immer nur wenige pro Woche.

»Tja, du wirst noch zu meinem besten Kunden, Leverd«, sagte Stong und blätterte in den schmalen, handgeschöpften Blattgoldseiten von John Beevers *Practical Fly-fishing.* Hawkheel schätzte den Wert des Buches auf dem Sammlermarkt auf $ 200, Stong wollte aber nur fünfzig Cent dafür. Hawkheel fürchtete, Stong könnte die Qualität des Papiers spüren, merken, daß es ein numeriertes Exemplar war, irgendwie den Seltenheitswert wittern. Er versuchte ihn abzulenken.

»Bill! Es wird dich interessieren, daß ich letzte Woche den schwersten Bock seit vielen Jahren gesehen hab. Ist ungefähr fünfundzwanzig Meter von meiner Stelle aus durchs Laub getappt.«

In Chopping County bezeichnete »meine Stelle«

den privaten Hochstand des Sprechers. Es war ein Bezirk, in dem die Jagd vom Ansitz aus gepflegt und gute Stände vom Vater auf den Sohn vererbt wurden. Hawkheels Stelle auf dem Antler trug ihm regelmäßig große Hirsche ein, für gewöhnlich die größten am Feather River. Stongs frühere bequeme Stelle auf der Kiefer war jetzt unbrauchbar, weil Sonntagsjäger von außerhalb des Bundesstaats sie entdeckt hatten, seine Böcke abschossen und unter dem Baum Bierdosen zurückließen, während er im Laden stand. Sie brachten das Wild zum Wiegen auf Stongs Waage, prahlten damit, ohne zu ahnen, daß sie seinen Stand an sich gerissen hatten, während er lächelte und nickte. Stong hatte seit fünf Jahren nicht einmal mehr ein kleines Reh geschossen.

»Deine Stelle oben auf dem Antler, Leverd?« sagte Stong und klappte den Beever zu. »Drüben am Südhang, oder?«

»Nein, in dem Buchenwald oben auf der Schulter. Für Flachländer zu steil zum Hochklettern, darum geht's mir da oben recht gut. Ein großer Bock. Ich würde sagen, er kam fast auf hundertsechzig Pfund, ausgeweidet.«

Stong kratzte die beiden Vierteldollarmünzen zusammen und setzte zu einer langen Lüge über ein Rudel weißer Hirsche an, die in früheren Zeiten im Sumpf gelebt hätten, aber seine Augen schweiften zurück zu dem Buch in Hawkheels Händen.

Die schönen, langen Angeltage begannen ein paar Wochen später, und Hawkheel beschloß, den hochgelegenen Nordosten des Bezirks abzuwandern, um sich nach einem neuen Gewässer umzusehen. Im Spätsommer fand er es.

Oben auf einem rauhen Gebirgspaß ergoß sich ein Wasserfall in einen großen Forellentümpel wie Champagner in ein Glas. Auf der langsam kreisenden Oberfläche lagen Bilder von Wolken und Laub. Tau schimmerte wie kristallene Insekteneier im unzertretenen Moos entlang des Flusses. Ein Eisvogel kreischte und flatterte mit den Schwingen, als Hawkheel eine schwere Regenbogenforelle aus dem seichten Wasser zog. Innerhalb weniger Wochen kam er zu dem Schluß, daß seit den Zeiten der St.-Francis-Indianer nur er den Weg hier heraufgefunden hatte.

Ende August betrachtete Hawkheel den Tümpel als sein Eigentum, wenn er ein paar Tage lang nicht kommen konnte, legte er Steine und Zweige aus, um später nach Anzeichen dafür zu suchen, ob fremde Füße ihre Ordnung gestört hatten. Nie war etwas verändert, außer als einmal ein Wolkenbruch die Zweige durcheinanderspülte.

Eines Nachmittags war der Wind zu stark, um unten am Tümpel die Schnur auszuwerfen; Hawkheel zog Schuhe und Strümpfe aus und kroch vorsichtig auf die steile Felsplatte oberhalb des Wasserfalls. Er schob seine nackten weißen Zehen in die Ritzen im Granit und kletterte über die rauhe Platte. Der Wind zerzauste ihm das Haar, und er hatte das Gefühl, er müsse aussehen wie ein Eisvogel.

Von oben konnte er die Forellen geschmeidig in Richtung der Strömung schwimmen sehen. Die gesamte Perspektive war neu; es war, als würde er die

Stelle zum erstenmal sehen. Von hier aus sah er die Rückseite der abgestorbenen Fichten und den Eingang zum Versteck des Eisvogels. Und dort baumelte an einem unsichtbaren Stück Schnur, das um einen Aststummel gewickelt war, ein verblaßter rot-weißer Plastikschwimmer, der nicht von den Indianern stammte.

»Ist denn nichts mehr sicher?« rief Hawkheel und rutschte zu schnell über den Felsen. Er kam hart auf und hörte sein Knie knacksen. Er verfluchte die Forellen, die Fichten, den Felsen, den Eindringling, der seinen privaten Frieden gestört hatte, und machte sich auf einen gegabelten Stock gestützt auf den mühsamen Weg nach Hause.

Urna brachte ihm warmes Essen, bis er wieder allein zurechtkam. Der Wohnwagen war mit Büchern und Möbeln vollgestopft, und der überfüllte Raum machte ihn ruhelos. Er gewöhnte sich an, nur noch alle drei, vier Tage zu kochen, bereitete große Töpfe mit Wildeintopf oder Erbsensuppe und aß davon, bis alles aufgezehrt war oder schlecht wurde.

Im Spiegel sah er, daß er alt wirkte. Er starrte sein Spiegelbild an und fragte: »Wo sind dein Arznei-fläschchen und dein Pullover?« Er dachte an seine Mutter, die jahrelang im Schaukelstuhl gesessen hatte, den dicken ingwerfarben lackierten Stock über den Arm gehängt, und flüchtete sich in Bücher, las, bis ihm die Augen brannten und seine Lieblings-bücher zu vertraut waren, als daß er sie noch hätte aufschlagen wollen. Der schwere Herbstregen hämmerte auf den Wohnwagen und riß das Laub von den Bäumen. Erst am Tag vor Beginn der Hirschsaison ging es ihm wieder so gut, daß er zu Stongs Futtermittelhandlung fahren und sich neue Bücher holen konnte.

Mißmutig ging er die vertrauten Stapel durch, belastete das verletzte Bein nicht mit seinem Gewicht und hoffte etwas zu finden, was er zuvor zwischen den Stapeln eng bedruckter Landwirtschaftsberichte und tintenfleckiger Geographiezeitschriften übersehen hatte.

Er hob ein großes dunkles Album auf, das er schon ein Dutzend Mal hatte liegenlassen. Auf den altmodischen Ledereinband war in Gold ein Muster aus schwebenden Federn geprägt. In gequälter Groteskschrift stand darauf: »Familienalbum«. Darin fand er Fotografien, Schnappschüsse, ockerfarbene Zeitungsausschnitte, lose, weil sich der Kleister aufgelöst hatte, Postkarten, Preisbänder. Die Schnappschüsse zeigten reihenweise in die Sonne blinzelnde, quarkgesichtige Stongs, Stong-Kinder mit dicken Knien, die Holzenten zum Ziehen hielten, und einen schwarzweißen Hund, an den Hawkheel sich dunkel erinnerte.

Von etwas Bekanntem angezogen, betrachtete er einen Schnappschuß genauer. Auf einer Felsplatte stand ein schwergewichtiger Junge und grinste zum Himmel hinauf. Die Angelrute in seiner Hand zeigte auf die oberen Äste einer Fichte, in deren dunklen Nadeln sich ein Schwimmer hoffnungslos verheddert hatte. An dem Jungen vorbei rauschte verschwommen fließendes Wasser in einen schwarzen Tümpel.

»Du Dreckskerl«, sagte Hawkheel und schloß das

Album über dem Bild von Stong, dem Bill Stong von vor Jahren, als er Hawkheels Tümpel entweiht hatte.

Er schob sich das Album hinten unter sein Hemd, so daß es an seinem Rücken anlag. Es fühlte sich so groß an wie der Sears-Katalog und zwang ihn, die Schultern steif durchzudrücken. Er griff sich aufs Geratewohl ein muffiges Buch – den *Wegweiser für Knaben* – und ging zu dem verräterischen Stong.

»Hab dich ne Weile nicht gesehen, Leverd. Hab gehört, du hast flach gelegen«, sagte Stong.

»Hab mir's Knie angeschlagen.« Hawkheel legte das Buch auf die Theke.

»In unsrem Alter mußt du damit rechnen, ab und zu flach zu liegen«, sagte Stong. »Ich hab seit April immer wieder Probleme mit meiner Hüfte. Ich hab hier was, das bringt dich wieder auf den Damm.« Er holte eine gedrungene, ausländische Flasche unter der Theke hervor.

»Die hat mir Mr. Rose geschenkt, weil ich letzten Winter auf sein Haus aufgepaßt hab. Apfelbranntwein, stärker als alles, was du je getrunken hast. Zu stark für mich, Leverd. Mir wird schon schwindelig, wenn ich bloß am Korken rieche.« Er goß ein wenig in einen Pappbecher und schob ihn Hawkheel hin.

Als Hawkheel den Calvados probierte, breitete sich der Duft von Apfelholz und Herbst aus. In seiner Kehle stieg wie in einem Kamin eine Feuersäule auf, mit einem bitteren Nachgeschmack wie der Rauch einer alten Zigarre.

»Ich nehme an, du bist bereit für den ersten Tag

der Saison, Leverd. Wohin gehst du dieses Jahr auf Hirschjagd?«

»Wo ich immer hingeh – zu meiner Stelle am Antler oben.«

»Warst du in letzter Zeit mal dort?«

»Nein, seit dem Frühjahr nicht mehr.« Hawkheel spürte, wie das Federmuster des Albums sich seinem Rücken einprägte.

»Tja, Leverd«, sagte Stong mit Trauerstimme, »da oben gibt's keine Hirsche mehr. Ein paar Leute haben diesen Sommer da oben Land gekauft, sie glauben, das Ende der Welt kommt, und haben nen Betonbunker gebaut, haben ne Tonne Dörraprikosen und Feldbohnen eingelagert. Sie haben schreckliche Waffen, um Leute fernzuhalten. Haben die Hälfte der Bäume auf dem Antler kaputtgeschossen, wie sie ihre Maschinengewehre ausprobiert haben. Bin überrascht, daß du nichts davon gehört hast. Keine Hirsche mehr am Antler im Umkreis von fünfzehn Kilometern. Vielleicht versuchst du's lieber woanders. Drüben Richtung Slab City soll's gut sein.«

Hawkheel erkannte Stongs Lügen, wenn er eine hörte, und fragte sich, was diese zu bedeuten hatte. Er wollte mit dem Album nach Hause und den Beweis für Stongs Anwesenheit an seinem geheimen Tümpel studieren, aber Stong goß wieder aus der Flasche ein, und Hawkheel kippte sich den Schnaps hinter die Binde.

»Woher kriegt dein feiner Freund das Zeug?« fragte er, während er elektrische Impulse durch seine Finger fahren spürte, als würde es sie jucken, Klavier zu spielen.

»Aus Fronkreisch«, sagte Stong mit gespielter Eleganz. »Da fährt er jedes Jahr hin, um an irgendner Uni über Bücher zu reden.« Seine harten Augen funkelten vor Bosheit. »Er ist Billiothekar.« Stongs dicker Zeigefinger schlug den Einband des *Wegweiser für Knaben* auf, so daß ein rotumrandetes Schild sichtbar wurde, das Hawkheel übersehen hatte; darauf stand: $ 55.

»Er sagt, ich lass mich bei meinen Büchern übers Ohr hauen, Leverd.«

»Muß ein ziemlicher Schock für dich gewesen sein«, erwiderte Hawkheel und dachte, daß er den Geschmack von Apfelbranntwein nicht mochte, daß er Bibliothekar Rose nicht mochte. Er ließ den überteuerten *Wegweiser für Knaben* auf der Theke liegen und humpelte zu seinem Lastwagen hinaus, wobei ihm das Album zwischen den Schulterblättern eine steife Würde verlieh. Im Rückspiegel sah er Stong an der Tür stehen und ihm nachstarren.

Wolken, die grau überfrorenen Wasserpflanzen glichen, erstickten den Himmel, und ein böiger Wind knallte die Tür gegen den Wohnwagen. Drinnen holte Hawkheel das Album unter seinem Hemd hervor und legte es auf den Tisch. Dann zündete er den Ofen an und setzte einen Rest Erbsensuppe zum Erhitzen auf. »Billiothekar!« sagte er und schnaubte. Nach dem Essen war ihm schwummerig, und er ging früh zu Bett; vielleicht hatte die Erbsensuppe zu lange gestanden, dachte er.

Am Morgen rumorten Hawkheels Eingeweide und verlangten dringend nach Erleichterung; er hatte einen üblen Geschmack im Mund. Als er aus der

Toilette kam, mußte er sich an der Tischkante fest-
halten; sie wogte und krümmte sich in seinen Händen, dann gab er es auf und legte sich ins Bett. Er
konnte Geräusche wie platzendes Popcorn in der
Ferne hören, und meinte, sie stammten von knorri-
gem Holz im Ofen, bis ihm einfiel, daß der erste Tag
der Hirschsaison war. »Verflucht noch mal«, schrie
er, »jetzt lieg ich hier schon seit sechs Wochen rum,
und nun schon wieder.«

Am Spätnachmittag weckte ihn ein Geräusch. Er
war so durstig, daß er lauwarmes Wasser aus der
Tülle des Teekessels trank. Es fiel noch ein Schuß
auf dem Antler, und er lugte durchs Fenster zur
Bergschulter hinauf. Er glaubte, in dem dunkelgrau
verschwommenen Laubwald und Unterholz helle
Flecken zu erkennen, und schlurfte zu seiner Ge-
wehrhalterung hinüber, um seine 7,2 mm Doppel-
flinte zu holen; dabei hielt er sich an den Stuhlleh-
nen fest, um das Gleichgewicht nicht zu verlieren.
Er stützte den Lauf auf den Brotkasten und schaute durch das Fernrohr, suchte den Hang nach seinem Jägerstand ab und fing sofort den orangeroten
Blitz ein.

Neben dem rindenfarbenen toten Hirsch an seiner Stelle konnte er zwei Männer sehen. Er erkannte
das Tuch um den Hals des Dicken, sah ein Messer
kurz aufleuchten wie einen Wasserfall. Er beobachtete, wie sie den Bock zur Holzfällerstraße hinun-
terschleppten, bis das Licht nachließ und ihre oran-
gefarbenen Jacken unter den Bäumen schwarz
wurden.

»Hast mit deinem verfluchten Branntwein dafür

gesorgt, daß ich nicht rauskonnte, was?« sagte Hawkheel.

In die alte rote Indianerdecke gewickelt, setzte er sich neben den Ofen und fühlte sich, als hätte er zu lang ins Licht einer Glühbirne gestarrt. Nach dem Abendessen rief Urna an. Ihre metallische Stimme hallte ihm im Ohr.

»Ich nehme an, du hast die Geschichte gehört.«

»Das einzige, was ich gehört hab, waren Schüsse, aber ich hab ihn vom Fenster aus durchs Fernrohr gesehen. Auf welches Gewicht ist er gekommen?«

»Gut zweihundert Pfund hab ich gehört, ausgeweidet, also muß das Lebendgewicht so bei zweihundertsiebzig gelegen haben. Der Wildhüter sagt, es ist wahrscheinlich der größte Bock, den sie im Bezirk jemals geschossen haben, ein Sechzehnender obendrein, wahrscheinlich ein Rekord für unseren Staat. Ich hab nicht gewußt, daß du von deinem Fenster aus zum Antler raufsehen kannst.«

»Ach, ich seh gut, aber nicht gut genug, als daß ich sagen könnte, wer bei ihm war.«

»Der Kerl, der den Hof von Willard Iron gekauft und im Garten nen Tennisplatz angelegt hat«, sagte Urna verächtlich. »Rose. Es heißt, er hat sich noch schlimmer aufgeführt als Bill, ist rumgesprungen und hat gebrüllt, sie sollen Fotos machen.«

»Und haben sie?«

»Natürlich haben sie. Dann sind sie alle zu Mr. Tennisplatz, um zu feiern. Steck den Kopf zur Tür raus, und du hörst sie im Wind.«

Hawkheel steckte nicht den Kopf aus der Tür,

sondern schlug das Album auf, um sich die Stongs anzusehen, ihre dicken, grobschlächtigen Gesichter, die über Hochzeitskuchen und Säuglinge gebeugt waren. Viele der Fotografien trugen Titel in einer spitzen, altmodischen Handschrift. »Cousine Mattie mit ihren neuen Schlittschuhen«, »Pa auf der Verandaschaukel«, einfache Feststellungen dessen, was bereits klar war, als befürchtete der Schreiber, die Bilder könnten sich eines Tages auflösen und das Glück der Stongs in Vergessenheit geraten.

Seine Augen funkelten wütend, als er Stong an seinem geheimen Tümpel betrachtete, der wohlbekannte, verschlagene Blick, der dumme, offenstehende Mund, beides unverändert. Er blätterte bis zu einem steifen Bildnis von Stongs Eltern, hinter denen der Großvater stand und etwas hielt, was Hawkheel als Katze ansah, bis er die ausgestopfte Forelle erkannte. Auf der Trauerseite befand sich das gleiche Foto nur kleiner und dazu ein fließendes schwarzes Band, das zu schmucken Schnörkeln gewellt und gekräuselt war. Der Nachruf aus dem *Rutland Herald* trug die Überschrift »Farmertragödie«.

»Zu schade, daß Bill das Essen verpaßt hat«, sagte Hawkheel.

Er sah, daß viele Seiten leere Stellen aufwiesen, wo Fotos herausgerissen waren. Er fand sie, verstümmelt und zerfetzt, hinten im Album. Stong war auf jedem Foto. Auf dem Schulabschlußfoto war Stongs Gesicht, umgeben von Wolken aus Organdy und steifen neuen Anzügen, mit Tinte übermalt, und unten aus seiner Hose rann schwarzes Blut. Da war noch eins: Stong auf einem dickbereiften weißen Fahrrad, ein Dutzend aufgemalter Pfeile durchbohrten seinen Körper. Ein selbst verfaßter Nachruf in einer Handschrift wie ein höllisches Ätzmittel, das die Seite versengte, kündete davon, wie dieser elende Junge, der »zu böse zum Leben« war und »von allen gehaßt« wurde, verschiedentlich den Tod fand. Immer wieder hatte Stong sein fotografiertes Ich getötet. Sämtliche Familienmitglieder listete er als trauernde Überlebende auf.

Am nächsten Morgen war Hawkheel wieder auf den Beinen, ein wenig wackelig, aber bei klarem Verstand. Bei Tagesanbruch hatten die Schüsse auf dem Antler eingesetzt, Jäger, die versuchten, mit dem Riesen gleichzuziehen, den Stong erlegt hatte. Der Antler, dachte Hawkheel, ist so gut wie plattgewalzt.

Am Nachmittag fühlte er sich wohl genug, um ein paar Arbeiten zu erledigen, stapelte Heuballen unten um den Wohnwagen herum und spannte Plastik vor die Fenster. Er nahm zwei Forellen aus dem Gefrierschrank und briet sie sich zum Abendessen. Er spülte gerade die Pfanne ab, als Urna anrief.

»Sie waren mit ihrem Hirsch im Fernsehen«, sagte sie. »Sie haben gezeigt, wie der Wildschutzbeauftragte den Rekord in einem Buch überprüft und gesagt hat, damit ist er übertroffen. Ich hab eigentlich den ganzen Tag gedacht, ich hör von dir, hab mich gefragt, was du unternehmen willst.«

»Mach dir keine Sorgen«, sagte Hawkheel. »Bill kriegt sein Fett von mir. Ich könnte hunderterlei tun.«

»Na schön«, sagte Urna, »er kriegt sein Fett.«

Hawkheel brauchte vierzig Minuten, um die Kisten zu packen und sie auf seinen Pritschenwagen zu laden. Der Wagen sprang schlecht an, nachdem er zwei Tage lang im kalten, tosenden Regen gestanden hatte, aber als er auf die Hauptstraße kam, lief er ruhig und gleichmäßig; die Scheinwerfer schnitten einen scharfen gelben Weg durch die Nacht.

Oben an Stongs Auffahrt schaltete er das Licht aus und glitt im Leerlauf dahin. Am Himmel schwebte ein halbvoller Mond, von dahineilenden Wolken zerfetzt. Noch ein Sturm im Anzug, dachte Hawkheel.

Der Bock hing an einem Spriegel von dem großen Ahorn, schaukelte langsam im böigen Wind. Die Körperhöhlung klaffte schwarz im Mondschein. »Groß«, sagte Hawkheel, als er das Funkeln auf den Hufen sah, die einen Bogen ins Laub scharrten, »verdammt groß.« Er stieg aus dem Wagen und lehnte einen Moment lang die Stirn an das kalte Metall.

Aus einer Kiste hinten auf seinem Wagen nahm er eins seiner Bücher heraus und schlug es auf. Es war *Haw-Ho-Noo*. Er beugte sich über die Seite, als könnte er die verschwommene Schrift im Mondschein lesen, dann packte er sie und riß sie heraus. Er griff sich die Bücher eins nach dem anderen, zerfetzte die Seiten und brach ihnen den Rücken. Er schleuderte sie auf den schwarzen, schaukelnden Rehbock, und sie fielen auf den blutigen Boden unter ihm.

»Willst mich zum Narren halten, was?« rief Hawkheel, zerriß mit beiden Händen die dünnen Seiten und warf die Bücher zum Mond empor. Sein lautes Schluchzen übertönte das Geräusch der unten im Fluß zertrümmerten Felsbrocken.

# STONE CITY

*Der dunkle Fuchs trottete, die Nase am Boden, am Feldrand entlang und folgte der Waldgrenze seines Reviers – seines aus Gewohnheitsrecht. Sein rauchiger Pelz war vom Haarwechsel stumpf und hatte seinen Winterglanz noch nicht angenommen. Da erzitterte ein Hirsehalm: Der Fuchs sprang vor und knackte den Grashüpfer.*

*Er schlich um die silbrigen Ruinen aufgegebener Farmen und fraß im Obstgarten eine Weile lang vom Fallobst. Dann ließ er die Apfelbäume zurück, überquerte den Bach hinter dem Feld, blieb stehen, um Wasser zu trinken, und zog in den Wald. Wie gewohnt lief er durch die Pappeln, die schwarzen Ohren gespitzt, um auf das Rascheln des Laubs zu horchen, mit der Nase nahm er die üppigen Duftströme auf, die in die Flut von Gerüchen nach verfaultem Laubhumus und Erde flossen.*

Zu der Zeit, als ich nach Chopping County zog, war Banger um die Fünfzig, ein Schwergewicht, ganz Fett und Mund. Anfangs hielt ich ihn für ein Original, das sich an jedermanns Vornamen erinnerte und Leuten, die es erst vor einer Stunde kennengelernt hatte, zurief: »He, du! Wie geht's dir, Mensch?«, ihnen auf die Schulter klopfte oder sie in den Arm kniff – großspurige Gesten bei einem Schuljungen, die bei einem Mann mittleren Alters jedoch anrüchig wirkten. Ich sah ihn in der Stadt, wie er mit jedem redete, der ihm zuhörte, während er seine Eisenwarenhandlung der Obhut eines tölpelhaften Jungen überließ, der in den vollgestopften Regalen nie etwas fand.

Eines Abends beging ich im Bear Trap Grill den Fehler zu sagen, was ich von Banger hielt. Die Theke bestand aus einem lackierten Kiefernholzbrett; für Atmosphäre sorgten ein Plastikelch auf der Registrierkasse und ein mit Kleingeld halb volles Einweckglas.

Ich suchte jemanden für die Vogeljagd, jemanden, der die guten Schlupfwinkel in dem von Holzschlag verschandelten Gebirgsgelände kannte. Ich hatte immer allein gejagt, es mir selbst beigebracht, getan, was mir richtig schien, glaubte aber, daß die Jagd in Gesellschaft ein größeres Vergnügen sei, genauso wie »bei jemandem zu liegen« – wie sie hier in der Gegend sagten – besser war, als allein zu schlafen.

Ich saß neben Tukey. Seine mit Leberflecken übersäten Hände zitterten; es war schwierig, von ihm oder jemand anderem eine offene Antwort zu bekommen. Es hieß, er sei ein guter Mann für Waldhühner. Es hieß, er würde vielleicht jemanden mitnehmen. Ich hatte ihn hofiert, hatte darauf gehofft, ihn begleiten zu dürfen, sobald die Saison begann. Ich dachte, ich hätte ihn so weit, daß er sagen würde: »Mensch ja, kommen Sie mit.«

Banger stand am Ende der Theke und redete ununterbrochen auf den tauben Fance ein, der überall auf seiner Hemdbrust Hörgeräteschalter trug. Tukey sagte, Fance habe eine Waffensammlung in seinem Gästezimmer und Angst, nachts zu schlafen, Angst, es würden Diebe einbrechen, wenn die Hörgeräte unbenutzt auf dem Nachttisch lägen.

»Mein Gott, dieser Banger. Immer ist er da, immer am Labern. Geht der denn nie heim?« fragte ich Tukey. Innerhalb von zehn Sekunden hatte ich das wochenlange Weichkneten des alten Mannes zunichte gemacht. Das ganze Bier umsonst. Sein Gesicht wurde faltig wie eine Ziehharmonika.

»Na ja, eigentlich nicht so oft. Sein Haus ist abgebrannt, und die Frau und das Kind sind dabei geröstet worden. Ihm blieb nichts außer seinem Hund und dem verdammten Eisenwarenladen, den ihm sein Alter hinterlassen hat, und der hat ihm nie getaugt.

Und wenn ich Ihnen einen Rat geben darf«, sagte Tukey, »wenn Sie da draußen Vögel schießen wollen, wie Sie ständig andeuten, oder Hirsche oder Waschbären oder Kaninchen oder Bären jagen oder«, seine Stimme, die klang wie trockenes Laub,

4I

schwoll an zu einem gezierten Falsett, »einfach nur die seltenen Naturschönheiten unserer Wälder genießen...« Er hielt inne, grinste boshaft und entblößte dabei seine makellosen Plastikzähne, um mich merken zu lassen, daß man mich ohne Flinte oder Gewehr in den Händen hatte im Wald spazieren sehen.

Er senkte die vor Sarkasmus triefende Stimme wieder. »Wenn ich Ihnen einen Rat geben darf: Wenn Sie wissen wollen, wo es Vögel gibt, dann freunden Sie sich ganz dick mit diesem Banger an, der Ihnen so lästig ist. Wenn er über das Gelände hier was nicht weiß, dann ist das weniger als so viel.« Er streckte den dreckigen Stummel seines amputierten Zeigefingers hoch, das lokale Kennzeichen, das diejenigen, die mit Kettensägen arbeiteten, von geringeren Menschen unterschied.

»Er?« Ich schaute zu Banger hinüber, der seinen Wortschwall mit komplizierten Gesten skandierte. Er deutete mit dem Kinn, und seine Hände flatterten durch die Luft wie Vögel.

»Ja, er. Und wenn Sie mit ihm auf die Jagd gehen, möchte ich was davon hören, weil Banger sich abseits hält. Seit Jahren war niemand mehr, weder ich noch Fance, mit ihm auf der Jagd.« Er wandte sich von mir ab. Ich trank mein Glas leer und ging. Mehr war nicht zu tun.

Ich gab mich nicht wieder mit den Einheimischen ab, ausgenommen Noreen Pineaud: in den Dreißigern, rotes Haar, pulverblaue Stretchhose und goldene Augen in einem scharfgeschnittenen, kleinen Fuchsgesicht. Freitags machte sie bei mir sauber.

Eines Freitags, nachdem ich ihr den Scheck ausgeschrieben hatte, blieb sie auf eine Tasse Kaffee und rauchte eine Zigarette. Wir saßen am Küchentisch. Sie erzählte mir, daß sie von ihrem Ehemann getrennt lebe. Die alte Frage hing in der Luft. Der Scheck lag auf dem Tisch zwischen uns.

Ich sagte nichts. Ich rührte mich nicht, und nach einem Augenblick drückte sie die Zigarette in der Aluminiumschale des Tiefkühlkuchens aus, die ich ihr als Aschenbecher hingestellt hatte. Sie tat es behutsam, um mir zu zeigen, daß sie mir nicht böse war.

Ich hatte mich von anderen Menschen an anderen Orten zurückgezogen wie ein Mann, der ängstlich die Flucht aus einem Treibsandgelände antritt, in das er unwissentlich gestolpert ist. Dieses Haus in Chopping County war meine Zuflucht vor tiefem Schlammwasser.

Noreen hatte eine starke Ähnlichkeit mit dem Jungen in Bangers Eisenwarenladen. Ich fragte sie danach.

»Ja, ist ein Neffe von mir, heißt Raymie. Mein Bruder Raymon' will nicht, daß der Junge bei Banger arbeitet. Raymon' ist echt streng. Sagt, es wär Schwulenarbeit. Sehen Sie, er will, daß der Junge Fallen stellt oder Holzfäller wird.« Sie wandte ihr scharfgeschnittenes Gesicht ab, um dem draußen vor dem Fenster vorüberhuschenden Lichtschein nachzusehen.

»Raymon' hat als Junge mit dem Fallenstellen ne

Menge Geld verdient, und jetzt kriegt man für Pelz wieder richtig gutes Geld. Füchse und so. Drum hat er Raymie vor ein paar Wochen fünfundzwanzig Fallen besorgt. Jetzt sagt er, Raymon' muß sie aufstellen und alle abgehen, bevor er in der Früh in den Laden geht. Wissen Sie, wie lang das dauert? Raymie schlägt nach seiner Mutter. Er hat's gern einfach.«

Sie redete weiter, spulte verwickelte Fäden von Blutsverwandtschaften ab, erzählte mir, wer mit wem verheiratet war, das kleinstädtische Lieblingsthema. Ich hörte zu, jetzt aus dem Sumpf draußen und auf trockenem Grund.

In diesem Herbst ging ich allein auf Vogeljagd, wie ich es immer gehalten hatte. Ohne Hund, allein, mit der Flinte meiner Mutter, einer 7,11 mm Parker. Herzlichen Dank, Ma'am, das ist das einzige, was du mir vermacht hast, abgesehen von einer starken Neigung zum Mißtrauen. Sie schrieb ihren Grabspruch selbst, bis zum letzten Augenblick eine echte Zweiflerin:

> *Obwohl im Staub ich schlafe nun*
> *Unter Erde, karg und rauh,*
> *Hoff ich nicht lange hier zu ruhn*
> *Auf daß ich den Erlöser schau':*
> *Falls es ihn gibt.*

Der erste Morgen der Jagdsaison war kalt, die mit Rauhreif bedeckten Grasbüschel glichen Spiralnebeln. Ich ging die Laubwaldhänge hinauf, die Bäume wuchsen zwischen kreuz und quer liegenden Felsen, die der letzte Gletscher verstreut hatte. Keine Vögel in dieser grauen Eintönigkeit aus Buche und Ahorn, und ich kletterte zu den Berggraten hinauf, wo Fichten ihre Zweige zu dunklen Verstecken verknoteten.

Der Hang flachte ab; in einem mit Regenwasser gefüllten Loch hielt eine dünne Eisschicht mit glasigem Griff Laub gefangen: rußschwarz, braun, umbra, graubraun wie das Fell von Wild. Keine Vögel.

Ich ging bis zu den Koniferen, mein Keuchen das einzige Geräusch. Fuchsfährten im Rauhreif. Das Gewicht des düsteren Himmels drückte mit der Schwere eines aufziehenden Sturms auf die Landschaft. Keine Vögel in den Fichten. Die Löcher zwischen den Baumwurzeln waren Schalen, gefüllt mit Eiskristallen, die Insektenfühlern glichen. Die Vögel befanden sich woanders, duckten sich dicht an andere Bäume, während sie darauf warteten, daß das Unwetter losbrach, vielleicht waren sie auch direkt über mir, steif ausgestreckt im Gespinst miteinander verwobener Koniferen, die Stümpfe abgebrochener Äste nachahmend, unsichtbar und lautlos, und beobachteten den Dummkopf, der unter ihnen herumlief, ein vorbeigehender Hut und ein nutzloses Stahlrohr, durch die Schwerkraft der Erde an den Boden gefesselt.

Was, dachte ich, wie jeder Waldhuhnjäger denkt, was wäre, wenn ich fliegen, durch die Fichtenwipfel gleiten und nach unten den blasierten, gefiederten Gesichtern zulächeln könnte, wie ein alter Riese der herzallerliebsten Prinzessin. Der Blick vom Boden aus bot grüne Tannenwedel, undurchdringlich, verwirrend, verschwiegen, vor einem Himmel von der Farbe eines alten galvanisierten Eimers. Keine Vögel.

Der trübe Nachmittag dämpfte einen entfernten Flintenschuß auf einem weit weg gelegenen Berggrat, auf den rasch ein zweiter folgte. Er hat beim erstenmal danebengeschossen, dachte ich. Es war weniger ein Geräusch als ein Gefühl in den Knochen, dumpfe Schläge, als würden mit einem Holzhammer Zaunpfosten eingeschlagen. Ich fragte mich, ob es Banger war. Banger hätte beim erstenmal nicht danebengeschossen. Es mußte ein Doppelschuß gewesen sein.

Während ich horchend in der allumfassenden Stille stand, nahm er vermutlich seinem Hund den zweiten Vogel aus dem Maul, breitete die Schwanzfedern aus, strich die gebrochenen Schwingen glatt, öffnete den Kropf und sah zu, wie das zerhackte Bischofskappen- und Sauerkleelaub herausquoll. Ich konnte mir vorstellen, wie er mit dem Hund redete, mit dem erlegten Vogel, mit seiner Schrotflinte. Ich fühlte mich dem fernen Waldhuhnjäger so nahe, wie ich mich dem Quaßler in der Stadt nie fühlen konnte.

In den folgenden Wochen jagte ich oft auf dem Berggrat, wo die Buchen nach den Fichten griffen wie ausgestreckte Finger. Ich hörte die immer vertrauter werdenden Schüsse der Schrotflinte von dem anderen Berggrat. Ich scheuchte Vögel auf und holte ein paar herunter.

Zu häufig mußte ich auf Händen und Knien durchs Unterholz kriechen, in das ein verwundeter Vogel gefallen war, betend, er möge nicht in einen

Baumstumpf gekrochen sein, wo ich ihn nie finden und er verenden würde. Einen verlor ich. Fünf Stunden lang lief ich in einem Sumpf hin und her, stocherte in verfaulten Baumstämmen herum, trat gegen Haufen von Holzbruch und fluchte, weil ich keinen Hund hatte und mein Geruchssinn verkümmert war. Wieder der Hammerschlag von dem anderen Berggrat, ein Schuß, und ich beneidete Banger um seinen Hund. Ich mußte meinen Vogel ungefunden zurücklassen.

Daß ich den Vogel verlor, verdarb mir die Gegend, und ich beschloß, mich zu dem schlanken Felsrücken vorzuarbeiten, wo Banger und sein Hund jagten. Ich war mir jetzt sicher, daß mein ferner Jagdgefährte Banger war, ein mythischer Freund, dem Echo eines Schießmechanismus entsprungen, der unbekannte Banger, gefangen unter der Schale eines Großmauls.

Der erste frühe Schnee fiel und schmolz, und das Laub verfärbte sich. Der Himmel war intensiv emailblau, doch das Nachmittagslicht hatte etwas Vergängliches, Jahresendzeitliches von der Farbe reifer Aprikosen, als würde es durch ein Likörglas auf einen Eichentisch fallen, die Sorte Tag, die Jäger fälschlicherweise als Oktober in Erinnerung behalten.

Es war ein Tag für Vögel. Sie würden sich in ihren bevorzugten Staubkuhlen rekeln, sich träge an Stechäpfeln gütlich tun, so wie orientalische Fürsten an gezuckerten Datteln knabbern. Auf halbem Weg den Berggrat hinauf fiel mein Blick in einer feuchten Mulde auf einen Flecken Springkraut mit ein paar späten zerzausten Blüten. Am anderen Ende stand eine dichte Gruppe Balsamtannen. Das Springkraut wirkte ausgepickt, und zwischen den Balsamtannen befanden sich am Boden gute Schneisen für Vögel. Es roch nach Vogel.

Ich atmete flach, damit mein Herzschlag nicht die Luft zum Erzittern brachte. Ich wußte, daß die Vögel mich sahen, daß sie wußten, daß ich wußte, daß sie da waren, und wartete darauf, daß der Adrenalinstoß nachließ, daß die heißen Blutwellen verebbten. Ich entsicherte das Gewehr.

Die Vögel waren unter den Tannen nicht zu sehen, ruhten aus, nachdem sie einen Morgen lang die Springkrautblüten abgerupft hatten, die auf halbem Weg ihre Kehlen hinunter zerplatzten. Junge Vögel, dachte ich, die auf Springkraut aus waren. Sie würden auffliegen, sobald ich einen Schritt machte.

Ich verharrte reglos, nie ganz bereit, da der Augenblick mich gefangennahm. Ich wartete zu lang, und ein leises Rascheln im Laub der Bäume jenseits der Balsamtannen, gleich den ersten zögernden Regentropfen, verriet mir, daß die Vögel weggelaufen waren, junge, zarte Waldhühner mit rosaroten Brustbeinen, die ich vielleicht hätte aufscheuchen können, die ich vielleicht immer noch aufscheuchen konnte, die jedoch diese eine Begegnung für sich entschieden hatten. Für diesmal gönnte ich ihnen das Springkraut und den Oktobersonnenschein.

Ich umging die Gruppe Balsamtannen und kam auf der Rückseite von Bangers Berggrat heraus. Als ich nach unten schaute, erblickte ich Stone City.

Es gibt Orte, die erfüllen uns sofort mit Abscheu und Angst. Ein Freund beschrieb mir einmal einen Kreis aus Eichen hinter einem Farmhaus in Iowa, bei dessen Anblick ihm die Haare zu Berge standen. Später erfuhr er, daß man dort zehn Jahre zuvor den Leichnam eines ermordeten Kindes gefunden hatte, halb mit Erde bedeckt. Ich spürte, daß etwas Böses das fahle Licht färbte, das bei meinen ersten Blick über Stone City schwebte.

Es handelte sich um eine verlassene Farm, zwischen zwei Berggraten gelegen, ohne daß Straßen zu ihr hin oder von ihr weg führten, nur ein kaum kenntlicher Pfad, der von Schneeball und Hartriegelgehölz zugewuchert war. Das augenförmige Grundstück wurde auf der Rückseite von einem Bach begrenzt. Pappeln und Fichten waren auf die Wiesen vorgedrungen, und die abgebrochenen Äste der Apfelbäume hingen auf den Boden.

Die Gebäude waren verschwunden, in die Kellerlöcher unter faulenden Balken durchgebrochen. Über die zerbröckelnden Fundamente und eine umgefallene blaue Tür, die ein Kellerloch halb verdeckte, rankten sich Brombeerhecken.

Vorsichtig ging ich den Hang hinab auf die Wiese. Im Gras zirpten Zikaden, Grillen und Grashüpfer, die die ersten Fröste überstanden hatten. Das Zirpen hörte auf, als ich die Wiese betrat. Die Bodenkrume wirkte dünn. Aus der Weide ragte ein langer Felsgrat heraus. Ein seltsamer Zaun, der noch weitere hundert Jahre stehen würde, zeugte von den verbissenen Anstrengungen des verschwundenen Besitzers; die Zaunpfähle bestanden aus alten eisernen Wagenachsen, die tief in von Hand in den Granit gebohrte Löcher eingelassen waren.

Es war windstill. An den verfaulten Äpfeln unter den Obstbäumen hingen Wespen. Das Licht sank langsam, schwer herab. Den scharfen essigsauren Duft verfaulten Obstes einatmend, trat ich auf die honigfarbene Wiese. Ich erinnerte mich an ein Gefühl aus meiner Kindheit: Traurigkeit im Frühherbst.

Mit einem Geräusch wie zerreißende Seide schoß ein Vogel aus einem Apfelbaum geradewegs auf das schmale Stück Wiese zu, das sich unter den Bäumen verlor. Die Federn bildeten kurz eine Fontäne in der Luft, und ich merkte mir, wo der Vogel ins zitternde Gras fiel, als ich die Flinte sinken ließ. Ein zweites, drittes und viertes Rauschen, die Luft war voller Vögel, brandende Geräusche über meinem Kopf, Vogelflug und Schrotflintenknall, die sich an den Bergwänden brachen, und Vögel, die wie Obst herunterfielen, mit einem reifen Platschen auf dem Boden aufschlugen. Nur der erste war meiner.

Da klingelte ein Glöckchen, und ein Bretonischer Vorstehhund lief auf die Wiese, um sie aufzulesen. Banger sagte: »Sie sind im gleichen Moment auf die Wiese gekommen wie ich. Sind Sie derjenige, den ich die letzten Wochen oben im Chopping Swamp schießen höre?« Er sah mich nicht an. Der Hund brachte sämtliche Vögel Banger.

»Schöne Beute«, sagte ich. Die Vögel hatten die richtige Größe. »Was ist das hier für ein Ort?« Es waren drei Hennen und ein kleiner Hahn.

Banger sah sich um und verzog den Mund ein wenig. Er hob einen Vogel auf und weidete ihn aus.

»Das hier, die alte Farm hier, ist ein Ort, wo ich als Kind immer gejagt habe. Ich bin dreimal hierher ausgebüxst, und das letzte Mal hab ich eine Ladung Nr. 6 Vogeldunst abgekriegt. Hab immer noch die kleinen Narben auf dem Rücken. Der alte Stone. Hat auf mich geschossen, wie ich ein Junge war, hat versucht, mich zu verjagen.« Er zog die Eingeweide des zweiten Vogels aus der heißen Höhlung.

»Der Hof hier hieß früher Stone City. Ich sag immer noch so dazu. Stone City. Die Stones haben alle hier oben gewohnt – drei oder vier Familien. In ihrer eigenen kleinen Stadt. Hier rauf ist der Steuereintreiber nie gekommen. Auch kein Wildhüter, keiner außer mir, ein Junge, der hinter den Vögeln her war. Hier hat's immer Vögel gegeben.«

»Was ist aus den Stones geworden?«

»Ach, die sind einfach ausgestorben und weggezogen.« Seine Stimme verlor sich. Damals ahnte ich nicht, daß er log.

Die Nachmittagssonne ergoß sich über Bangers Hündin, die dicht neben seinen Beinen saß. Er streckte die Hand aus und umfaßte ihren knochigen Schädel. »Meine Hündin«, sagte er. »Alles, was ich auf der Welt habe, stimmt's, Lady?«

Er ging in die Hocke und schaute der Hündin in die Augen. Ihre Vertrautheit, der banale Name Lady, das Selbstmitleid in Bangers Stimme machten mich verlegen. Nein, dachte ich, ich konnte unmöglich Bangers Jagdgefährte werden. Er hatte seine Hündin. Darum war es ein Schock, als die Hündin zu mir kam und mir die Hand leckte.

»Mein Gott«, sagte Banger. »Das hat sie im Leben noch nicht gemacht.« Es paßte ihm nicht.

Wir gingen an den Kellerlöchern vorbei zurück zu den Fichten am Ende der Wiese. Bangers Hündin lief einen Schritt hinter ihm.

»Ich nehm Sie im Wagen mit«, sagte Banger.

Seinen alten Power Wagon hatte er auf einer Holzfällerstraße einen knappen Kilometer unterhalb von Stone City abgestellt. Er polterte dahin, schrammte mit dem Unterboden über Erdhaufen und Steine. Lady saß in der Mitte und starrte stur geradeaus wie eine vornehme Witwe, die zur Oper chauffiert wird. Banger rief mir über das Dröhnen und Klappern des Wagens zu:

»Der alte Stone ... der gemeinste Hundskerl, den ich je ... seine sämtlichen Söhne und Töchter noch wilder ... gemein ... und es waren ganz schön viele.« Das Getriebe krachte, und Banger steuerte den Wagen auf die Hauptstraße.

»Sie hatte kleine Hütten mit kaputten, verrosteten Autos davor, mit Holzstapeln, leeren Bierflaschen und Maschinenteilen, die man vielleicht mal brauchen konnte, und überall dazwischen wucherte wie verrückt das Unkraut. Die Stone-Jungs waren wilde Kerle, jagten Hirsche mit dem Messer, fingen Bären in Fallen, Forellen mit Dynamit, legten Schlingen aus, erschossen fremde Hunde, die ihnen nicht gehörten, und legten jedes Mädchen flach, dem sie ihr Ding reinschieben konnten. Junge, Junge, das war ne Bande.« Er bog auf die unbefestigte Straße ab, die vor der Zuckersiederei endete, die er sich hergerichtet hatte.

»Hätte aufpassen sollen, was ich tu. Hab Sie wohl mit nach Hause genommen, bin so dran gewöhnt, den Hügel raufzufahren. Gebratenes Geflügel zum Abendessen. Sie können genausogut bleiben.«

Er holte von der Seite seines Holzschuppens vier Vögel herunter und hängte die aus seiner Jägerjacke auf. Er ließ nicht zu, daß ich ihm dabei half, die Vögel fürs Abendessen zu rupfen, sondern schickte mich in die Zuckersiederei. Lady tollte um ihn herum, jagte die Daunenfedern im aufkommenden Spätnachmittagswind.

Ich sah mich drinnen um. Auf einem Regalbrett standen ein paar Bücher, an Nägeln hingen ein paar Töpfe und Pfannen an der Wand, hinter dem Ofen der Hundenapf und ein billiger Flickenteppich. Bangers Feldbett stand, schmal wie ein Brett, an der gegenüberliegenden Wand. Ich stellte ihn mir darin vor, wie er Nacht für Nacht den schnüffelnden Träumen der Hündin hinter dem Ofen lauschte.

Das Haus war eine Art Waldhuhnmuseum. An den Wänden waren ausgebreitete Schwanzfedern befestigt – graue, zimtrote und ein seltener zitronengelber Albino. Aus Jagdzeitschriften ausgeschnittene Farbseiten, auf denen Waldhühner im Flug abgebildet waren, lagen neben Stapeln gewellter Schnappschüsse von Banger als jungem Mann, Waldhühner in den Händen. Schrotflinten hingen an Halterungen oder lehnten in den Ecken. Auf einem Stück Baumstamm hinter der Tür stand ein schlecht präpariertes, sehr großes Waldhuhn ein wenig zur Seite gekippt, als würde es gleich in Ohnmacht fallen; die Nester mit eingetrockneten Waldhuhneiern auf einem kleinen Regalbrett mußten auf Bangers Kindertage als Sammler zurückgehen, federleichte Schalen mit getrockneten Überresten von Waldhuhnembryonen.

Ich zündete die Petroleumlampe auf dem Tisch an, die ein gerahmtes Foto in einem Kranz Plastikblumen erhellte: das Bild einer jungen Frau, die vor einem Farmhaus mit durchhängendem Dach stand. Sie hatte langes Haar, dessen Spitzen verschwommen waren, als hätte der Wind durchgeweht, als die Klappe zufiel. Sie blinzelte ins Sonnenlicht, hielt ein Büschel Gänseblümchen hoch, im letzten Augenblick der Wirkung wegen hastig zusammengerafft. Ich konnte Erdklümpchen an den Wurzeln hängen sehen. Bangers tote Frau.

Aus der Bratpfanne spritzte Fett, daß Flämmchen hochschossen, als Banger eingemehlte Stücke Waldhuhn hineinlegte. Er streute Salz und Pfeffer darüber und warf dann die frischen Lebern und Innereien der Tagesbeute Lady zu, die hinter dem Ofen lag.

Wir aßen schweigend. Bangers Kiefer arbeiteten eifrig an den schmackhaften Vögeln. Er redete zur Abwechslung einmal nichts. Die Flamme der Lampe züngelte höher. Mir fielen die in den Stein eingelassenen Wagenachsen ein, und ich fragte ihn, wie der alte Stone gewesen war.

»Er war der Schlimmste von dem ganzen verfluchten Volk. Hatte Kinder, die seine Enkel waren. Ein dreckiger alter Tyrann, hat sie alle immer ausgepeitscht, sie in Angst und Schrecken gehalten.« Seine Finger trommelten ein Rebhuhnkollern auf dem Tisch. Er schrie das Foto der jungen Frau an, als würde er einen nicht beendeten Streit fortsetzen. »Der alten Sau hätte man Nägel in die Augen klopfen und einen stumpfen Zaunpfahl in den Arsch hämmern sollen!« Bangers Stimme erstarb.

Nach diesem Essen sah ich ihn fast einen Monat lang nicht.

## 2

*Der dunkle Fuchs trottete hinter dem Schirm aus wilden Kirschbäumen an der Hauptstraße entlang, unbeeindruckt vom Zischen und Dröhnen der sieben Meter entfernten Fahrzeuge. Das hier war der äußerste Südrand seines Reviers, die Straße überquerte er nie. Unter einem Busch lag der Kadaver eines weniger klugen Raben wie ein Fleck geschmolzener Teer. Der Fuchs wälzte sich in dem Aas und grub seine Schultern hinein. Er stand auf, schüttelte sich und setzte seine Tour fort, eine schwarze Feder im Schulterpelz wie ein von einem Picador gesetzter Pfeil.*

So schnell, als würde sie Gras ausreißen, rupfte Noreen den zweiten Vogel. Der andere lag staubig purpurn auf dem Ablaufbrett aus weißem Email.

»Ach, diese Arbeit macht mir nichts aus. Hab ich schon hundertfach gemacht. Es gab mal ein, zwei Jahre, wie ich klein war, da lief's hier oben wirklich schlecht, keine Arbeit, kein Geld. Wir haben uns von Vögeln und Fischen ernährt – Forellen, Neunaugen, alles. Ich hab immer die Vögel geputzt.« Ihre Finger sprangen zwischen dem kleinen Kadaver in ihrer Linken und dem Haufen Federn im Spülbecken hin und her.

»Mein Bruder Raymon' hat die Fische ausgenommen. Hat den Geruch von Vogelinnereien nie gemocht, macht mir aber nichts aus. Er kann jedes andere Tier schnell abziehen und ausweiden, aber keine Vögel. Mir macht's nichts aus.«

Fünf- oder sechsmal erklang ein Pock, als sie die schwierigen Federn an den Flügelspitzen ausriß. »Na schön, damit hätten wir's.« Sie lagen Seite an Seite, dunkle Höhlungen zwischen den steif hochgereckten Beinen. Noreen lehnte sich an die Spüle, von taubengrauem Dämmerlicht umflutet wie von steigendem Wasser. Ihr rotbraunes Haar war zu Locken gedreht, und an ihrer Backe klebte eine Daunenfeder. Sie sang ein paar Worte, die sich anhörten wie »mit Cowboy Joe, da geh ich nicht«. Zum Teufel mit Cowboy Joe, dachte ich, was ist mit mir?

Es war nicht das erste Mal, daß ich in einem Bett lag, das nachher zum Beichtstuhl wurde.

»Bist du verheiratet?«

»Ja.«

»Tja. Ich auch. Ich hab gewußt, daß du's bist.« Das Fuchsgesicht schimmerte fahl in der dunkler werdenden Dämmerung.

»Mein Bruder«, sagte sie. »Mein Bruder Raymon', du weißt schon?«

»Ja.«

»Er ist nicht mein richtiger Bruder, verstehst du,

56

bloß mein Halbbruder.« Sie sprach mit der Stimme eines Kindes, das Geheimnisse erzählt. »Verstehst du, Ma hat ihn bekommen, bevor sie meinen Dad kennengelernt hat, und Dad hat ihm seinen Namen gegeben.« Das Bett war ein Fuchsbau mit scharfem Fuchsgeruch, Erdgeruch. Sie flüsterte. »Ich hab's mit Raymon' gemacht.«

»Wann?«

»Ist schon lang her, das erste Mal, verstehst du? Er ist bloß mein Halbbruder. Es war das einzige Mal.« Sie sah mich an. »Jetzt du.«

»Jetzt was ich?«

»Jetzt erzählst du mir was Schlimmes, was du gemacht hast.«

Es war kein Spiel mehr. Ungefragt kamen mir Kindheitsvergehen und Erwachsenengrausamkeiten in den Sinn. Ich ärgerte mich, daß ich kribbelnde Tränen spürte.

»Erzähl mir von Raymond«, sagte ich.

»Verstehst du, sie ist mit diesem Kerl gegangen, stammte aus ner Familie hier aus der Gegend – die Stones, leben jetzt nicht mehr hier –, und Raymon' war unterwegs, aber bevor sie heiraten konnte, hat's schlimmen Ärger gegeben, so daß Raymon' keinen Vater gehabt hat. Es war die große Liebe, und sie wär beinah durchgedreht. Aber dann hat sie meinen Vater kennengelernt, er war Holzfäller da drüben, hat für St. Regis gearbeitet. Er kam aus ner Stadt in Quebec.«

»Also ist Raymond eigentlich ein Stone?«

»Ja. Na ja, er hat den Namen nie angenommen, aber das Blut hat er in sich. Das heißt zur Hälfte.«

Ich dachte an Stone City, die kaputten Hütten, die blaue Tür, von der die Farbe abblätterte, die Eisenachsen – das Versteck für Gesetzlose.

»Welcher Stone war es?« fragte ich und dachte an das, was Banger über den Alten gesagt hatte.

Sie stand auf und fing an, sich im dämmrigen Abend anzuziehen. Sie strich mit beiden Händen ihr Haar zurück. »Das bleibt zwischen dir und mir«, flüsterte sie feierlich. »Floyd. Das war derjenige, der auf den elektrischen Stuhl mußte.«

Die Sache wurde regelmäßig. Jeden Freitagabend war Beichtstunde. Ich erfuhr, wer das Kätzchen umgebracht, wer einer Freundin eine geneidete Bluse gestohlen hatte. Sie war von Familienbanden fasziniert. Am meisten hörte ich über die Schwierigkeiten des jungen Raymie mit seinem Alten, Raymon' dem Halb-Stone, wie ich ihn bei mir nannte.

»Raymie hat gestern abend wieder ne Tracht Prügel gekriegt. Verstehst du, er muß die Fallen alle vierundzwanzig Stunden abgehen, und das soll er ganz früh am Morgen machen, bevor er zur Eisenhandlung geht. Na ja, er hat's vergessen, und du hätt'st hören sollen, wie Raymon' den Jungen auseinandergenommen hat. Er hat ein richtig gewalttätiges Temperament. Raymie, der haßt das Fallenstellen. Er will hier raus, nach New York gehen, Rocksänger werden. Du solltest ihn mal hören.«

# 3

Die Saison dauerte bloß noch ein paar Wochen. Ich ließ mich von meinem neuen Interesse am Beichten nicht von der Vogeljagd abhalten. Alle paar Tage zog ich los, manchmal nur eine Stunde lang, manchmal, bis es dunkel war. Ich ging nicht nach Stone City, auf dem Bangers dunkler persönlicher Haß lag. Es fiel der erste Schnee, der liegenblieb; die Luft wurde härter und kristallen, sie nahm ihren Wintercharakter an.

Eines Morgens, als mir der feuchte Geruch bevorstehender Schneefälle in die Nase stieg, fand ich die frischen Spuren von Banger und Lady in dem Laubwaldstreifen hinter meinem Haus. Sie führten nach Süden. Ich faßte die absichtlich hinterlassene Fährte als Einladung auf und dachte, daß Banger mich vielleicht nicht deutlicher fragen konnte, ob ich mit ihm kommen wollte.

Er war mir ein gutes Stück voraus. Es war nach Mittag, bis ich ihn in Stone City einholte. Ich war ein Stück weiter oben am Hang parallel zu Bangers Spur gelaufen, weil ich dachte, daß er durch seine Anwesenheit die Vögel den Hügel hinaufgetrieben habe, wo sie sich vor Sturm und Jäger versteckten.

Ich lag richtig, scheuchte bei meiner langsamen Jagd ein halbes Dutzend auf, denn es war kein Tag, an dem die Vögel sich gern in Bewegung setzten. Ich erlegte einen, ein Reflexschuß durch eine dichte Gruppe junger Tannen, die so dünn und zahlreich standen wie Bambus, und das trotz meines vor Kälte tauben Daumens, der kaum den Sicherungshebel wegdrücken konnte. Es wurde immer kälter, und der Schneefall setzte ein, ernst zu nehmender Schneefall.

Stone City war eine verlassene Ruine, aber Banger hatte im Schutz einer eingestürzten steinernen Grundmauer ein Feuer entfacht und kochte in einer kleinen Kanne Kaffee. Die blaue Tür war mit Schnee bedeckt. Die Flocken zischten, wenn sie auf die Flammen trafen. Banger warf noch ein silbern glänzendes Brett von dem zusammengebrochenen Haus darauf.

»Was erwischt?«

Ich hielt den Vogel hoch und schilderte den Schuß. Banger breitete die Schwanzfedern zu einem Fächer aus, zählte die Federn, riß die beiden nicht gestreiften heraus, warf mir einen vorwurfsvollen Blick zu, als er sah, daß ich den Kropf nicht geöffnet hatte, und tat es selbst.

»Bucheckern. Haben sie den ganzen Vormittag gefressen, bevor sie vom Schnee zugedeckt waren. Die da waren alle«, er zeigte auf die vier Vögel, die in einer ordentlichen Reihe dalagen, »randvoll mit Bucheckern. Bucheckernvögel haben den besten Geschmack.«

So weit waren meine Kenntnisse über Vögel nicht gediehen.

Der Kaffee war gut und heiß. Banger sagte, er trage für die kalten Tage immer ein Beutelchen Kaffee und die kleine Kanne in seiner Jägerjacke. Das Feuer brannte rasch zu bohlenförmiger Kohle nieder. Banger stieg auf der Suche nach trockenen Brettern ins Kellerloch hinunter. Als er wieder heraufkam, rieb er etwas an seinem Ärmel.

»Herrgott, schauen Sie, was ich da unten auf der Mauer gefunden hab.« Er streckte es mir hin. »Das ist das Messer vom alten Stone.«

Es war ein großes Klappmesser mit zwei Klingen, zerfressen, verrostet. Der Messergriff bestand aus fleckigem gelben Plastik. Unter dem Plastik befanden sich schattenhafte Bilder, Bilderstückchen, die andeutungsweise einen Ziehharmonika spielenden Piraten ergaben oder einen irre grinsenden Professor neben einem Haufen von einem Tisch purzelnder Bücher. Das Bild auf der anderen Seite war klarer. Eine nackte Frau saß im Schneidersitz am Strand und blickte in die Kamera mit einem Lächeln, das geschwungen war wie der Rand eines Weinglases. Mit den Händen tätschelte sie einen Sandkegel zwischen ihren Beinen.

Ich gab Banger das Messer zurück. Es war schwer, als hätte es mit dem Alter Gewicht zugelegt. Banger spielte damit herum, versuchte das zerbröckelte Bild zu erkennen. »Herrgott, das Messer vom alten Stone!« Er lachte.

»Wie geht die Geschichte mit dem Stone auf dem elektrischen Stuhl?« fragte ich. Noreen war nie wieder auf das Thema zurückgekommen, und unser Taktgefühl hielt uns davon ab, an unsere erste Unterhaltung anzuknüpfen.

»Auf dem elektrischen Stuhl? Woher haben Sie das?«

Ich gab keine Antwort, und er drehte das Messer in seinen Händen.

»Das war Floyd Stone, der hat die ganze Stone-Bande ruiniert. Er war besonders wild, aber nicht so wild wie ein paar von den anderen.« Die frischen Planken qualmten und fingen dann Feuer, blaue Flammen züngelten elegant am Rand der Bretter. Lady legte den Kopf auf Bangers Knie und schaute mich über das Feuer hinweg an.

»Wie geht's meinem Mädel? Wie geht's meinem guten alten Mädel?« sagte ich mit der dämlichen Stimme, die ich Hunden gegenüber benutze, die ich mag. Sie wedelte mit dem fedrigen Schwanz. Banger legte den Arm enger um sie, und mich fröstelte schuldbewußt, als hätte man mich dabei ertappt, wie ich zur Frau eines anderen Mannes zärtlich war.

»Floyd Stone. Die Leute hier in der Gegend hatten mit den Stones Probleme, seit die Stadt gegründet wurde. Eigentlich waren die Stones die ersten Siedler hier, aber dessen rühmt sich keiner.

Sie kamen von New Hampshire rauf oder von Quebec runter, eins von beiden, ich weiß es nicht genau. Eine richtig alte Familie – und eine richtig üble Familie. Floyd war genauso wie alle seine Brüder und Vettern, hatte eine verrückte Ader, wenn er besoffen war; dann tat er alles, einfach alles. Hatten immer ein Schießeisen dabei, und zwar alle.

Einmal ist er von der Stadt den Hügel raufgefahren, besoffen wie 'n Stinktier, total heiß, aber nicht so dicht, daß er den alten Laster nicht mehr steuern konnte. Kommt zum Bahnübergang, der Zug fährt durch. Dreiundsiebzig Güterwaggons. Er zählt sie. Hinter ihm stehen zwei Autos, in einem davon der Baptistenpfarrer. Es kommt das Ende vom Zug. Da steht so ein Kerl draußen vor dem Dienstwagen. Er winkt Floyd zu, wie die Burschen das so machen.

Schnell wie ne Schlange greift Floyd nach seiner 7,56 mm und schießt dem Kerl mitten durch den Kopf, wie Sie oder ich zurückgewinkt hätten. Hat ihn grundlos totgeschossen. Hat ihn noch nie vorher gesehen. Dann ist er hier raufgefahren. Nach Stone City.«

Banger löste eine verrostete Klinge aus dem Messergriff. »Sie kamen von überallher rauf, um ihn zu schnappen. Die Landespolizei, der Sheriff, ein paar hundert Mann von unten, hatten alle Waffen und wollten sie benützen. Es war eine Armee. Die Menge war richtig häßlich drauf, hatte von den Stones die Nase voll.

Der alte Stone kommt auf die Veranda raus. ›Verschwindet von mei'm Grund und Boden!‹ brüllt er, als hätte er ne Schrotflinte in der Hand. Aber er hatte keine Schrotflinte. Hätte wahrscheinlich eine gehabt, wenn er nicht auch sternhagelvoll gewesen wär. Hält nen Krug in der Hand, so nen alten Zinnkrug, voll bis zum Überschwappen mit nem selbstgebrauten Urwaldtrunk. Steht einfach da, schwankt hin und her, mit roten Augen, brüllt: ›Verschwindet von mein'm Grund und Boden!‹

Die Polizei brüllt zurück: ›Wir haben hier einen Haftbefehl für Floyd Stone wegen vorsätzlichen Mordes an wem auch immer und so weiter. Komm raus, Floyd!‹

'türlich ist Floyd nicht rausgekommen. Hier standen vier oder fünf Häuser, er hätt in jedem davon stecken können. Da sagt die Polizei was zu vier von ihren Leuten, und die rennen direkt die Verandastufen rauf und packen den alten Stone und verhaften ihn wegen Behinderung der Staatsgewalt. Da war die Veranda.« Banger deutete auf die blaue Tür.

»Siebzig Jahre alt, aber der alte Mann schlug und trat zu, schrie, fuchtelte mit seinen langen Fingernägeln rum und fuhr einem der Polizisten damit direkt über den Augapfel, der Bursche büßte sein Auge ein und mußte wegen hundertprozentiger Arbeitsunfähigkeit pensioniert werden.

Keiner wollte in die Häuser rein und nach Floyd suchen. Das war, bevor sie Tränengas und so Zeug hatten, das sie unter den Türen durchsprühen. Die Menge ist zum Zuschlagen bereit, völlig wild. Jemand brüllt: ›Reißt die Häuser ein! Dann wird der Sack von einem Mörder schon rauskommen!‹ Wie ich gesagt hab, es waren ein paar hundert Leute da.

Sie laufen zu den Häusern, zerren an verfaulten Brettern, treten die Fenster ein. Jemand hat ne Axt erwischt und die Enden von den Schindeln gelockert, und zehn andere haben sie weggerissen wie Tapeten. Aus den Häusern rennen Stones, Frauen, Kinder, besoffene Stones, ne alte Großmutter, alle brüllen und heulen.

Tja, Floyd haben sie auch erwischt, innerhalb von ungefähr zehn Minuten. Er lag unter nem Bett versteckt, hatte seine alte Mörderflinte bei sich, hat auf die Schlafzimmertür gezielt. Er hat nicht damit gerechnet, daß ganz plötzlich die gesamte Rückwand abgerissen wird und ein Dutzend Kerle ihn an den Knöcheln packen und unter dem Bett vorzerren. Die Polizei hat ihn mitgenommen – hat's nicht ganz leicht gehabt, ihn fortzuschaffen – und hat die übrigen Stones uns überlassen. Jemand hat

Teer fürs Dach gefunden und angefangen, ihn zu erhitzen.«

Ich fragte mich, ob Banger derjenige gewesen war, der den Teer gefunden hatte.

»Sie brachten wegen der Federn sämtliche Hühner um und auch ein paar Enten und Gänse. Dann zogen sie jeden einzelnen Stone aus, ausgenommen die Frauen und Kinder, und gossen den heißen alten Teer über sie, zielten auf die Weichteile, und dann warfen sie die Federn drüber.«

Der Schnee trieb und wirbelte im auffrischenden Wind wie Daunen, wie die fliegenden Federn, die auf die geteerten Stones geworfen wurden. Himmel, dachte ich, was waren das für Menschen?

## 4

*Wegen seiner Farbe überquerte der Fuchs bei Schnee nur selten offene Gelände, sondern hielt sich an Wald und Gestrüpp, jagte am Rand der Wiesen nach Mäusen. Im bitterkalten Morgengrauen trottete er mit rauhreifbedeckter Schnauze zu einer Dornenhecke neben einer verlassenen Wiese, in der Hoffnung auf einen morgendlichen Hasen. Hasenfährten verliefen wie komplizierte Fadenspiele aus Schnur, schlugen Haken durch das Dorngestrüpp und zwischen den Fichten, verblaßten in den Schneeverwehungen zu nichts, als hätte der Hase merkwürdige Flügel ausgebreitet und wäre auf die Bäume geflogen. Mit der Nase am Boden trottete der Fuchs weiter, hoffte auf die warme Witterung, aber er fand*

*nur eine flüchtige Andeutung von Hasentum. Er be-*
*fand sich fast bei der gefrorenen Gestalt im Schnee,*
*als er den verhaßten Geruch seines größten Feindes*
*aufnahm. Fast im selben Augenblick war er sich der*
*Unausweichlichkeit des Todes bewußt. Sein Herz*
*pochte, und seine Aufregung war so groß, daß er*
*über eine offene Wiese rannte, ein leichtes Ziel für*
*einen Fuchsjäger, wäre einer dagewesen.*

In der Nacht wurde es extrem kalt. Windböen rüt-
telten an den Fenstern und trieben Schnee unter der
Tür durch. Am Freitagmorgen hatte es zu schneien
aufgehört, aber der Wind peitschte den Boden vor
dem Haus leer und häufte auf der Einfahrt eine messerscharfe, halbmondförmige Verwehung an.

Eine melancholische Trägheit, eine der uralten
sieben Todsünden, erfaßte mich, als Noreen anrief,
um mir für diesen Tag abzusagen: Ihr Auto springe
nicht an. Atemlos und schuldbewußt rauschte ihre
Stimme durch den Hörer. Ich fragte mich, wer bei
ihr war, vielleicht der Ehemann, dessen Namen sie
nie genannt hatte, dessen Schwächen sie nie ge-
schildert hatte. Vielleicht ihr tobender Halbbruder,
der von der Wut der Stones gefärbt war. Ich hatte
das Gefühl von Spott, sah ein geschwungenes
Lächeln vor mir und im Wind schwebende Federn.

Ich öffnete die Herdtür in der Küchenzeile, um es
warm zu haben, und gönnte mir ein paar damp-
fende Toddys. Der Wind schüttelte das Ofenrohr.
Ich war allein, das Glas immer leer. Ich döste in der
stickigen Küche, mein Kopf dröhnte vom Whiskey
und dem Tosen des wirbelnden Windes.

Banger stand vor mir, die Küchentür war offen, und der Wind bahnte eine Schneise in den heißen Raum. Seine bloßen Hände waren steif, und seine Augen tränten.

»Lady«, rief er. »Sie haben sie, verdammt. Wo ist meine Hündin?«

Wir mußten vom Dachboden bis zum Keller durchs Haus gehen, jeden Kleider- und Küchenschrank öffnen, bis Banger mir glaubte, daß ich Lady nicht an ein verstecktes Wasserrohr gebunden hatte. Auf dem Boden des Schlafzimmerschranks glänzten Noreens blaue Hausschuhe, funkelnde Kunstseide mit Federn. Ich schenkte Banger ein Glas ein und hörte ihm zu.

Er hatte Lady am Abend zuvor trotz des Schnees hinausgelassen, sagte er, weil sie geschnüffelt und die Nase an seinem Handrücken gerieben hatte. Lady machte es in schlimmen Nächten Spaß, etwa eine Stunde im Freien herumzulaufen. Seiner Meinung nach gefiel es ihr, weil der warme Platz hinter dem Ofen noch angenehmer war, wenn sie wieder hereinkam. Eine merkwürdig puritanische Einstellung für einen Hund, dachte ich.

Er war eingeschlafen, während er auf das Jaulen und Kratzen an der Tür wartete. Es kam der Morgen, aber keine Lady. Er war zu unruhig, um in die Stadt zu fahren und verbrachte den Vormittag damit, nach ihr zu rufen und zu pfeifen. Gegen Mittag ging er in den Wald, suchte in der wehenden Kälte nach ihren Spuren und rief sie beim Namen. Er begann zu glauben, ich hätte die Hündin mit Waldhuhninnereien weggelockt. Sie war seit fast vierundzwanzig Stunden verschwunden, als Banger wütend und argwöhnisch durch meine Tür polterte.

Beim ersten Tageslicht brachen wir auf und zogen immer größere Kreise um Bangers Zuckersiederei. Der Wind legte sich, und frische Spuren hielten. Wir fanden keine Spuren von Lady. Mir fiel Stone City ein, und wieder sah ich Banger die Waldhuhneingeweide in den Schnee werfen, während er mir von der Vertreibung der Stones erzählte. Lady hatte sich womöglich erinnert, wo jene verbotenen Bissen hingefallen waren. Ein rascher, schuldbewußter Ausflug, ein hastiges Verschlingen und wieder zurück, um an der Tür der Zuckersiederei zu kratzen und sich zur bequemen Matte hinter dem Ofen zu begeben. Ich dachte mir, daß sie Banger schon ein Dutzend Mal so mitgespielt haben könnte.

»Waren Sie schon in Stone City?« fragte ich ihn.

»Nein, aber da läuft sie nicht hin, wenn wir keine Vögel jagen.«

»Kann ja nicht schaden, nachzuschauen und sich zu vergewissern.«

Banger war skeptisch, mürrisch, aber wir wandten uns Richtung Süden, versanken immer wieder in Schneewehen fast wie in Treibsand.

Die roten Dornenzweige in den Kellerhöhlen klapperten im Wind, der in sie hineinfuhr. Stone City wurde von Schneewellen weggespült, die über die willkürlich verstreuten Bretterhaufen leckten, die Fundamente überschwemmten, die letzten Spuren der Stones auslöschten. Die mächtigen Nieder-

68

schläge des Winters würden die Farm versinken lassen.

Banger trat dort, wo er die Eingeweide hingeworfen hatte, gegen den Schnee. Es war nichts da außer der Asche des Feuers, die den blassen Schnee verschmutzte.

»Die kann jedes Tier geholt haben – Waschbär, Fuchs, Marder. Lady frißt keine Vogeleingeweide.«

Wir suchten auf dem Feld und am Bach. Banger rief mich zu sich.

»Sehen Sie? Fuchsspuren, und auch noch ziemlich frisch – von heut früh. Der hat die Eingeweide geholt.«

Aber dann blickte Banger über die frischen Fuchsspuren hinweg auf eine schwache Fährte im vom Wind verwehten Schnee, flache Abdrücke, die auf offenem Feld völlig zugeweht und unter den schützenden Koniferen nicht mehr als eine Andeutung dessen waren, daß hier zuvor etwas durch den Schnee geschlurft war.

»Und was war das?« fragte ich. »Ein Wiesel, ein Marder? Nur etwas Schweres kann so eine Furche ziehen.« Banger sah mich voll Verachtung und Bitterkeit an. Er hatte diese Art Fährte schon früher gesehen.

Sie führte in die Brombeerhecken, die wie eine stachelige Wehr die tiefer gelegenen Wiesen der Stones umschlossen. Banger stapfte durch die stämmigen, dornigen Zweige wie durch eine Wiese mit hohem Gras, schimpfte und plapperte vor sich hin. Ich folgte ihm, ohne zu begreifen, was er bereits sicher wußte.

Ungefähr fünf Meter weit im Gestrüpp ließ er sich auf die Knie fallen und wischte den Schnee von dem Haufen, der Lady war. Um den erfrorenen Kadaver verliefen Fuchsspuren. Banger hob die tote Hündin hoch, spürte den Widerstand und legte sie sacht wieder hin. Er tastete sich an der Kette der Falle entlang; diese fesselte ihr rechtes Vorderbein an die Schlinge, die fest im Gestrüpp verankert war. Er drückte die Backen der Falle auf und zog die steife Vorderpfote heraus. Dann schleuderte er die Falle so weit er konnte ins Gestrüpp. Sie baumelte an einem Gewirr dorniger Zweige, die Kette schwang in kurzen Bögen auf und ab.

»Banger!« rief ich. »Wollen Sie die Falle nicht behalten, um rauszukriegen, wem sie gehört?«

Seine Augen funkelten in seinem puterroten Gesicht. Er hielt Lady in seinen Armen, schwer und zur gekrümmten Karikatur eines Hundes gefroren. Er hatte bislang nichts gesagt, aber jetzt brüllte er: »Ich weiß, wer es war! Der alte Stone. Er hat mir angetan, was er mir antun konnte. Er hat mich von hier vertrieben, als ich noch ein Junge war, er hat mich mit seiner Flinte angeschossen, mein Haus niedergebrannt, ja, er ist es gewesen, der meine Edie und den Jungen verbrannt hat, nachdem ich sie alle aus Stone City verjagt hab, und jetzt hat er meinen Hund geholt, weil ich sein blödes altes Messer genommen hab! Hier, du Stone, nimm's. Nimm's zurück. Ich will's nicht.«

Er hielt die Hündin unbeholfen mit einem Arm, während er in seiner Tasche kramte, das alte gelbe Messer herauszog und es auf den Boden warf. Er trat dagegen und machte sich auf den Weg zur Zuckersiederei.

Die Falle war eine Blake and Lamb, fast neu. Das Namensschild aus Aluminium unter der geräucherten Platte glänzte noch. Die gestanzten Buchstaben ergaben: »Raymond Pineaud, Jr.« Raymie hatte wieder einmal seine Fallen vernachlässigt. Sogar die illegitimen Abkömmlinge der Stones waren Raubtiere. Sie konnten genauso wenig dagegen tun, wie Banger, vor Argwohn und Zorn bebend, etwas dagegen tun konnte, daß er immer wieder ihr Opfer wurde.

Die Eisenwarenhandlung wurde geschlossen, dann verkauft. Ich erfuhr, daß Banger nach Florida zog, nach Arizona, nach Kalifornien, Paradiese auf Erden im Vergleich mit Chopping County. Raymie fuhr mit dem Bus nach New York, seine Fallen verrosteten, wo sie waren.

Im Frühjahr verkaufte ich mein Haus an ein Rentnerehepaar aus New Jersey. Die beiden waren voll unschuldiger Begeisterung über die Gegend. Während wir uns im Büro der Gemeindeverwaltung befanden, um den Kauf eintragen zu lassen, fragte ich aus Neugier, wem Stone City gehörte. Die Angestellte sah nach.

»William F. Banger. Er hat es vor Jahren gegen Begleichung der rückständigen Steuern erworben. Es gehört ihm immer noch.«

Sie täuschte sich. Es gehörte immer noch den Stones und würde ihnen immer gehören.

Der Fuchsbastard trottete lautlos den Hang zu der aufgegebenen Farm hinunter; er trug vorsichtig etwas in seinem Maul. Der Bau war neu, die vergrößerte Höhle eines Waldmurmeltiers, die unter einem Kellerfundament verlief; der Hintereingang war halb von einer verblaßten blauen Tür verdeckt.

Der Fuchs ließ seine Beute sacht unter seine Jungen fallen. Trotz des gebrochenen Flügels versuchte der einjährige Waldhahn zu fliegen, aber die zertrümmerten Muskeln und Knochen hingen schlaff herunter, und der Vogel rollte wie ein gefiedertes Windrad über den Boden. Die wolligen Jungen, die noch ihre Milchzähne hatten, duckten sich vor dem flatternden Ungeheuer. Der Vogel rannte weg, schaffte es fast bis zur Hecke, ehe der alte Fuchs ihn wieder einfing, ihm ein Bein brach und ihn zu den Jungen zurückbrachte.

Schließlich stürzte sich eine kleine aschfarbene Füchsin, frecher als die anderen, auf den Vogel und sprang mit ein paar blutverspritzten Federn wieder weg.

# GRUNDGESTEIN

Maureen stand in einem Kreis aus abgebrochenen Rindenstücken und hackte im kahlen Hof Holz.
Am Horizont hing eine von Hitzeblitzen durchzo-
gene blaue Wolkenschicht.

Vom Fenster des Gästezimmers aus beobachtete
Perley, wie das zum Zopf geflochtene Haar seiner
jungen Frau bei jedem Axthieb wippte, ihre schlanken Arme sich hoben, die Schneide wie ein sardo-
nisches Lächeln in der Luft gleißte. Sie stellte einen
gegabelten Klotz auf den Hackstock und scharrte
mit dem Fuß über den Boden. Die Axt hob sich und
sauste nieder, der Klotz brach entzwei mit einem
Schlag, als hätte sie auf den Gesteinschild unter der
Erde getroffen.

Durch die trübe Fensterscheibe wirkte die Wiese
hinter ihr wie ein Stück gelbes Papier, auf dem Pap-
pelschößlinge wuchsen wie senkrechte Federstriche.
Das war schon das zweite Jahr, in dem er zu mähen
versäumt hatte. Perley betrachtete die Wiese hun-

75

dertmal am Tag. Er hatte die Angewohnheit, sich vorzustellen, wie es früher gewesen sein mochte; die urtümlichen Bäume, der Hang verwildert, voll qualmender Baumstümpfe und Wölfe, die durch die verschleierte Landschaft in den leeren Norden trotteten. Jetzt reichte das mit Wolfsmilch und violetten Wicken durchschossene gelbbraune Gras bis auf halbe Höhe an Nettas Stein heran, der oben auf dem Hügel leuchtete wie der weiß aufgehende Mond.

Maureen warf einen Blick über die Schulter, und Perley zuckte zurück. Wieder nicht erwischt, dachte er; noch war er flink. In seinen alten zerknitterten Lederslippern schlurfte er davon in die Küche, um mit dem Essenkochen anzufangen. Seine sonnengegerbte Farmerbräune war vor Monaten verblaßt, und sein fahles, mit Silberstoppeln übersätes Gesicht war so leer wie die von der Katze ausgeleckte Untertasse.

Zum Abendessen setzten Maureen und Perley sich an den Tisch, einen leeren gelben Stuhl zwischen sich. Die Gabeln steckten mit den Zinken nach oben in einer Kaffeedose. Er wollte die richtige haben. Maureen mochte es nicht, daß er die neuen Gabeln mit dem aufgeprägten Muster aus Rosen und Weinranken benutzte.

Sie nahm sich von den Schweinekoteletts, während Perleys Hände auf dem Tischtuch lagen und über den Holzgriff seines Messers strichen. Ihm lief das Wasser im Mund zusammen, als sie dicke Butterflocken abschnitt. Sie sah ihn an mit Augen wie aus blauem Sandstein, bedeutete ihm, anzufangen. Er sägte das helle Fleisch vom Knochen, die

Nieten im Messergriff blitzten im Licht der nackten Glühbirne. Maureen verschlang große Bissen der dunklen Brute-Kartoffeln. Er selbst rührte blaue Kartoffeln nicht an. Dazu konnte sie ihn nicht bringen.

Nach dem Essen sahen sie sich das von atmosphärischen Störungen beeinträchtigte Fernsehprogramm an, bis es Zeit war, ins Schlafzimmer hinaufzugehen. Er lag auf seiner Seite des Betts im unruhigen Schlaf eines alten Mannes, beobachtete das trockene Flackern der regenlosen Blitze und das nervöse grüne Aufleuchten der Glühwürmchen über den Wiesen. Maureens Atem ging so leicht wie frisch auflebender Wind im Gras. Aus den Ferienhäusern am Fluß ergossen sich schimmernde Lichtkegel. Er beobachtete, wie das wilde Gewirr von Blitzen die Hügelflanke leichenblaß erhellte. Erst als die dumpfen Donnerschläge sich verzogen, fiel Regen.

Die Farm hatte eine dünne Bodenkrume, die über von Gletschern und Meteoriten zerschürftem Grundgestein aus Granit lag. Die kelchförmigen Ulmen, die Buchen, die mit stoppeligem Gras überzogenen Flächen, die ineinander verknoteten Wurzeln konnten wieder weggespült werden. Noch eine Sintflut, dachte er, würde das Gestein völlig bloßlegen, den harten Kern der Erde aufdecken.

Atome dieses Granits wirbelten in seinem Körper. Die harten Eigenschaften des Gesteins drangen durch den Boden empor in die Pflanzenwurzeln. Immer, wenn Perley sich aus der von der Hitze rissigen Schüssel Kartoffeln nahm, wurden seine Knochen gehärtet, sein Blut gekräftigt. Maureen hingegen, so wußte er, hatte einen wilden Astralstoff in sich, der so hart und dicht war, daß Granit unter ihren Schlägen zu Staub zerfiel.

Als Netta starb, hieb Perley ein Stück von dem Felsen hinter dem Steingarten ab; er schlug immer wieder den Meißel hinein und schöpfte den mehligen Felsstaub aus den schmalen Löchern. Er setzte Keile an, klopfte sie hinein, bis der Stein mit einem trockenen, leisen Geräusch aus seinem Bett brach. Dann meißelte er ihren Namen hinein.

Er schleppte den fertigen Gedenkstein mit dem Traktor hinauf bis an den Rand der Wiese. Aber als seine Tochter Lily ihn sah, sagte sie, die Buchstaben seien zu grob. Sie hätten einen anständigen, polierten Stein bestellen sollen, mit einer poetischen Inschrift und einem Blumenmuster. Sie habe vor Jahren ein Gedicht aus einer Zeitung ausgeschnitten und es aus irgendeinem Grund aufbewahrt. Jetzt wisse sie, warum.

Allein zu leben entfernte ihn vom Leben. Ein- oder zweimal glaubte er in der Küche Nettas leise, trockene Stimme zu hören, wie sie ihn fragte, ob er Schinken zum Essen wolle oder nicht. Die Katze scharrte Nettas verkümmerte Zimmerpflanzen aus den Töpfen, um an die Erde zu gelangen, und die auf dem Teppich verstreuten Erdklümpchen kamen ihm auf obskure Weise schrecklich vor.

Es war Lilys Mann Samuel, der große, schwerlidrige Augen hatte wie die Büsten römischer Kaiser, der ihm die Idee in den Kopf setzte.

»Du könntest wieder heiraten.«

Sie flickten gerade Zäune, und der straffe Draht sirrte, wenn Samuel die Krampen einschlug. Der frische Wind peitschte über die Wiesen.

»So manch einer heiratet noch mal. Ist jetzt schon über ein Jahr. Du gehörst noch nicht zum alten Eisen, Perley. Du bist in nem Alter, wo noch was geht.«

Die Frauen dachten genauso. Sie brachten ihm Braten und Kuchen, Gläser mit eingelegten Birnen und Nelken, die im trüben Sirup schwammen wie ertrunkene Menschen. Selma Ruth, die damit geschlagen war, die Kinder ihrer mißratenen Tochter großzuziehen, kam mit Brot.

»Verflucht will ich sein, wenn ich meine Enkelkinder vom Staat aufziehen lasse«, sagte sie und humpelte von seiner Veranda, während die frischgebackenen Laibe auf seinen ausgestreckten Händen lagen wie zwei duftende Kissen. Er stellte sich vor, mit Kindern an einem Tisch zu sitzen, die ihre Erbsen um den Tellerrand rollten, als wäre es eine Rennbahn. Er fragte sich, ob er ihnen befehlen sollte, damit aufzuhören, oder hoffen sollte, daß sie erwachsen werden würden. Lily und Samuel hatten keine Kinder.


Es war ein sehr kalter, klarer Tag, als er begann, die Farm zu verlieren. Schwarze Stengel lagen steif auf der gefrorenen Erde, sprödes abgefallenes Laub kreiselte im drehenden Wind.

Er erkannte Bobhot Mackies Wagen, der von der Flußstraße heraufkam, ein alter roter Chevrolet mit klappernden Kotflügeln und abgefahrenen Reifen, die verzogenen Seitenteile wurden von Stahlketten zusammengehalten. Er ging die Treppe hinunter, um sich zu erkundigen, was Bobhot wollte, um ihn davon abzuhalten, auszusteigen, seine heißen, funkelnden Augen über die Farm schweifen zu lassen und auszuspähen, was er später einmal mitnehmen könnte. Maureen, Bobhots jüngere Schwester, stieg aus.

»Bin gekommen, um bei Ihnen zu putzen, ein bißchen Hausmannskost zu kochen.«

Bobhot stützte seinen klobigen Ellbogen auf den Fensterrahmen und lachte, ein hämisches Kichern, und das Mädchen schob seinen langen Zopf zur Seite. Perley versuchte zu sagen, daß er sehr gut allein zurechtkomme, aber Bobhot fuhr davon, hupte laut und posaunend und ließ seine Schwester da.

In der Nacht kam das Mädchen zu ihm, ihr offenes Haar war schwer und heiß. Sie war nicht unerfahren, aber zurückhaltend, und ihre Glieder fügten sich nachgiebig bei der geringsten Berührung. Der schuldbeladene Duft der Weidenpollen und des Flusses im Frühling strömten durchs Zimmer; die drohende Gestalt der Vergangenheit lag plötzlich bloß, als hätte jemand eine Hand von einem Gesicht weggezogen. Er schien trocknenden Schlamm unter den Fingernägeln zu spüren.

Einen Monat später wurden sie während eines Schneesturms getraut, der Wind nahm das Läuten der Glocke als wirres Gebrumm mit sich. Er trug einen weißen Anzug.

Lily hatte gesagt: »Das ist widerlich. Die Braut

trägt Weiß, nicht ein alter Mann, der ein Mädchen heiratet, das vier Jahre jünger ist als seine eigene Tochter.«

Der Anzug war so dicht und schmierig weiß wie Speck; er schlenkerte in kosenden Falten um seine knorrigen Beine, als er ihn im Laden anprobierte. Aber in der kalten Kirche klebte er wie nasses Plastik an ihm. Er stand fast auf der gleichen Bodendiele wie bei seiner ersten Hochzeit. Damals hatte er einen schwarzen Anzug getragen. Damals war es ein Spätnachmittag im August gewesen, war das bierfarbene Licht durch dieselben staubigen Scheiben gefallen, abgesehen von einer Wespe, die gegen ein Fenster flog, so kompakt, so filzig wie Königskerzenblätter. Die Hitze, das gelbe Licht, Nettas plumpe Hand, der Duft muffiger Frömmigkeit schienen wirklicher als die kalte Feier, die jetzt das Mädchen Maureen an ihn band.

Lily und Samuel kamen nicht zur Hochzeit. »Was für eine Familie du da in unsere bringst«, schrie Lily. »Was Schlimmeres hättest du nicht tun können.« Nur Bobhot war da, rot und betrunken.

Maureen verschmähte Flitterwochen. Sie tapezierte das Farmhaus neu, mit Mustern aus Blumengittern in den Schlafzimmern, roten Teekannen in der Küche. Sie band ihren langen Zopf hoch und strich die Küchenstühle gelb, den alten Eichentisch in einem kalt Grün, wie Gras im Regen. In den schmalen Fenstern hingen Vorhänge mit scharlachroten Hibiskusblüten. Aber in der Spüle standen Stapel schmutzigen Geschirrs, das verdreckte Geschirrtuch hing an einem Nagel.

Bobhot kam zum Essen, verdrückte einen Hotdog nach dem anderen, während seine sengenden Augen durch das Zimmer wanderten, beim Anblick der Tapete, der Uhr in Form eines Scotchterriers, des Plastikfarns auf dem Fenstersims über der eisernen Spüle aufleuchteten. Er aß Götterspeise und ging, und eine ganze Weile konnten sie den roten Chevrolet die Flußstraße entlangpoltern hören.

Perley baute Green Mountain-Kartoffeln an, deren wachsiges, gelbes Fleisch ganz nach seinem Geschmack war. Er hatte es mit anderen Sorten versucht – Mortgage Lifter, Russet, Rose King –, aber nie mit Brute. Nie mit einer dunkelblauen Kartoffel, einem tintigen, giftig aussehenden Ding.

»Ich laß uns von Bobhot ein paar Saatkartoffeln rüberschicken«, sagte Maureen im April.

»Brauchst du nicht, ich hab genügend vorrätig.«

»Aber keine Brute.«

»Green Mountain. Ich bau Green Mountain an.«

»Ich mag Brute. Die schmecken am besten. Auf eine Mountain geb ich keinen Dreck.« Ihre Stimme hatte etwas Freches, das ihn erstaunte. Er lachte ungläubig.

»Auf dieser Farm werden Green Mountain angebaut.« Er ahnte nicht, was kommen sollte.

In ihren Augen flackerte Feuer auf. Mit einem satten, weit ausholenden Haken schlug sie ihn so fest auf die Backe, daß er gegen die Wand knallte. Sie zertrümmerte ihm die Nase, während er noch wutentbrannt versuchte, aufzustehen und Atem zu schöpfen. Sie war über ihm, hämmerte auf ihn ein, zog ihn an den Haaren, grub ihm die Knie in die

Nieren. Sie rollte ihn auf den Rücken und schlug ihn mit der flachen Hand.

»Sag ›Brute!‹«, keuchte sie, boxte ihn mit harten, schmerzenden Hieben in die Rippen. Er konnte nicht zurückschlagen. Schließlich bekam er ihre Handgelenke zu fassen und hielt sie mit aller Kraft fest, bis seine Arme vor Anspannung zitterten. Er spürte, wie sie ihr Gewicht verlagerte und ihr Knie zwischen seine Beine schob. Ihr ist egal, was sie anrichtet, dachte er und sagte: »Brute.«

An diesem Abend blieb er bis spät in die Nacht in der Scheune, bis die Kälte ihn ins Haus trieb. Er ging die Hintertreppe hinauf in Lilys früheres Zimmer und legte sich unter die Tagesdecke aus Chenille. Durch die Dunkelheit sickerte trübes Sternenlicht. Er hörte Bodendielen quietschen. Sie kam zu ihm ins Bett, nackt, mit aufgelöstem Zopf.

»Mr. Perley«, flüsterte sie. Ihr heißer Atem verbrühte sein wundes Gesicht. Ihre Finger glitten an seinem Körper auf und ab, bis er sich mit einem Stöhnen voller Selbsthaß auf sie wälzte. Bevor er einschlief, versprach er ihr, Brute anzubauen.

Nachdem die Gartenfrüchte abgeerntet waren, trug er die Leiter zu den Obstbäumen, um die Sommeräpfel auszudünnen, und stand oben im dunklen Laub und verzweigten Geäst, als sie die Leiter unter ihm wegstieß.

»Du alter Hund«, sagte sie und sah zu, wie er fiel. »Warum hast du Bobhot nicht die Gartenfräse ausleihen lassen?« Er lag zwischen den harten grünen Äpfeln auf dem Boden und dachte, es sei zwecklos, ihr zu erzählen, wie Bobhot sich am Abend zuvor die Gartenfräse einfach genommen hatte, nachdem er seinen Wagen unten an der Straße abgestellt und sich lautlos in den Schuppen geschlichen hatte. Perley hatte den Spritkanister umfallen hören, und als er mit der Taschenlampe hinausgegangen war, hatten Bobhots Augen in der Dunkelheit geleuchtet wie rote Knöpfe.

Perley fing an, sich vor ihr in acht zu nehmen, argwöhnisch wie eine Katze, die manchmal gestreichelt, manchmal getreten wird. Er konnte sie nicht schlagen; er verdiente, was geschah. Zunehmend hatte er das Gefühl, als sei etwas verlegt, und er schaute oberflächlich Schubladen und Küchenschränke durch. In der Küche fand er einen Stapel vergilbter Rezeptkarten in Nettas vertrauter Handschrift. Er dachte an Kekse, versuchte welche zu machen, strich die Tasse Mehl mit der Messerklinge glatt, wie er es Netta hundertmal hatte tun sehen. Der Geruch nach Gebackenem hatte etwas Tröstliches.

Mehr und mehr war es Maureen, die Holz hackte, am kaputten Scharnier der Schuppentür herumhämmerte. Auf der gelben Wiese wuchs dunkles Dornengestrüpp.

Bobhot kam oft; um Maureen zu helfen, sagte er, setzte sich auf den gelben Stuhl zwischen ihnen und aß Schweinebraten. Einmal schlief er am Tisch ein; sein Mund stand offen und zwischen seinen Zähnen steckten dunkle Fleischfetzen. Maureen weckte ihn und schickte ihn ins Gästezimmer hinauf. Perley sah, daß er den Weg mühelos fand.

»Wär gefährlich, wenn er zurückfahren würde –

könnte in nen Wagen voller Kinder rauschen«, sagte sie. Die ganze Nacht hörte er Bobhots Schnarchen und Atmen hinter der Wand, spürte, wie sich
die roten Augen durch das Kopfteil des Bettes bohr-
ten, und dachte an die stachelige, feiste Backe, ähnlich einer Speckschwarte, die sich am weißen Kis-
senüberzug rieb.

Eines Septembermorgens kam Bobhot früh; auf
seinem Wagen klapperten durcheinander gewürfel-
te Eisenteile. Der Himmel war glatt wie ein gewa-
schener Stein. Bobhot öffnete die hintere Ladeklappe und zog Metallrohre herunter.

»Er streicht«, sagte Maureen. »Am ganzen Haus
blättert die Farbe ab.«

Bobhot drehte und klopfte die Rohre in Verbin-
dungsstücke, bis sich an der Rückseite des Hauses
ein Gerüst erhob. Perley sah zu ihm hinauf, wie er
hoch oben unter der Gaube auf einer Planke stand.
Als Bobhot von einer Farbdose den Deckel hob,
hörte er ein saugendes Geräusch.

Perley machte sich auf den Weg den Hügel hinauf und strafte seine Kurzatmigkeit, indem er noch
schneller ging. Die Katze stahl sich durchs nasse
Gras ihm nach. Nach gut hundert Metern gab sie
auf und schrie mit ihrer dünnen Stimme nach ihm.

Hinter Nettas Grab war ein Stück der alten Steinmauer umgestürzt. Hier wuchsen Wolfsmilch, Ge-
meines Leimkraut und Goldruten. Im Osten lag der
Presidential Range, ein blasser, zackiger Grat, wie
ein Stück abgerissenes Papier vor einem noch blas-
seren Himmel. Wilter, der Postbote, hatte ihm erzählt, daß es in den Bergen noch Luchse gebe. Per-

ley stellte sie sich vor, ihre langen, ersten Gesichter mit den Schnurrhaaren, umrahmt von tief herab-hängenden Lärchenzweigen, wie sie auf dunklen Beinen dastanden, die Pfoten zusammengekrallt und den Rücken zu einem Bogen gekrümmt. Er blickte auf sein Haus hinab: klein und niedrig, das Gerüst wie schwarzer Draht, Bobhot wie eine Ameise. Der neue Anstrich ähnelte dem häßlichen Gelb von Straßenschildern.

Er arbeitete an der Mauer, füllte die dunklen Löcher. Die groben Granitsteine paßten sich einan-der an, ihre Stärke lag in ihrer trägen Schwere.

Als er am Mittag herunterkam, betrachtete er kri-tisch Bobhots Werk, sah, wo er zu streichen ver-gessen hatte, die Spritzer auf den Fensterscheiben. Der Wind hatte aufgefrischt und wehte Hunderte von kleinen Spinnen in das knallige Gelb.

Daß Bobhot das Haus gestrichen hatte, verlieh ihm eine gewisse Position. Jetzt kam er zum Früh-stück, sah sich um, zerrte mit den Augen an den Dingen. Er machte die Kettensäge stumpf, fuhr den Rasenmäher über einen Stein, stapelte das Holz so, daß der Haufen einstürzte, und ließ ihn dann lie-gen. Dauernd saß er auf dem gelben Stuhl, nahm sich, welche Gabel er wollte.

Am Abend sagte Perley zu Maureen: »Ich will Bobhot nicht so oft hier haben.« Maureens Arme und Beine versteiften sich.

»Er hilft uns. Er ist der einzige, der hier was ge-tan kriegt. Jetzt halt den Mund und sei froh, daß du Hilfe hast. Er kriegt in dem Laden was getan, während du bloß rumtrödelst.«

Am nächsten Morgen stand Perley vor Tagesanbruch auf. Er pflückte ein halbes Scheffel spät gereifter Buschbohnen und zwei Scheffel Tomaten, und stellte die Körbe Maureen zum Einmachen in die Küche. Im Schuppen wetzte er Äxte, Grasscheren, das eingedellte Rasenmähermesser, alles, was sich schärfen ließ. Er hängte das Mähwerk an den Traktor und fing an, den Hügel zu bearbeiten. Die Schneide zerrte an den jungen Sprößlingen.

Die Sonne gab ein rasches, unnachgiebiges Tempo vor. Er hatte vergessen, seine Schildmütze aufzusetzen, und spürte, wie sein Gesicht verbrannte, seine Lippen trocken wurden und rissen. Er schaute häufig zum Haus hinunter und dachte, daß Maureen ihm vielleicht seine Mütze und einen Krug kaltes Wasser mit einem Schuß Essig bringen würde.

Am Mittag stieg sie in den Wagen. Seine Augen folgten der Staubfahne die Flußstraße entlang, beobachteten, wie sie zu Bobhots Haus abbog. Auf einen Schlag war es auf dem Acker einsam, eine nutzlose Art Einsamkeit. Er stellte den Traktor ab und ging zum Haus hinunter, um etwas zu trinken. Die Spuren zogen sich gleichmäßig über den Hügel, wanden sich, um sich dem Verlauf des Hanges anzupassen, wie ein Kamm, der über einen Schädel fährt.

Die Küche war so kühl und dunkel wie eine Höhle. Er trank kaltes Wasser aus dem Hahn, ließ die Flüssigkeit über seinen Mund und sein sonnenverbranntes Gesicht laufen. Er setzte sich auf den gelben Stuhl, seine Beine zitterten. Die Bohnen und Tomaten standen noch, wo er sie hingestellt hatte, beide von Fliegen umschwirrt.

Sich am Geländer festhaltend ging er hinauf ins Gästezimmer. Es war einmal sein Zimmer gewesen, als er ein Kind war, und später das von Lily. Der große, viereckige Boden war in dem glänzenden Grau von Hiobs Tränen gestrichen. Die Decke war ein schmales, zwischen niedrige Wände gequetschtes Rechteck, ihre Größe von der Dachschräge erzwungen. Die rosarote Tagesdecke auf dem Bett war zurückgeschlagen, so daß der Kissenbezug mit den gestickten holländischen Mädchen zu sehen war. Er legte sich hin, kannte kein Gefühl mehr außer Müdigkeit.

Das pulsierende Geräusch des den Hügel herabfahrenden Traktors weckte ihn. Durch das Fenster drang weißes Sonnenlicht in einem klaren, heißen Strahl. Seine Kopfschmerzen pochten im Takt mit dem Motor. Bobhot, der die Arbeit für ihn zu Ende führte.

Auf halbem Weg die Treppe hinab bekam er einen Schwindelanfall. Im Badezimmer lief Wasser in die Wanne. Er konnte Maureens Badeöl riechen. Im Nu wurde sein Kopf klar, aber unter seinem Gebiß war ein zuckriger Geschmack.

Von der Veranda aus sah er zu Bobhots krummen Reihen hinauf, sah die halb herausgerissenen Schößlinge aus dem Boden ragen wie zufällig geworfene Lanzen. Nettas Stein sah er nicht.

Der Wagen hatte an der steilen Steigung seine Mühe, und er schaltete auf Vierradantrieb, fuhr geradewegs hinauf. Es war, wie er sich gedacht hatte.

Bobhot hatte versucht, um den Stein herum zu mähen und hatte das Mähwerk in einem ungeschickten Winkel angesetzt. Der Stein lag zerbrochen da, der frische Riß weiß wie ein Zahn, ihr Name am Boden.

Perley fuhr schnurstracks zu Lily. Er hatte seine Tochter seit seiner Hochzeit mit Maureen vor zehn Monaten nicht mehr gesehen. Lily hatte Distanz gehalten, hatte ihn über die drei Kilometer, die zwischen den beiden Farmen lagen, ihre Mißbilligung spüren lassen. Er klopfte an, obwohl er wußte, daß sie ihn hatte herfahren sehen.

»Na, was um Himmels willen ist denn mit dir los?« Lily starrte in sein rotes Gesicht, das Gesicht, dachte sie, eines alten roten Katers mit schneeweißen Schnurrhaaren.

»Ein kleiner Sonnenbrand.«

»Kann man wohl sagen!«

Er wußte nicht, wie er anfangen sollte.

»Lily.«

»Vater«, sagte sie, seinen angestrengten Ton nachäffend. Schließlich konnte sie nicht umhin zu sagen: »Es scheint, die Sache läuft nicht besonders gut.«

Er packte aus. »Ich glaube, die zwei versuchen, sich die Farm unter den Nagel zu reißen. Ich will, daß du kommst und ne Woche bleibst. Mal sehen, ob du das auch meinst.«

Sie kniff die Augen zusammen, die Sehnen an ihrem Hals spannten sich. »Du weißt, daß ich Sam nicht allein lassen kann.«

Perley wußte, was sie meinte: Du hast dir die Suppe eingebrockt, jetzt löffle sie auch aus.

Er nahm den Umweg zurück über die alte Wald-
straße und hielt an einer Stelle an, wo er auf die
Südseite der Farm hinunterblicken konnte. Da war
er also, dachte er, hing im Wald herum, starrte die
Farm an, wie ein Knecht, der gerade vom Hof gejagt worden ist.

»So ist es«, sagte er zur Windschutzscheibe, als
er mit dem Lastwagen geradewegs den Hügel hinunterfuhr, über den holprigen Boden polterte und
schaukelte. Der Auspufftopf blieb an einem Erdhaufen hängen, der um das Loch eines Waldmurmeltiers aufgeworfen war, und schleifte durch das
Gras, bis er auf einen Stein traf und abriß. Lärmend
wie eine Planierwalze schoß er in den Hof, bereit,
es mit beiden auszufechten, bereit, auf Bobhot mit
dem Brecheisen loszugehen, das er hinter dem Beifahrersitz hervorgeholt hatte.

Das Haus war leer. Wieder abgehauen, vermutlich unten in Ashtony, wo Bobhot immer Bier trank
und Kartoffelchips aß und Maureen sich in den Läden umsah, ehe sie eine Schüssel oder einen Fußab-
streifer aus Plastik kaufte. Die Farbe der Tomaten
war zu dem tiefen Rot nachgedunkelt, das der Fäulnis vorausgeht. Er wartete eine halbe Stunde lang,
dann ging er in den Schuppen hinaus und holte den
Mörtel.

Er rührte etwas Mörtel mit Wasser an und trug
die Mischung in einer leeren Kaffeebüchse zu Nettas zerbrochenem Stein. Er strich den Mörtel mit
der Kelle auf die Bruchstelle und stellte den umge-
stürzten Stein wieder auf. Mörtelbrei floß heraus; er
wischte ihn weg. »Netta«, sagte er leise und verle-

gen. Er hörte das gedankenlose Zirpen der Grillen, aufdringlich wie Kletten. Was konnte er Netta sagen? Was hatte er Netta jemals gesagt? Er sah Fuchskot auf dem Grab und kickte ihn weg. Er rupfte das Unkraut aus.

Als an Nettas Stein nichts mehr zu tun war, ging er nach unten und verlas die Tomaten. Er holte den Einweckkessel heraus, kochte die Gläser aus, suchte unter der Treppe nach den Deckeln.

Bei Einbruch der Nacht aß er allein zu Abend. Er benützte die erstbeste Gabel, die ihm in die Hand fiel. Auf dem Regal kühlten glänzende Gläser voll fleischiger Tomaten ab. Der Kessel war gespült und weggeräumt, die Arbeitsflächen sauber gewischt, der Boden gefegt. Es war bereits dunkel, als er Bobhots Wagen kommen und die Tür knallen hörte.

Bobhot kam herein, das Gesicht so dunkel wie Räucherschinken, Augen wie ein Vogel, orange und unmenschlich. Er stieg die Treppe hinauf.

»Wo zum Teufel meinst du, daß du hingehst?« sagte Perley. »Und wo ist Maureen?«

Bobhot blies die Backen auf und drehte sich zu Perley um, als wäre sein Hemd an einem Nagel hängengeblieben.

»Miau!« schrie Bobhot. »Miau! Alter Kater.« Aus seinem viereckigen Mund flog Speichel. Er stolperte auf den gelben Stuhl zu, prallte dagegen. Perley packte das Brecheisen.

Bobhot warf großartig beide Arme hoch, als wäre er ein Dirigent, der ein Orchester zu einem stürmischen Stück antrieb. Durch den Schwung wirbelte er nach links, klammerte sich an den Kühlschrank, drückte sein Gesicht an das kalte weiße Email. Seine dumpfe Stimme murmelte: »Laß mich in Ruh.« Ein dünner Speichelfaden kroch den weißen Kühlschrank hinab.

»Dich in Ruh lassen, na schön«, sagte Perley. »Morgen früh, wenn du nüchtern genug zum Aufstehen bist, fährst du wieder zu dir nach Hause, und da bleibst du.«

Bobhot hörte ihn nicht. Er rutschte immer tiefer. Seine Augen waren geschlossen, und sein Mund stand offen wie ein kurvenreicher Tunnel.

Perley nahm das Brecheisen und die Taschenlampe und ging zum Schlafen hinaus in die Scheune. Unterwegs holte er die Decke aus dem Wagen.

Das Heu auf dem Boden war drei Jahre alt, aber der süße trockene Grasduft hing noch immer im Raum. Er ging zu dem Fensterchen und knipste die Taschenlampe aus. Er konnte die Autoscheinwerfer auf der Flußstraße sehen – es waren nicht wenige; vor drei, vier Jahren war dort unten nach Sonnenuntergang kaum jemand gefahren. Die Mackie-Farm lag irgendwo dort unten am dunklen Fluß.

Am südlichen Horizont glimmte ein orangefarbener Streifen Licht, den die Quecksilberdampflampen in Ashtony hervorriefen, und er stellte sich Maureen vor, wie sie in einer Kneipe saß und zuließ, daß ein häßlicher Typ sich an ihr rieb. Schließlich machte er sich aus ein paar Heuballen ein Bett.

Gedämpftes Geschrei weckte ihn. Er lag mit der Backe auf einer staubigen Holzdiele und konnte die Taschenlampe nicht finden. Er tastete sich ans Fenster und sah in die erhellte Küche hinunter. Maureen stand über Bobhot gebeugt, schüttelte ihn, brüllte ihm ins Gesicht. Dann ging sie nach oben, schaltete die Lichter ein, vertrieb die Dunkelheit aus dem Treppenhaus, aus den leeren Räumen.

»Ich bin nicht da«, flüsterte Perley.

Wieder in der Küche, brachte sie Bobhot zum Aufstehen. Sie schwankten beide, als sie die Treppe hinaufstiegen. Perley sah sie ins Schlafzimmer gehen, sah sie ins Bett fallen. Das Schlafzimmerlicht erlosch, das in der leeren Küche brannte weiter. Bobhots und Maureens Umarmung war wie die eines vertrauten alten Paars.

Vermutlich seit der Zeit, als sie Kinder waren, dachte er. Die Mackie-Kinder, verprügelt, in Lumpen gekleidet, mit Resten gefüttert, die er nicht einmal Schweinen vorgeworfen hätte, klammerten sich aneinander wie kleine Affen, die nach Wärme und Zuneigung verlangten. Er erinnerte sich an sie, wie sie vor Jahren draußen auf dem Acker Kartoffeln klaubten, als sie in der Schule hätten sein sollen, dünne Kinder, wund gescheuert durch den Wind vom Fluß.

Sie mußten ihn ebenfalls gesehen haben, in seiner warmen Wolljacke, wie er in dem funkelnden Wagen die Straße entlangfuhr, seine kleine Tochter neben sich, mußten die prallen Kornsäcke hinten auf dem Wagen gesehen haben oder den neuen Gefrierschrank. Jedesmal, wenn sie an der Farm vorbeigingen, starrten sie das Haus an. Und Netta hatte ihnen Kisten mit Kleidern, die Lily nicht mehr paßten, gebracht. »Schmutzige kleine Dinger«, hatte sie gesagt.

Ein Auto fuhr die Flußstraße entlang und verschwand in der alles verschluckenden Dunkelheit. In der leeren Küche leuchteten regelmäßig Lichtblitze auf, wenn Tropfen aus dem lecken Wasserhahn fielen.

Wie leicht alles ging. Es war zehn oder noch mehr Jahre her, dachte er, seit dieser Abschnitt seines Lebens begonnen hatte, der erste warme Tag nach einem zehrenden Winter. Er hatte die Kühe ins Freie gelassen, und sie waren über die feuchte Weide gesprungen, als würde der ungewohnte Sonnenschein auf ihrem verkrusteten Fell brennen. Er spazierte über die Farm, trat gegen die Ablagerungen groben Schnees, ohne zu wissen, welcher Aufgabe er sich als nächstes widmen sollte. Krähen und Gänse liefen einander nach, ihr eisernes, hallendes Gekreisch weckte in ihm das Gefühl eines unvollständigen Lebens. Er war neunundfünfzig, sein Fleisch war noch fest. Der Wind füllte ihm den Mund, dick und warm wie Milch. Er erinnerte sich, wie er sich gefühlt hatte, als er querfeldein in Trumbulls Wald gelaufen und zum Fluß hinunter gestolpert war. Seine Stiefelabsätze hinterließen tiefe Abdrücke in der nassen Laubmatte. Er kam auf den Feldern der Mackies heraus. Der Schnee war hier schon getaut, und er ging über ausgebleichte Reihen verfaulter Maisstoppeln. Vom Fluß wehte der kalte Geruch von geschmolzenem Schnee herauf. Auf den schwarzen Wellen schaukelten Eisbrocken.

Da stand ein Mädchen, ein Stück schlammige Wäscheleine in der Hand, an das ein Ankereisen gebunden war. Sie blickte aufs Wasser. In der Nähe lagen zwei, drei nasse Planken, und er sah die Schleifspuren ihres Ankereisens darauf. Die Strömung schwemmte eine Holzkiste an. Das Mädchen warf den Anker mit schwereloser Anmut aus, aber die Holzkiste brach unter dem Aufprall auseinander. Er atmete den vollen Duft des Bodens und der nassen Rinde ein. Er spürte das Pochen des Blutes in seinen geschwollenen Fingern.

»Das Wasser is ziemlich hoch, was?« sagte er. Das Gesicht des Kindes war mit Weidenpollen verschmiert. Die Augen des Mädchens waren von einer dunklen Flußfarbe. Sie hatte ausgelatschte und geflickte Männerstiefel an, eine schmutzige Jacke. Das Haar hing ihr in einem langen, dicken Zopf über den Rücken. Er wußte, wer sie war, das schmutzige kleine Ding, sagte aber: »Na, wie heißt du?«

Sie kletterte rasch das schlammige Ufer hinauf, klammerte sich an freiliegende Weidenwurzeln, die ausgelatschten Stiefel drückten tiefe säbelförmige Abdrücke in den Lehm. Aber als er sie zu Boden zog, fügte sie sich seinem Griff so geschmeidig und nachgiebig wie ein abgegriffenes Tau.

Auf dem Heuboden verschränkte Perley die Arme und stützte sich auf das Fensterbrett, wartete auf den Morgen. Die erleuchtete leere Küche schien im Dunkeln zu schweben. Er sah den gelben Stuhl, steif und schief, sah die eiserne Spüle, so tief wie ein Abgrund. Im Osten zeigte sich am Himmel bereits ein trüber Streifen wie vorspringendes Gestein, von dem die Bodenkrume weggespült worden war.

# Eine Pechsträhne

Aus dem Topf mit kochenden Kartoffeln stiegen Dampfwolken auf und kondensierten an den Fensterscheiben. Mae schob die große Bratpfanne auf die heiße vordere Platte und gab einen Löffelvoll Schweinefett hinein. Als das Fett qualmte, legte sie dicke Scheiben Schweinefleisch hinein. »Wenn sie was Besseres wollen, sollten sie losziehen es sich holen«, sagte sie zu dem Hund. Sie stupste ihn mit dem Fuß an. »Mach Platz, Patrick.« Er schleppte sich vom Herd weg und fiel wie ein Armvoll Holz unter den Tisch. Das Fleisch rollte sich an den Rändern ein und verspritzte einen feinen Fettdunst.

Draußen knallte eine Wagentür. »Pünktlich wie die Maurer«, sagte Mae und wendete das Fleisch. Sie war hochgewachsen und ging etwas vornübergebeugt, sie hatte glatte holzfarbene Haut, wegen der Haylett sie »Indianerin« nannte. Sie säbelte den Laib Brot in dicke Scheiben und stapelte sie auf einem Teller, stellte ein Pfund Butter hin, das bereits von Messerschnitten zerhackt und zerkratzt war.

Haylett und die beiden Jungen füllten den niedrigen Raum aus. Sie zogen ihre schmutzigen Überstiefel aus und stellten sie auf die Zeitung hinter dem Herd, hängten die Wolljacken auf, die die Form ihrer Schultern, die Krümmung ihrer Arme bewahrten. Haylett seifte sich am Spülstein Hände und Unterarme ein. Mae schöpfte aus dem Becken im Herd eine Pfanne heißes Wasser, goß ein bißchen kaltes Wasser dazu und schüttete es ihm über den Kopf, während er sich mit beiden Händen das Gesicht rieb und schnaubte.

»Rae ißt heut abend nicht mit uns, Ma«, sagte Phil.

»Wo ißt er dann?«

»Daheim. Er will morgen allein auf die Jagd gehen und sich vorbereiten. Er geht nicht mit Amando und uns.«

»Bildet sich ein, er schießt allein einen«, sagte Clover.

»Wird's wohl versuchen«, sagte Haylett und zog die Stuhlbeine scharrend über den Boden. Mae stellte die Platte mit Fleisch und Kartoffeln hin, dazu eine Schüssel Bohnen und Mais.

»Sieht so aus, als hätten alle frei außer mir«, sagte sie. Die drei Männer beugten sich über ihre Teller, schoben sich das Essen in den Mund. Phil würzte alles mit Pfeffer.

»Merkt denn keiner von euch, daß ihr seit drei Wochen Schwein eßt?« fragte sie. »Ihr müßt das doch merken.«

»Warte bis morgen«, sagte Phil, »dann hängen vier Hirschböcke da draußen.«

»Halt den Mund«, sagte Clover, »es bringt Unglück, davon zu reden.« Langsam ließ er seinen Blick zu dem Regalbrett wandern, auf dem seine Hirschköder standen. Dr. T Hirschurin, Jägers Hirschbrunst bei Mondschein und Rohleder-Gel.

»Halt selber den Mund«, gab Phil zurück. Haylett rutschte mit dem Stuhl hin und her, bis sie still waren. Mae legte eine Kartoffel auf seinen Teller.

»Wo bleibt Amando so lang? Er ist doch nicht zum Wohnwagen rüber, oder, um wieder was mit Julia anzufangen?«

»Ich nehm an«, sagte Haylett, »ich nehm an, es ist wegen der Straße. Er mußte nach der Straße sehen. Ich hab ihm gesagt, wir sollten keine Stämme schleppen, wenn es so naß ist, wir warten, bis es wieder gefroren hat, aber nein, Amando und Ray wollten unbedingt fertig werden.«

»Wann war das?«

»So vor zwei Wochen, nach dem vielen Regen. Es war der letzte Tag, als wir auf Warps Land gearbeitet haben. Wir haben die Stämme damals rausgezogen. Wenn wir gewartet hätten, hätten wir mit der ganzen Ausrüstung wieder hinfahren müssen, die Anlage auseinanderreißen, die wir jetzt drüben an der Cold Key Road haben. Amando meinte: ›Macht euch keine Sorgen. Wenn einer was dagegen hat, kümmere ich mich drum. Holen wir die Stämme gleich raus.‹«

»Ja«, sagte Mae. »Ich hör's ihn sagen.«

»Heute kam Benny und meinte: ›Die Leute vom

Gemeinderat wollen mit euch reden, was ihr mit der Gemeindestraße Nr. 6 gemacht habt.‹ Ich hab kein Wort gesagt, hab ihn zu Amando rübergewinkt. Soll der sich rausreden, der kann reden.«

»Ist sie schlimm zerfurcht?«

Phil lachte und warf den Kopf zurück: Wie ein Vogelruf kam ein einzelner harter Laut aus seiner Kehle. »Schlimm zerfurcht? Sie ist ein See, ein See voll braunem Wasser. Da können Fische drin leben. Man kann durchschwimmen.« Er warf einen Arm hoch, um die Tiefe anzuzeigen; Essensbröckchen fielen von seiner Gabel in sein Haar.

»Tja, da können sie jetzt wohl nicht mehr viel dran ändern. Am besten wär's, sie würden sie wieder reparieren und ihn in Ruhe lassen«, sagte Mae. Sie richtete für Amando einen Teller mit einem extra Stück Fleisch her, zerdrückte seine Kartoffeln mit der Gabel und formte eine Kuhle für die Soße. Sie stellte den Teller zum Warmhalten in den Ofen, kochte Haylett eine Tasse Tee.

Die Jungen fingen an, von der Eröffnung der Saison zu reden. Mae dachte, daß sie wohl schon seit dem Morgen darüber sprachen, wohin sie gehen könnten, ob sie Spuren verfolgen, auf Pirsch- oder Treibjagd gehen sollten; sie erörterten vergangene Jagdzeiten und Hinweise auf Wild, die sie während der letzten paar Wochen entdeckt hatten.

»Hast du Schwarzbrot gemacht, Ma?« fragte Clover.

»Du weißt, daß ich das nicht hab. Ich hab seit Juli eine Stelle, falls ihr es noch nicht gemerkt habt, und ihr könnt von Glück reden, wenn ich rechtzeitig zurück bin, um Abendessen zu kochen. Es ist Kuchen da. Warum nehmt ihr keinen Kuchen mit? Apfel oder Kirsch.«

»Ma, ich möchte Schwarzbrot. Du weißt nicht, wie gut es ist, wenn du halb erfroren und verhungert bist. Und es glänzt nicht weiß wie ein Sandwich oder wie Kuchen.«

»Schwarzbrot muß drei Stunden langsam backen, bis es durch ist, und ich hab schon jetzt die richtige Bettschwere.«

»Ich bleib auf und paß drauf auf«, sagte Clover. »Ich will nicht von irgend nem Flachländer erschossen werden, der ein weißes Sandwich fürs Hinterteil von nem Bock hält, wie bei dem Kerl, den sie drüben auf dem Hawk Mountain erschossen haben. Schwarzbrot bringt mir Glück.«

»Daß man weiß, was man tut, das bringt Glück, mein Herr«, sagte Haylett.

»Der Kerl auf dem Hawk Mountain«, sagte Phil. »Einfach so.« Er lehnte sich zurück, stellte einen Fuß auf den Stuhl, pfiff sorglos, tat, als würde er in ein Sandwich beißen. Er biß noch einmal hinein, das nicht vorhandene Sandwich flog fort, der verzerrte Mund entblößte die Zähne, und er fuhr sich mit der Hand an den Hals, als wollte er verhindern, daß heißes Blut aus seiner Kehle schoß.

Sie hörten Amandos Lastwagen vorfahren, hörten die Tür zum Schuppen zuknallen. Mit einem Schwall kalter Luft kam Amando in die Küche, stampfte mit den Füßen auf. Sie sahen zu, wie er die Strickmütze vom sandfarbenen Haar zog, den dichten, runden Locken, die aussahen wie gemalt; wie gemalt wirkten auch seine schweren Lider und die bernsteinfarbene Regenbogenhaut, die so hell war wie die Farbe von Sumpfwasser. Das schmale, schöne Gesicht war von feinen Linien gezeichnet. Mae nahm seine schwere Jacke und hängte sie zu den anderen hinter den Herd.

»Wird's kälter?« fragte Haylett. Mit der bitterkalten Luft drang ein unangenehmes Gefühl in die Küche, ein Gefühl, als müßten sie sich vor etwas in acht nehmen. Phil senkte den Kopf und aß Kuchen.

»Schnee. Es riecht nach Schnee. Ich hab den ganzen Weg hierher mit Schnee auf der Windschutzscheibe gerechnet. Und in dem Wagen funktioniert die verdammte Heizung nicht.« Amando zog seinen Stuhl unter dem Tisch hervor und setzte sich.

»Im Schnee sieht man die Spuren«, sagte Clover. »Hoffentlich kriegen wir acht bis zehn Zentimeter Schnee.«

Phil kratzte mit seiner Gabel über den Teller. »Was haben die Leute vom Gemeinderat gesagt, Amando, was haben der kleine, O-beinige Benny und die Leute vom Gemeinderat gesagt?«

Mae stellte den Teller vor Amando hin. Er sah ihr direkt ins Gesicht, was ihre anderen Söhne nur selten taten. Haylett nie. Amando aß, ohne zu antworten.

»Clover«, sagte Mae, »wenn du so scharf auf Schwarzbrot bist, warum fängst du nicht mit dem Abwasch an, während ich den Teig mache?«

Amando blickte auf. »Du willst doch wohl jetzt nicht anfangen, Schwarzbrot zu machen?«

»Ich wollte nicht, aber Clover ißt es so gern, daß er aufbleibt, solang es bäckt. Ich geh ins Bett, sobald es im Herd ist.« Sie fing an, in einer schweren gelben Schüssel Molasse und Eier zu verrühren. Clover zog die Teller durch das fettige Wasser, und Phil sang erfundene Worte, die keiner verstand.

Etwas veranlaßte Haylett aufzublicken. Er schrieb seine täglichen Wetteraufzeichnungen in sein Notizbuch: Morgens Sonne, feuchter, heftiger Wind aus SW, gegen vier wolkig, Schauer, ab 5 dunkel. Sein Stift hielt inne. »Sind das Graupeln oder Schnee«, sagte er, als er vereinzelte Geräusche an der Fensterscheibe hörte. Phil drückte sein heißes Gesicht ans Fenster. »Graupeln«, sagte er und beobachtete, wie die Eisnadeln an der Scheibe herunterliefen. Hayletts Stift schrieb.


Am nächsten Morgen um halb vier war Haylett unten, um den Ofen anzuzünden. Er liebte es, die dunkle Kälte zu vertreiben, genoß das bißchen Alleinsein, den Harzgeruch des feuerfangenden Holzes. Die Schaufel kratzte auf dem Eisen, als er die Asche herausholte.

Gähnend kam Mae in die Küche, in ihrem alten rosafarbenen Chenillemorgenmantel, der am Rücken, wo sie ihn durchgesessen hatte, glänzte, hielt die Hände über den knisternden Herd, eine rituelle Geste, um die erste, tröstliche Wärme einzufangen. Da stand Haylett mit seinen Holzscheiten und der schweren Ofenklappe, und versuchte ein Gleichgewicht zwischen dem Kaminabzug und dem Bedürfnis nach rascher Wärme herzustellen.

Das Schwarzbrot war noch warm. Sie schnitt es auf und wickelte die Scheiben in Folie, zerlegte den restlichen Schweinebraten, ließ dabei den weißen Fettrand am Fleisch, machte die gleiche Jagdbrotzeit wie seit dreißig Jahren, packte das üppige, fette Essen ein, das sie mochten. Clover müßte nichts Blasses oder Weißes essen, nichts, was knackte, wenn man darauf biß, nichts zu Saftiges. »Zu schade, daß es keinen schwarzen Käse gibt«, murmelte sie.

Haylett setzte den Kaffee auf, in einer elektrischen Kaffeemaschine, die Amando und Julia ihnen im Jahr zuvor zu Weihnachten geschenkt hatten. Sie hatte ihren Neuigkeitswert noch nicht verloren; sie hielten es für Luxus, frischen heißen Kaffee zu trinken, bevor das Wasser im Kessel auf dem Holzofen kochte. Sie schob die große Bratpfanne auf die heiße Stelle und gab einen Löffel Schweinefett hinein. Das Papier, in das die Kaffeemaschine eingewickelt gewesen war, hatte sie aufgehoben: dunkelgrün mit silbernen Glöckchen darauf. Julia hatte es ausgesucht.

Clover galoppierte auf bloßen Füßen durch die Küche und in die Dunkelheit hinaus, die Hände an den Unterleib gepreßt, die Augen blind vor Schlaf. Mit feinen, harten Kristallen bestreut, kam er zurück. »Es schneit immer noch. Für uns wär's am besten, wenn's bald aufhört. Schalt das Radio ein, Pa, mal sehen, ob wir den Wetterbericht erwischen.« Er goß sich eine Tasse Kaffee ein und nahm sie mit nach oben. Sie hörten ihn gegen Phils Tür treten und sagen: »Steh auf, oder du bleibst da.« Das Radio knisterte, Musikfetzen wirbelten vorbei, während Haylett am Knopf drehte.

»Komm, laß mich das machen. Du rast immer durch die Sender, als ob du dich am Knopf verbrennen würdest.« Mae fand den Sender mit dem Schulbericht, den sie jahrelang gehört hatte, als die Jungen noch zur Schule gingen, damit sie wußte, ob sie zu Hause bleiben konnten, anstatt bei schlechtem Wetter über einen Kilometer weit die Straße hinunterzulaufen. Die vertraute, flotte Stimme drang auf sie ein: »... heute nacht. Gesamthöhe achtzehn bis fünfundzwanzig Zentimeter, in den Bergen bis zu vierzig Zentimeter. Und auf dem Mount Washington beträgt die Temperatur minus neununddreißig Grad, Sturmböen bis zu 11 Stundenkilometern ...«

»Verflucht, ich haß es, auf Jagd zu gehen, wenn's schneit. Die Spuren werden zugedeckt, du siehst nichts, das Wild bleibt im Gebüsch liegen, du trittst eher drauf, als daß du's aufscheuchst, die Kleider werden naß, du siehst nicht, wo die Jungs sind oder was für ein schießwütiger Jäger aus New Jersey unterwegs ist und blindlings nach dem erstbesten Geräusch zielt, das er hört.«

»Dann bleib daheim. Geh sofort wieder ins Bett.« Sie füllte Kaffee in vier abgenutzte Thermoskannen. »Das war's. Ich muß noch ne Maschine voll machen.«

»Wie kommst du heut abend heim?« fragte er.

»Tess holt mich ab, und Tess bringt mich wieder her. Du brauchst mich heut nicht abzuholen.«

Die Birne über dem Spülstein gab ein laues Licht ab. In der Küche herrschte die benommene Stille, wie sie der erste Schnee mit sich bringt. Unvermittelt rief Mae die Treppe hinauf: »He, Phil, zieh deine lange Unterhose an.« Sie wartete, bis sie die Kommodenschubladen knallen hörte und Phil etwas murmelte, dann ging sie wieder an den Herd. Die Eier brutzelten in der Pfanne, sie streute Pfeffer auf ihre glänzenden Augen.

Haylett aß im Stehen neben dem Herd. Dann ging er hinaus, um den Wagen anzulassen. Er setzte sich gern in einen warmen Wagen, ließ ihn manchmal eine Dreiviertelstunde lang laufen. Das schätzte Mae an ihm, daß er weder sie noch sonst jemanden in einen kalten Wagen steigen und schlotternd dasitzen ließ, während der Motor spuckte und nicht ansprang. »Ist doch was wert, oder«, sagte sie zu dem alten Patrick, der wieder vor dem Herd lag. »Komm mir bloß nicht an und jammere, wenn du heißes Fett aufs Kreuz kriegst.«

Amando kam herunter, sein lockiges Haar stand ab, sein Gesicht war noch vom Schlaf gezeichnet und traurig. Sein Unterhemd schaute am Kragen des dicken, karierten Hemds heraus. Er trank Kaffee, ohne etwas zu sagen, mit gesenktem Kopf, hochgezogenen Schultern.

»Was ist denn heut früh mit dir los?« fragte sie. Er schüttelte den Kopf und hielt die Hand hoch.

»Du schaust niedergeschlagen aus. Überlegst du dir, mit Julia neu anzufangen?«

»Nein, Ma. Ich hab dir schon x-mal gesagt, daß sie sich scheiden lassen will.« Seine Stimme war hell und hart.

»Hat sie aber noch nicht«, sagte Mae. »Amando, sie hat sich noch nicht scheiden lassen. Du

kannst es noch aufhalten. Ich hab Julia immer gemocht.«

Durch das Fenster sahen sie, wie die Rücklichter
des Wagens den herausschießenden Auspuffqualm
rot färbten, wie Hayletts Beine kirschrot aufleuchteten, als er daran vorbei zur Schuppentür ging. Er
trat in die Küche, hatte sich vor Kälte gestreckt, seine Stimme ernst und angespannt. Auf seinem Haar
lag Schnee. »Der Wind zieht an«, sagte er. »Wir
werden heut die Hand vor Augen nicht sehen, aber
ich denke, wir müssen's probieren.«

Phil und Clover legten ihre Eier auf Brotscheiben.
Eine Sturmbö rüttelte am Haus, trieb den Schnee
wie Nadeln gegen die Holzbretter. Draußen flog etwas herum, der Mülltonnendeckel, schepperndes
Metall. Als Schnee vom Dach rutschte, hörte es sich
an, als würde Wasser in einen Abgrund stürzen.
Haylett wandte sich an Amando.

»Vergiß nicht, deiner Mutter den Scheck von
Mero dazulassen, damit sie die Lohnzahlungen vorbereiten kann. Ray will heute sicherlich sein Geld.«

Phil äffte Rays Freude über seinen Lohn nach, indem er so tat, als würde er eine Flasche an den
Mund setzen, und dazu ein hohles Gurgeln in seiner Kehle produzierte.

»Verdammt noch mal, warum ißt du nicht und
läßt das Rumgeblödel!« rief Amando. Er sah Mae
an, aber an seinem kläglichen Tonfall erkannte sie,
daß er seinen Vater meinte. »Der Scheck von Mero
liegt oben auf der Kommode. Da könnt ihr auch
gleich wissen, daß die aufgeblasene kleine Bande
vom Gemeinderat mir gestern eine Rechnung für die

Straßenschäden überreicht hat.« Haylett, der sich gerade eine letzte Tasse Kaffee eingoß, verspannte sich.

»Wieviel?«

»Das brauchst du nicht zu wissen.«

»Wieviel?«

»Zwölfhundert.« Amandos Mund bog sich nach unten wie ein Metallhaken. Seine wütenden Augen starrten auf einen Punkt an der Wand.

»Herrgott, das ist unser ganzer Verdienst bei der Sache!« Haylett goß den Kaffee in den Ausguß. Patrick, der Hund, schlich sich, als er das Geschrei hörte, schuldbewußt unter den Tisch.

»Das weiß ich!« sagte Amando. »Die spinnen. Mehr als drei Wagenladungen Kies brauchen sie nicht, um da oben alles wieder aufzuschütten und dann mit dem Planierer einzuebnen. Fünfundfünfzig für eine Ladung Kies, wenn ich ihn bei Canon's besorge, zwölf, wenn die Stadt ihn kauft. Die ganze Geschichte dürfte nicht mehr als zweihundert kosten. Ich hab ihnen gesagt, daß ich dafür zahle, daß die Straße wieder so wird, wie sie war, aber auf keinen Fall zwölfhundert.«

»Was haben sie dann gesagt, was hat Sonny gesagt?«

»Ganz genau. Die übrigen haben nichts gesagt. Sonny hat gesagt, sie bringen's vor Gericht.«

Alle schwiegen. Der fallende Schnee und der Wind nahmen allmählich wieder ihre Aufmerksamkeit in Anspruch. Clover und Phil bückten sich, zogen ihre Stiefel an. Mae kratzte wütend die Teller leer.

»Eigentlich können wir losziehen«, sagte Haylett.
»Fährst du mit uns?« Amando biß die Zähne zusammen.

»Nein. Ich nehm meinen Wagen und fahr hinter euch her. Kann nicht schaden, bei so nem Wetter mit zwei Wagen unterwegs zu sein.«

Phil und Clover holten ihre Flinten aus dem Waffenschrank, dazu die Schleppriemen und Messer.

»Irgendwann geht er einmal zu oft auf mich los«, sagte Phil auf der Treppe.

»Er ist auf Sonny sauer, nicht auf dich.«

»Ach ja? Der ist auf jeden sauer.« Er sagte es so laut, daß sie es in der Küche hören konnten.

»Du hättest Phil nicht so anfahren sollen«, sagte Mae. »Er hat sich nichts dabei gedacht. Er ist einfach in dem Alter, in dem man sich über alles lustig macht.«

Amando stieg in seine Stiefel. »Er geht mir auf die Nerven. Dad geht mir auf die Nerven. Ich könnt die Wand hochgehen, so, wie alles läuft. Dieses verdammte Pech. Das ganze Jahr über hab ich Pech gehabt – bei allem, was ich getan hab. Meine Frau verläßt mich. Ich hab dieses blöde Zahnweh, das dauernd wiederkommt. Die Heizung im Wagen funktioniert nicht richtig, und jetzt zu allem Überfluß noch die Geschichte mit der Straße. Bei Gott, ich kann nen Tag auf der Jagd vertragen, Schnee oder nicht. So wie alles läuft, kann ich von Glück reden, wenn ich nen Spießbock erwische.«

Aus anderen Bundesstaaten kamen Männer, um sich Amandos Geweihsammlung anzusehen. Seit er zwölf war, hatte er jedes Jahr einen Bock geschossen. Kein Geweih hatte weniger als acht Enden. Sie waren alle an die Wand der Garage genagelt, die er und Ray drüben neben dem Wohnwagen gebaut hatten, in dem Julia jetzt allein wohnte. Als Clover noch klein gewesen war, hatte er Amando gebeten, ihm die Sammlung zu vermachen, sollte er sterben.

»Ich und sterben?« sagte Amando und starrte den Jungen an, als könnte er nicht glauben, was er da hörte. »Ich sterbe *nie*«, sagte er, »aber falls doch, werden meine Geweihe mit mir begraben. Ich kann mich bloß noch nicht entscheiden, ob ich sie unter mir aufschichten lassen soll oder über mir. Du mußt dir selber welche zulegen.«

Clover hatte sich den Berg aus schimmernden Knochen vorgestellt, Sprossen und Enden zu einer riesigen elfenbeinfarbenen Kugel verhakt, die auf seinem toten Bruder lag. Amando würde flach und weiß wie ein Blatt Papier daliegen, das Gewicht der Geweihe ihn in den nachgebenden Boden drücken, bis Jäger und Trophäen zum Kern der Erde sänken und fallende Rotkiefernnadeln die Stelle bedeckten, wo sie gewesen waren.

Haylett, Clover und Phil saßen im aufgeheizten Wagen so dicht nebeneinander, daß sie sich an Oberschenkeln und Schultern berührten. Die Scheibenwischer bewegten sich hin und her, eines der schönsten Geräusche auf der Welt, dachte Clover. Steif wie ein Zaunpfahl starrte Phil aus dem Seitenfenster, seine Augen kratzten an der Dunkelheit.

»Ich wünschte, er würde wieder zu Julia ziehen, aus dem Haus verschwinden.«

Clover fühlte sich in der Hitze ruhig und entspannt, sein Bein holte sich Kraft bei seinem Vater, sein Arm lag an dem seines Bruders. Das Morgenlicht war noch weit entfernt. Sie würden durch die Dunkelheit laufen müssen, um an Ort und Stelle zu gelangen.

»Weil er Pech hat, deswegen ist er so.«

»*Er* glaubt, er hat Pech«, sagte Haylett und bog auf die Dogleg Road. Der Wagen geriet im Neuschnee ins Schleudern.

»Was ist es denn?« fragte Phil. »Glück?«

»Werd nicht frech«, sagte Haylett. »Es ist sein Leben. Es ist, wie sein Leben läuft, aber er weiß es noch nicht.«

Die Straße stieg an bis zu der Anhöhe, auf der der überwachsene, nur für das geübte Auge erkennbare Pfad abzweigte und am Berggrat entlangführte. Unterhalb davon lag der große Zedernsumpf, kilometerweit Gestrüpp und Hügel, Brackwasser und Windbruch. Trieb man es über das tiefliegende Gelände, rannte das Wild auf den Berggrat hinauf. Acht von Amandos Geweihen, und Clovers erster Bock stammten von diesen Höhen.

»Fahren wir am Wohnwagen vorbei, Dad?«

»Müssen wir, es sei denn, du willst fliegen. Das weißt du.«

Der Wagen fuhr stetig weiter, in den Lichtstrahlen vor ihnen wirbelte Schnee. Der Schneepflug war noch nicht dagewesen, und es waren keine Fahrspuren auf der Straße, die mit üppigem verwehtem Schnee bedeckt war. Haylett war erleichtert. Jedes Jahr hatte er Angst, es könnte jemand im Sumpf zugange sein, bevor sie kamen.

Der Wagen gelangte auf Höhe des Wohnwagens, und alle sahen zu den Geweihen an der Garage, schauten, ob der Wohnwagen sich in den Wochen verändert hatte, seit Julia Amando aus einem Grund, den keiner kannte, hinausgeworfen hatte.

»Sie wird doch nicht die Geweihe kriegen, oder, Dad?« fragte Clover.

»Ach, du liebes bißchen«, sagte Haylett und fuhr langsamer.

Sie sahen Julias Datsun auf der Einfahrt und gleich dahinter Rays schäbigen blauen Pritschenwagen. Auf beiden Fahrzeugen lagen hohe Schneemützen. Dann waren sie vorbei, und der Wohnwagen geriet hinter ihnen außer Sicht. Haylett hielt den Wagen hinter der nächsten Anhöhe an. Sie saßen da, der Motor klopfte, die Scheibenwischer bewegten sich unablässig.

»Vielleicht hat er nur auf eine Tasse Kaffee reingeschaut«, sagte Phil.

»Ja, und hat die ganze Nacht gebraucht, um sie zu trinken. Schau dir den Schnee auf seinem Wagen an«, sagte Clover.

Haylett setzte den Wagen ein Stück zurück und fing an, in einem engen Kreis vorwärtszufahren, so daß das Lenkgestänge kurze, gefühllose Kreischgeräusche von sich gab.

»Was hast du vor?« fragte Phil.

»Umdrehen und die Straße runterfahren, bevor Amando vorbeikommt und den Pritschenwagen in seinem Vorgarten sieht. Wir erzählen ihm, daß Flachländer hier oben im Sumpf jagen. Wir fahren statt dessen nach Athens und jagen in den alten

Obstplantagen. Da wollten wir doch immer schon mal hin.« Sie hörten das Zittern in seiner Stimme. Die Hinterräder des Wagens rutschten in den tiefen, unter dem trügerischen Schnee liegenden Graben. Haylett trat aufs Gaspedal, und die Reifen drehten durch, als steckten sie in Öl.

»Steigt aus und schiebt. Und legt ein bißchen Gewicht drauf«, rief er. Clover und Phil rannten hinter den Wagen und stemmten sich gegen die Wagenklappe. Die Reifen drehten mit einem nasalen Kreischen durch. Sie hoben den Wagen an, und mit Schnee vermischter Schlamm spritzte auf ihre Beine. Haylett schaukelte ihn zurück, und wieder drehten die Räder durch. Er sprang heraus und zerrte totes Holz vom Straßenrand, stopfte Rinde und Zweige unter die Räder. Er fand einen verfaulten Zaunpfahl und schob ihn mit den Füßen darunter; ein Stück rostiger Draht hing daran.

»Diesmal kommt er raus«, sagte er. »Ihr braucht gar nicht zu schieben. Steigt auf die Ladefläche und stemmt euer Gewicht auf die Räder.«

»Los!« rief Phil. Die Holzstücke schossen unter dem Wagen hervor, die Reifen zogen Furchen in die Grabenseite, und sie waren wieder auf der Straße.

Clover und Phil kauerten auf der Ladefläche, der bitterkalte Schnee biß ihnen ins Gesicht. Jetzt stecken wir drin, dachte Clover, als sie an dem Wohnwagen vorbeifuhren, in ihren eigenen Spuren schlitterten, auf den gelben Schein von Amandos Wagen zu, der bergauf kam.

Die beiden Wagen hielten an, standen nebeneinander, während die Motoren leise im Leerlauf liefen, wie zwei Boote auf einem weißen Kanal. Aus den Fahrerfenstern kamen Atemwolken, die sich in der leeren Luft zwischen ihnen trafen und vermischten.

»Was ist los?« Im matten Schein des Lichts wirkten Amandos Augen farblos und durchsichtig.

»Sind Flachländer da oben und jagen im Sumpf. Wir haben gedacht, wir drehen lieber um und fahren nach Athens, probieren's mit den Obstplantagen, wo wir's schon immer mal versuchen wollten.«

Amando sah zu Phil und Clover hinten auf dem Wagen. »Was tun die da hinten, auf der Straße jagen oder frische Luft schnappen?«

»Wir mußten wenden. Kommt nach vorn, Jungs«, rief er, »ihr könnt's genausogut warm haben.«

»Also dann«, sagte Amando. Er war jetzt mißtrauisch, spürte etwas. Die Motoren liefen. »Ich fahr nur kurz rauf und wende auf meiner alten Einfahrt.«

»Dreh hier um, überflüssig, Julia zu wecken. Fahren wir die Straße runter.«

Amando starrte seinen Vater an. Es hat keinen Zweck, dachte Clover, überhaupt keinen Zweck. Die Nackenhaare standen ihm zu Berge, als kröche eine Schlange über den Boden der Fahrerkabine. Er spürte ein flüchtiges Zittern in Hayletts Bein. Amando trat aufs Gas, und das kehlige Schnauben des Wagens klang wie ein derbes, dreckiges Wort. Er legte den ersten Gang ein, dann zogen seine sich entfernenden Rücklichter einen roten Streifen über

Hayletts Gesicht. Alles, was passiert, dachte Clover, passiert in Autos, und er erinnerte sich daran, wie vor Jahren der Pritschenwagen einer Nachbarin wie verrückt über ein Stoppelfeld geholpert war, die Frau am Steuer ihnen etwas zurief, und auf dem Sitz neben ihr, bereits tot, das von einer Biene gestochene Kind lag.

»Er knallt sie beide ab«, rief Phil.

»Halt den Mund.« Haylett schaltete den Motor aus. Sie saßen bei offenen Fenstern da, strengten sich an, etwas zu hören. Die Scheibenwischer lagen schlaff auf dem Glas. Sie hörten, wie der Schnee ins Gebüsch neben der Straße fiel, das leise gedämpfte Geräusch von Amandos Wagen. Sie hörten ihren eigenen, stoßweisen Atem. Das abkühlende Blech der Motorhaube knackte.

Was jetzt passiert, dachte Clover, ist vorher schon passiert, aber ich hab's nicht gesehen. Hayletts zitterndes Bein war wie das schuldbewußte Zittern des alten Patrick, sobald ihn einer anschrie. Clover sah, daß Haylett, indem er Amando zeugte, diesen von Schnee erfüllten Morgen in einem lautlosen Wagen erschaffen hatte. Ein Gespür für die geheimnisvolle Kraft der Zeugung durchflutete ihn.

Licht fiel auf die Bäume hinter ihnen, dann leuchtete das Rückfenster gelb auf.

»Er kommt zurück«, sagte Phil. Amandos Wagen fuhr langsam auf sie zu, bis er neben ihnen hielt. Clover konnte einen Kolben schlagen hören. Amando stieg aus und ging zu Hayletts Fenster. Er beugte sich hinein, und der unverbrauchte Geruch nach frischem Schnee entströmte ihm wie Rauch.

»Du hast gedacht, ich weiß es nicht«, sagte Amando.

Haylett zitterte wie ein straffer Drahtzaun, auf den jemand mit einem Stock geschlagen hatte. Er nickte, der zitternde Kopf senkte sich, nickte.

»Oh, und ob ich's gewußt habe«, sagte Amando, zog sich vom Fenster zurück und ließ statt seiner den schwarzen Morgen und den willkürlich kreuz und quer fallenden Schnee da.

# HERZENSLIEDER

Snipe fuhr durch eine Schlucht voll trostloser Schierlingspflanzen, der Kies prasselte gegen den Unterboden seines Peugeots. Seit einer halben Stunde war er unterwegs, kam an Wohnwagen und Hütten vorbei, die Gärten mit ländlichem Schrott übersät: rostige alte Tonnen, umgefallene Stapel vermoderter Bretter, dreckverschmiertes Plastikspielzeug, blütenförmig zerschnittene, abgefahrene Reifen voll Unkraut. Er ging vom Gas, um diese Beweise eines armseligen Lebens zu betrachten, genauso wie andere Fahrer bei Unfällen auf der Autobahn gafften, genauso wie er einst vor Jahren aus einem Zugfenster in ein erleuchtetes Zimmer gesehen hatte, in dem jemand nackt auf einer Matratze lag und eine Hand nach einer billigen Flasche ausstreckte.

Er sog an seiner dünnen Unterlippe, hielt Ausschau nach der Abzweigung linker Hand. Er war knochig, hatte ein hochrotes Gesicht und blutunterlaufene, trübe stachelbeerfarbene Augen in flachen Höhlen. Sein helles, rötliches Haar wich aus der Stirn zurück, wuchs lang hinter seinen Ohren, als wäre seine Kopfhaut jedes Jahr ein Stück weiter nach hinten gerutscht. Manchmal fühlten Frauen sich von ihm angezogen, trotz der hängenden Schultern und der Art, wie er sich mit seinen nervösen, zerkauten Fingern ins Gesicht faßte oder die Fingerspitzen in zappeligen Rhythmen aneinanderstupste. Von ihm ging ein Gefühl gefährlicher Hitze aus, die Hitze eines inneren Zerfalls, der schwelte wie das vom Blitz getroffene Kernholz eines Baumes, gedrosseltes Elend, das eines Tages vielleicht aufflackern und brennen würde.

Es war zwei Jahre her, daß er seine Frau wegen Catherine verlassen hatte, die Stadt wegen des Landlebens, das Bekleidungsgeschäft, das seine Frau jetzt erfolgreich allein führte, wegen schäbiger Jobs an fremden Orten. Den letzten hatte er vor drei Wochen aufgegeben; er war es überdrüssig gewesen, alte Möbel in einen Container mit stinkendem Farbentferner zu tauchen. Jetzt hatte er den grandiosen Einfall, in ländlichen Kneipen Gitarre zu spielen, in Betongebäuden am Stadtrand, wo sich die Leute Samstag abends mit Bier betranken, und schlechte Musik gespielt wurde. Er wollte seinen Stiefelabsatz auf die Chromstrebe eines Barhockers stellen, das vulgäre Gerede hören und am frühen Morgen mit den letzten Gästen aufbrechen. Er spürte in sich den geheimen Wunsch, in einen Abgrund schlechten Geschmacks und moralischer Trägheit abzudriften, und dafür schien Chopping County ebensogut geeignet wie jeder andere Ort.

Er ließ die Schierlingspflanzen hinter sich, fuhr durch ein Gelände mit wucherndem Gestrüpp und übersah den zu seiner Linken im Unkraut versteckten schmalen Weg. Er mußte rückwärts fahren, um an dem verrosteten Postkasten zu wenden, der aus der Trespe ragte, wie ein einsamer Hund, der auf den Kopf getätschelt werden wollte. Die Gitarre klirrte in ihrem Kasten, als Catherines Wagen sich die Steigung hochmühte, Erlen- und Weidenzweige den cremefarbenen Lack peitschten. Die Schlaglöcher wurden tiefer, zu unterspülten Mulden, umgeben von verrutschenden Haufen runder, brauner Steine. Er fuhr an einem alten Pritschenwagen vorbei, im Graben liegengelassen, die Windschutzscheibe von Einschußlöchern übersät, dicke Kletten trieben durch den Boden. Snipe spürte eine schlüpfrige Erregtheit, als würde er wieder durch das Zugfenster hinausschauen. Als der Peugeot an der steilen Steigung den Dienst verweigerte, ließ er ihn auf dem Weg stehen, obwohl das bedeutete, daß er später im Dunkeln den Hügel rückwärts würde hinunterfahren müssen.

Er spürte den Kies durch die dünnen Sohlen seiner abgetragenen Schlangenlederstiefel; die Gitarre stieß gegen sein Bein, gab einen gedämpften Akkord von sich. Nach vierhundert Metern blieb er stehen und zog wieder den zerknitterten Brief heraus.

*Sehr geehrter Herr, ich habe Ihre Anzeige gesehen, daß Sie mit einer Gruppe spielen wollen. Ich habe eine, die hauptsächlich aus meiner Familie besteht. Wir spielen Country-Music. Wir spielen*

*Mittw. abends 7 Uhr, wenn Sie vorbeikommen wollen.*

*Eno Twilight*

Auf einer mit dicken Bleistiftlinien gemalten Karte war nur eine einzige Abzweigung eingezeichnet. Er legte sie so zusammen, wie sie ursprünglich gefaltet gewesen war, und steckte sie zurück in seine Hemdtasche, wo sie flach und glatt anlag. Er war so weit gekommen, da konnte er ebensogut den ganzen Weg gehen.

Die Steigung flachte ab, und zu beiden Seiten des Wegs öffneten sich Maisfelder. Eine Farm auf einem Berggipfel. Ein gottverlassener Ort zum Leben, dachte Snipe keuchend und grinsend. Es roch nach Kuhdung und üppigem grünem Wachstum. Bei jedem Schritt wirbelte heller Staub auf. Er spürte ihn zwischen den Zähnen, und als er sich mit den Fingern ins Gesicht faßte, schwebten feine Staubpartikel im leuchtend orangeroten Licht der untergehenden Sonne. Hinter dem Maisfeld tauchte die harte gleißende Kante eines Blechdachs auf, und in der Ferne stieß eine Walddrossel kalte Glissandi in die Stille hinaus.

Das Haus war alt und kaputt, die rissigen grauen Bretter hingen lose an dem Rahmen aus Pfosten und Balken, das wellige Glas in den Fenstern war mit Klebeband und Karton ausgebessert. Auf einem handgemalten Schild über der Tür stand: GOTT VERGIBT. Im Fenster sah er das Gesicht eines Kindes, einen hämisch grinsenden Mund und zwinkernde Augen, bevor es sich abwandte. Die an schmale

Verschläge neben dem Haus angeketteten Hunde kläfften und bellten wütend. Sie standen im Dreck, zerrten an ihren Ketten und schlugen gegen seine Fremdheit an. Snipe trat auf den kaputten Mühlstein, der als Schwelle diente. Auf dem Granit lagen Fäden von Maiskolben. Das Kind, dessen unbeherrschtes Gesicht er gesehen hatte, ließ ihn in die stickige Küche ein.

Die Decke aus gestanztem Blech war dunkel vor Rauchflecken, ein großer Tisch an die Wand geschoben, um Platz zu schaffen. Darüber hing ein Kalender voll Fliegendreck, abgebildet war ein Elch, der bei Vollmond Wölfe abwehrte. Die Twilights saßen stumm auf hufeisenförmig aufgereihten Küchenstühlen, der alte Eno in der Mitte. Ihre Instrumente lagen auf ihren Knien, ihre Augen glänzten in den letzten öligen Strahlen der Augustsonne. Keiner sagte etwas. Der alte Mann deutete mit seinem Fiedelbogen auf einen am Rand stehenden, leeren Stuhl mit Chrombeinen und zerrissenem Plastiksitz. Snipe setzte sich darauf und holte seine Gitarre aus dem Kasten.

Eno Twilights dichtes, gelbweißes Haar war verfilzt wie die Grasmatte auf einer Wiese im November, sein Gesicht von tiefen, boshaften Linien gezeichnet. Seine Fiedel war schwarz vor Alter und mit Kolophonium bestäubt wie ein Kuchen mit Puderzucker. Plötzlich zeigte er mit seinem Bogen auf den Farmer im Overall, der dasaß und quietschend ein Akkordeon auseinanderzog und zusammenschob, dessen Seufzer dem mühseligen Atmen eines Sterbenden glichen. »Spiel ein A, Ruby.« Der Akkord

quoll aus dem Akkordeon, und der alte Mann drehte behutsam an den Stimmwirbeln. Ohne daß
Snipe ein Wort oder Zeichen gesehen hätte, fingen
sie an zu spielen. Das war Snipe neu, aber eine leicht
zu befolgende Vorgehensweise. Er schob einen kleinen Blueslauf ein, der ihm einen kalten Blick des alten Eno eintrug.

»Nur ein Stück Hochzeitstorte neben meinem
Kissen …«, sang das Mädchen mit harter, trauriger
Stimme. Die Sonne war verschwunden und der
Raum von Dämmerlicht erfüllt. Das Mädchen war
dick, üppig und schwabbelnd dick und schwarz
gekleidet. Sie hatte ein schönes Gesicht mit breiten,
hohen Backenknochen und glitzernden schwarzen
Augen. Dschingis-Khan hätte die Frau geliebt,
dachte Snipe, und liebte sie selbst wegen der Trost-
losigkeit ihrer Stimme. Ruby mußte ihr Bruder sein,
mit dem gleichen breiten Gesicht und dem gleichen
schweren Körper. Sein Akkordeon sorgte wie ein
Dudelsack für einen nasalen, dröhnenden Unterton,
der alle paar Takte unterbrochen wurde von Zir-
kusmusikphrasen, trompetenden, blechernen Ele-
fantentönen. Die Wirkung war sonderbar, aber
nicht unangenehm. Sie verlieh der Musik etwas
Höhnisches, Ausgelassenes, als würde Long John
Silver eine Hornpipe tanzen und dabei mit seinem Holzbein Bluttupfer auf das eroberte Deck machen.

Nach dem Ende des Lieds stellte Snipe sich vor
und bedachte sie zum Beweis seiner guten Absich-
ten mit einem breiten, leutseligen Lächeln. Es küm-
merte sie nicht, wer er war, sie sahen ihn kaum an,

und er wurde rot vor Verlegenheit. Wieder fingen sie ohne Vorwarnung zu spielen an. »Regeln sind zum Brechen da«, sang die dicke Nell, und der alte Eno legte sein grausames Gesicht auf die Fiedel und setzte ihrer reinen Stimme eine Tonfolge voll kitschiger Harmonie entgegen.

Nach ein paar Liedern war Snipe ganz aus dem Häuschen. Sie waren gut. Der alte Eno spielte mit außergewöhnlicher Virtuosität komplizierte Rhythmen und schwierige Bogenstriche, seine linke Hand bewegte sich gekonnt das Griffbrett hinauf und hinab, statt bei der ersten Stellung zu verharren, wie viele hinterwäldlerische Spieler es taten. Seine Frau Shirletta, spindeldürr, das graue Haar auf grauen Plastiklockenwicklern, verzog ihren kleinen Mund und ließ ihre Mandoline erklingen wie ein Glöckchen, das zum Essen ruft.

Die Lieder verebbten eines nach dem anderen, es lagen immer nur ein paar Sekunden dazwischen. Snipe kannte keines. »Wie heißt das?« fragte er am Ende einer Melodie, und dann glotzten die Twilights ihn an. Einer murmelte: »Der Abschied der Forelle« oder »Nasses Heu« oder »Im Garten steht ein kleiner Grabstein« oder »Feuer im Stall«. Letzteres war ein rasend schneller, lauter Jig, bei dem sämtliche Twilights in solchem Tempo harmonisch jodelten, daß Snipe nichts anderes übrigblieb, als sechs volle Minuten lang denselben Akkord zu klimpern. »Warum hab ich das noch nie gehört?« rief er. »Wer spielt das?« Keiner antwortete ihm.

Um neun schaute der alte Mann in die Runde und sagte: »Also, es ist Zeit.« Gehorsam legten die Twilights ihre Instrumente beiseite. Snipes Finger pochten vom stundenlangen, pausenlosen Spielen. Die heiße Küche hatte ihn durstig gemacht, aber Eno sagte: »Gute Nacht. Nächsten Mittwoch um dieselbe Zeit, wenn Sie kommen wollen. Sie sind gar nicht schlecht, aber für so Schnickschnack haben wir nichts übrig.« Snipe wußte, daß er die Bluesläufe meinte.

»Hören Sie, wo spielen Sie?« fragte Snipe.

»Hier«, sagte der alte Fiedler und warf ihm einen Blick, so hart wie Knorren im Apfelholz, zu.

»Nein, ich meine, wo spielen Sie zum Tanzen auf, öffentlich. Gigs, verstehen Sie?«

»Wir spielen nicht öffentlich.«

»Sie spielen nirgends sonst als hier? Nirgends sonst?«

»Nirgends sonst. Wir machen freudig Musik im Namen des Herrn.« Er wandte sich zu einer Tür, in der die dicke Nell im trüben Licht stand. Snipe glaubte, in der Stimme des alten Mannes Spott gehört zu haben.

Er wäre den dunklen Pfad im Licht seiner hüpfenden Taschenlampe am liebsten hinuntergelaufen, hatte aber Angst, sich die Beine zu brechen. Er fühlte sich energiegeladen. Das waren echte Hinterwäldler, und er spielte mit ihnen. Sie lebten so heruntergekommen und im Dreck, wie man nur leben konnte, dachte er. Bevor er im Dunkeln den Hügel rückwärts hinunterfuhr, steckte er sich die Taschenlampe zwischen die Zähne und kritzelte sämtliche Lieder, an die er sich erinnern konnte, hinten auf Enos Brief. »Verkehrsunfall«, »Bei einer Schlägerei zertrampelt«, »Silberhufe«. Gute, authentische Lieder vom Land. Das, wonach er gesucht hatte. Wo hatten die Twilights sie gehört? Siebzig Jahre alte, kuchendicke Schallplatten? Des alten Enos Kindheitserinnerungen an das Radio? Tänze aus der Gegend? Der Wagen knirschte über die Steine in der Nacht. Snipe sang: »*Nur ein Stück Hochzeitstorte neben meinem Kissen*«, langsam, tutend. Auf der Rückfahrt zu seinem gemieteten Haus leuchteten die Scheinwerfer in die grünen Augen von Katzen im Straßengraben.

Das Haus stand an einem See, und während er die Einfahrt mit den berühmten sechzigjährigen blauen Atlaszedern zu beiden Seiten hinunterfuhr, sah er, wie das Licht aus dem Wohnzimmer auf dem Wasser trieb wie vergossenes Öl. Das Auto klopfte heiß, als er im Dunkeln danebenstand. Über dem Geräusch der an den Steg klatschenden Wellen hörte er das monotone Gequassel mechanischer Fernsehstimmen und ging hinein.

Catherine saß in dem braunen Fernsehsessel. Sie hatte die Augen geschlossen, und das trostlose flackernde blaue Licht fleckte ihr müdes Gesicht und das weiße T-Shirt, auf das ein tanzender Hund und die Worte Poochie's Grill gedruckt waren. Snipe schaltete die verschwommenen Bilder ab, und sie schlug die blassen Augen auf. Sie war dünn, hatte mayonnaiseblondes Haar und Augen so hellblau wie durchsichtige Murmeln.

Sie wirkte mürrisch, häßlich, hatte ein flaches Hinterteil und schöne kräftige Beine mit wohlgeformten Waden. Außerdem hatte sie es allmählich satt, ständig pleite zu sein, und war nahe daran, Snipes Sehnsucht nach der Gosse zu wittern.

»Du hast den Job hoffentlich gekriegt«, sagte sie.

»Oooch«, machte Snipe und grinste wie ein Gebiß auf einem Teller, »es gab keinen Job zu vergeben. Wir haben einfach gespielt. Aber unheimlich gute Country-Lieder.« Er versuchte etwas von der alten, jungenhaften Begeisterung in seine Stimme zu legen, die zuversichtliche Art nachzuahmen, die er vor zwei Jahren Catherine gegenüber an den Tag gelegt hatte, als sie bis drei Uhr morgens aufblieben, teuren, von ihr gekauften Wein tranken und Pläne schmiedeten, davon zu leben, daß sie Bündel aus mit roten Bändern zusammengebundenen weißen Birkenscheiten an Kaminbesitzer in New York verkauften oder Ginsengwurzeln anbauten, die sie durch einen Freund verkaufen wollten, dessen Bruder einen Apotheker in Singapur kannte. »Cath, das ist eine unentdeckte Band, und da steckt Geld drin, die dicke Kohle – Schallplatten, Auftritte, Tourneen. Alles. Das ist ein Ding, Baby, damit könnten wir groß rauskommen.« Er konnte den geheimen Ekel, der ihn beim Gedanken an Erfolg überfiel, nicht aus der Stimme verbannen. Sofort wurde sie wütend und laut.

»Mein Gott, kein Job! Sprit und Geld verschwendet. Ich reiß mir da drüben in der Küche den Arsch auf« – angewidert zupfte sie an ihrem T-Shirt von Poochie's Grill –, »während du rumgondelst und kostenlos Musik machst. Nächste Woche ist die Miete für das Haus mit diesen scheußlichen, kaputten Bäumen fällig, und ich hab das Geld nicht,

130

und von meinen Eltern pump ich mir nicht wieder was. Jetzt bist du dran, Kumpel. Raub eine Bank aus, wenn du mußt, aber du zahlst die Miete!«

Snipe wußte, daß sie das Geld von ihren Eltern bekommen würde. »Was ist denn so schlimm dran, ein paar Hamburger zu machen, damit der Laden hier läuft?« fragte er. »Ich muß erst musikalische Kontakte aufbauen, bevor Geld reinkommt. Das braucht Zeit, vor allem auf dem Land. Es ist wichtiger, ich mach was, was mir wirklich gefällt, das weißt du.« Er konnte ihr nicht sagen, daß das, was ihm gefiel, der kaputte Küchenstuhl, der kaputte Pritschenwagen im Gestrüpp war.

»Etwas, was *dir* wirklich gefällt«, höhnte Catherine.

Snipe war erschöpft von der Anstrengung, ihr zu schmeicheln. »Hör mal, du Schlampe, du machst es dir zu leicht und vergißt, wie viele Monate ich in dem Metzgerladen geschuftet hab, wo keiner mehr als zwei Finger hatte, damit du peruanisches Weben lernen konntest. Was ist überhaupt aus dem peruanischen Weben geworden? Du wolltest doch nen Batzen Geld damit verdienen, daß du Umhänge oder Halfter oder sonstwas für Bloomingdale's webst?«

Daß Catherine kein Geld mit dem Weben verdient hatte, war ein gefährliches Thema. Sie fing wieder an zu toben. »Du weißt, daß sie echte peruanische Sachen wollten. Ich konnte nichts dafür, daß ich nicht in einer schmuddeligen Hütte in den Anden lebe, oder? Sie wollten nichts Peruanisches aus Vermont.« Sie funkelte Snipe an, ihre Miene häßlich verzerrt wie in einem Buch aus der Frühzeit der Psychologie, das er einmal gesehen hatte – mit Fotografien zur Illustration der Gefühle: Catherine war der HASS.

Nachdem Snipe die leere Scotch-Flasche geschüttelt hatte, holte er ein Bier aus dem Kühlschrank und ging hinaus auf den Steg. Am Ufer standen weitere Atlaszedern und ließen ihre langen Arme traurig über das Wasser hängen. Er blickte über den See auf die blinkenden Lichter entlang der Straße und trank das Bier; er fühlte ein angenehmes Bedauern in sich aufsteigen. Er fragte sich, wie lange es mit Catherine noch weitergehen würde. Sie war von ihren stinkreichen Eltern verzogen worden, die ihre weichen Lippen schürzten, ihr mit weichen Händen einen Umschlag in die Handtasche schoben, Snipe nicht ansahen, Briefe schrieben, die Catherine unter dem Brotkasten versteckte, lange, ausführliche Briefe, in denen sie anboten, ihr Reisen nach Südamerika zu bezahlen, um die Webtechniken der Eingeborenen zu lernen, in denen sie anboten, die Pacht für einen kleinen Laden in Old Greenbrier zu finanzieren, in dem sie die schweren schlammfarbenen Umhänge und Leggings verkaufen konnte, die sie machte, in denen sie ihr gemeinsame Ferien in der Karibik anboten, aber niemals Snipes Namen und Existenz erwähnten. Sie würde ihn eines Tages verlassen. Er dachte über die Twilights auf ihrer Farm am Ende einer schlechten Straße nach, die die Erde pflügten, säten und am Abend in ihrer schäbigen Küche einfache, von Herzen kommende Lieder sangen, die arm genug waren, daß sich keiner darum scherte, was sie taten. Da kam ihm der Gedanke, daß sie all die wehmütigen Lieder von schweren Zeiten selbst geschrieben haben mußten, Lieder, die niemand zu hören bekam.

Es könnte wirklich ein Album daraus werden, dachte er, und vielleicht könnte er sie wirklich durch die gefährlichen Gewässer des Country-Musik-Geschäfts steuern. Sie würden schwarze Kleidung tragen, völlig schwarz, abgesehen von ein paar Pailletten an den Ärmeln, schwarz, um die Schlichtheit ihrer Gesichter hervorzuheben. Auf das Albumcover würde ein Foto von ihnen kommen, wie sie vor ihrem schäbigen Haus standen, sepiagetönt und leicht verwackelt, ländlich und karg, so, wie er Catherine erzählt hatte, daß ihr Leben werden würde, wenn sie aufs Land gingen. Einfache Zeiten auf einer alten Farm, Shaker-Stühle am Kamin, taunasse Kräuter aus einem kleinen Garten, und eine Abgeschiedenheit und Ungestörtheit, so tief, daß er sich betrinken und auf der Straße umfallen konnte, ohne daß jemand es sah.

Aber alle alten Farmen waren in Ferienhäuser für Ärzte umgewandelt worden, mit Adlern über der Tür und Lattenzäunen. Sie fanden nichts zu mieten, bis Catherines Mutter auf »Zedernklippen« stieß, ein modernistischer Horror aus Glas, der nach Geld stank und von vierzig um die Jahrhundertwende gepflanzten blauen Atlaszedern bedrängt wurde. Die Eigentümer waren mit Catherines Eltern befreundet, und der Handel war perfekt, bevor Snipe das Haus und seinen melancholischen Baumgarten überhaupt gesehen hatte. Sie bekamen es für eine verbilligte Monatsmiete von 300 Dollar, weil es als ausgemacht galt, daß Snipe die großen, zottigen Äste ausdünnen und den Wust aus Zweigen und Zapfen wegräumen würde, der in einem fort niederregnete.

Snipe fuhr jeden Mittwoch zu den Twilights. Er sagte ihnen nichts von einem Album. Jedesmal war es wie beim erstenmal, derselbe Stuhl, dasselbe überstürzte Eintauchen in die nächste unbekannte Melodie, dasselbe undurchdringliche Schweigen, ohne daß über Musik oder Spielweisen gesprochen wurde, ein Lied nach dem anderen in der zunehmenden Dämmerung. Snipe wurde mitgetragen, traf Tonart und Takt, aber er trieb auf der Musik wie ein Boot auf einer Welle, weil der alte Eno ihm keinen Platz machen wollte, das festgefügte Muster ihrer Lieder nicht einmal einen Spalt öffnen wollte, um ihn einen Riff oder einen Break spielen oder ein wenig ausbrechen zu lassen. Snipe, der Außenseiter, wurde in eine Ecke im Hintergrund gedrängt, ein ausländischer Tourist, der die Sprache nicht konnte, der nicht bleiben würde, der nur auf der Durchreise war.

Er versuchte immer wieder, zu ihnen zu gehören, indem er nach einem Lied begeistert krächzte: »He, super, Mann! Das ist wirklich gut! Noch mehr davon!« Er versuchte Enos Härte durch unablässige Fragen nach Bogenstrichen und Techniken die Spitze zu nehmen; aber der alte Mann verschmähte es, sie zu beantworten. Eines Abends fragte er ihn: »Haben Sie schon mal Gitarre gespielt?«

Der alte Mann starrte Snipe einen Augenblick ausdruckslos an, schob die Lippen vor und zurück, dann stand er auf und legte seine Fiedel auf den Stuhl. Er ging in das Zimmer neben der Küche, und sie hörten ein metallisches Schnappen, als Riegel geöffnet wurden. Eno kam mit einer bemalten Metallgitarre wieder herein, auf ihrer Rückseite wiegte sich eine hawaiianische Hulatänzerin unter einer Kokospalme. »Das«, sagte der alte Eno, »ist eine Akkustikgitarre. Die hat mir mein Onkel Bell 1942 geschenkt. Die nehmen wir, wenn wir an einem neuen Lied arbeiten.« Er sah zu Nell hinüber, strich mit seiner Greisenhand über den Frauenkörper der Gitarre, ließ einen Finger unter die Saiten gleiten und fuhr über den Rand der Schallrose. Snipe spürte, daß dunkle, unausgesprochene Worte im Raum zitterten. Er streckte die Hand nach dem Instrument aus, aber bevor er es berühren konnte, brachte Eno es eifersüchtig wieder in das Nebenzimmer. »Ich würd sie für nichts auf der Welt hergeben«, sagte er. Als er wieder bei seiner Fiedel war, legten sie alle mit »Bratkartoffeln« los, die dicke Nell schmetterte »Salzkartoffeln, Bratkartoffeln, Salatkartoffeln«, sah dabei Snipe aber von der Seite an – komplizenhaft, dachte er –, als wollte sie mit ihm über die Blechgitarre des alten Mannes lachen.

An diesem Abend begriff er, wie der Trick funktionierte. Nicht Eno, sondern Nell war es, die bestimmte, welche Lieder sie spielten, und die Melodien, wurde ihm klar, waren irgendwann in unveränderlichen Gruppen von sechs oder sieben Stück zusammengefügt worden. Wenn sie mit »In meiner Kammer ist heut nacht ein fremder Mann« anfing, folgte darauf automatisch »Eiskalte Rosen«

und dann »Einsam macht mich der Regen auf dem Dach«. Aber wenn sie mit »Verlorene Mädchen« oder »Feuer im Gras« anfing, folgten andere Liedgruppen. Zum erstenmal fiel ihm auf, daß sie bei jeder Gruppe ein paar Noten des Schlüssselliedes summte, um den anderen zu bedeuten, was kommen würde. In seiner Ecke im Hintergrund hatte er es vorher nie bemerkt. Nell beherrschte die Gruppe, nicht Eno.

Snipe fing an, für sie zu spielen, auch wenn die alte Shirletta seine filigranen Arpeggien mit ihrem stählernen Tremolo niedermachte und Ruby seine feinen, seidigen Harmonien mit flammenden Akkorden erstickte. Er wußte, daß sie jeden Ton hörte, den er schickte. Nell, die die Lieder und Melodien schrieb, Nell, die Text und Musik so beiläufig aus ihrem Leben wrang wie Wasser aus einem Spüllumpen. Jetzt stand auf dem sepiagetönten Album vor seinem geistigen Auge Nell allein da.

Er schrieb selbst ein Lied – über die Zedern: »Ich bin gefangen von grünen Bäumen« – und übte es stundenlang. Die Melodie ähnelte ein bißchen der von »Clementine«. Nach Hamburgern riechend, kam Catherine nach Hause und fand ihn über die Gitarre gebeugt vor, wie er mit tauben Fingern eine winzige Tonfolge überarbeitete, auf dem Boden die Flasche Scotch, den Rücken in flüchtiger Konzentration gekrümmt. Er hatte zwar einen bestimmten Grad an Können erreicht, aber sein Spiel wurde trotz leidenschaftlichen Übens (das nur dazu diente, sich keine Stelle suchen zu müssen, sagte Catherine) nie überragend, blieben Phrasierung und Intonation zögerlich. Aber er sang und blökte weiter. Die zwei Stunden, die er jeden Mittwoch in der Küche der Twilights verbrachte und in denen er einer dicken Frau, mit der er noch nie gesprochen hatte, musikalische Signale sandte, waren die einzigen Stunden, in denen er sich annäherungsweise glücklich fühlte.

Eines Abends drängte er ihnen sein Lied auf. »Ich hab da ein Lied über Bäume geschrieben; daß ich sie mag und so, aber daß sie mich daran hindern, mit meinem Leben zu machen, was ich will«, sagte er, ohne Eno anzusehen, und sang es für Nell. Die Twilights hatten den Dreh des Lieds bald heraus und stiegen einer nach dem anderen ein, und als Nell im Gleichklang mit ihm »hohe Bäume sind meine Zellengitter« sang, spürte er, daß dies eine der schönsten Stunden seines Lebens war. Er wollte das Lied noch einmal spielen, aber Eno deutete mit seinem Bogen in einer abrupten Bewegung auf Nell, und die führte sie in »Das gestürzte Rehkitz«.

Ende September setzte der Frost ein; er ließ den Frauenhaarfarn verwelken, verschonte aber die letzten gefleckten Tigerlilien. Das krasse, lebhafte Sommergrün wurde stumpf, das Wiesengras vom Gewicht des Herbstregens niedergedrückt. Eines Abends kam Catherine nicht nach Hause, und Snipe wußte, daß sie die Nacht mit dem neuen Besitzer des Poochie Grill verbracht haben mußte, einem Grinsgesicht namens Omar, der den Namen des Lokals in Omars Oase geändert, vier Palmen hingestellt und einen Deckenventilator installiert sowie ein paar von Catherines braunen Webarbeiten wie Gemälde an die Wände gehängt hatte.

Snipe hatte melancholische Anwandlungen, bemerkte Blattadern, Glimmereinschlüsse in Steinen,
außergewöhnlich feine Härchen an Pflanzensten-
geln. Der Geruch nach Holzrauch und feuchter Erde
trieb ihm grundlose Tränen in die Augen. Eines
Spätnachmittags stellte er sich auf den Steg und
trank Scotch aus dem mexikanischen Glas, das Catherine ihm aus dem Urlaub in Acapulco mitgebracht hatte. Er starrte eine merkwürdig linsenför-
mige Wolke an. Er hörte das mürrische Brummen
eines Lastwagens auf der Straße jenseits des Sees.
Das Brummen des Lastwagens und eine blecherne
Kettensäge in der Ferne gaben Snipe das trübselige
Gefühl, kaum eine Stunde lang wahrhaft glücklich
gewesen zu sein. Die Chance dazu war dahinge-
gangen, als er Catherine aus falscher Achtung vor
nachgemachten peruanischen Webarbeiten gefolgt
war. Er wollte die dicke Nell und die Freiheit
schmutziger Bettlaken, wollte auf einem kaputten
Stuhl sitzen und Musik spielen und keinen Eindruck
auf der Welt hinterlassen müssen. In dieser Nacht
lag er wach und horchte auf Catherines Schnarchen,
das sich mit dem ersterbenden Gezirpe der Grillen
vermischte.

Am Morgen wartete er, bis er Catherine die Tür
zuknallen und mit Omar fortfahren hörte. Dann
stand er auf, wusch sich Haare und Körper, schlüpfte in saubere Kleidung, zog zum erstenmal das
schwarze Seidenhemd an, das sie ihm zum Geburtstag geschenkt hatte. Er fuhr die Kiesstraße zwischen den Schierlingspflanzen entlang und bog auf
den holprigen Weg zu den Twilights.

Nell war allein in der Küche und machte Gelee. Shirletta, sagte sie, sei mit der Tochter ihrer Schwester in die Stadt gefahren, um für die Kinder Schulkleidung zu kaufen. Ruby und Eno würden Feuerholz sägen. Er konnte die Kettensägen in der Zuckerahornpflanzung hinter den Maisfeldern hören. Die Küche wurde vom schweren, klebrigen Duft des Brombeergelees durchströmt. Nell stand mit dem Bauch an der Spüle und summte. Das Seihtuch hing schlaff in einer Schüssel wie ein aus einem Schlachttier geschnittenes Organ. In der Spüle lagen Schaumklümpchen, wo sie sie hingeworfen hatte, abgeschöpft vom im Kessel siedenden Gelee. Ihre Hände waren lila gefleckt, und ihre runden, festen Arme und ihr kräftiger Hals rosig getönt. Ihr Haar war in dicken glänzenden Flechten hochgebunden. Die Geleegläser glitzerten wie aufgeschnittene Granatäpfel, während sie auf dem Tisch abkühlten und durchsichtige Häute auf ihrer Oberfläche fest wurden. Die Kettensägen klangen so eintönig wie die Grillen in der Nacht.

Snipe stellte sich hinter sie und schlang seine Arme um ihre Taille, drückte sein flaches Gesicht an ihren heißen Rücken. Sie roch nach Straßenstaub, Goldruten und zerstampften süßen Brombeeren; ihre summende Stimme vibrierte in seinen Ohren. Weit weg im Wald ertönte ein lauter Ruf, dann das blättrige, dreschende Geräusch eines umstürzenden Baums. Die Kettensägen verstummten. Eine vom süßen, moschusartigen Duft berauschte Wespe flog unbeholfen in der Küche herum. Snipe raffte den Saum von Nells geblümtem Kleid so vorsichtig hoch, als würde er Mikadostäbchen aus Glas aufheben.

Später sagte sie, während er noch immer an sie gedrückt stand: »Sie kommen vom Wald.« Sie starrten zusammen auf die Wiese hinaus, auf der Männer durch das ungemähte Gras stolperten wie eine Vaudevilletruppe, die Betrunkene imitiert. »Ruby ist verletzt«, sagte sie, schob ihn weg und drehte sich zur Tür um. Er strich sich die Kleidung glatt und ging zum heißen Herd hinüber, auf dem das Gelee anbrannte.

Sie kamen herein; Ruby grinste starr, als wäre sein Kinn von Schraubzwingen durchbohrt. Sein linker Arm war in Enos blutbeflecktes Hemd gewickelt. In seinem Gesicht hingen blutige Klümpchen, er hielt den verletzten Arm schützend vor die Brust. Das dichte weiße Haar auf der Brust und dem vorgewölbten Bauch des alten Eno war flachgedrückt und durcheinander wie ein Rehlager im Garten, die beiden dunklen Brustwarzen lugten wie zwetschgenfarbene Augen hervor. Sie gingen ans Spülbecken, Eno auf der einen Seite, Ruby schwankend in der Mitte, und Nell, die mit den hohlen Händen den Ellbogen des versehrten Arms umfaßte.

Snipe schnürte es die Kehle zu, als Nell das Hemd abnahm und die Wunde bloßlegte. Schwer fielen Blutstropfen in die Spüle, verliefen im Gelee. Snipe konnte Enos Achselhöhlen riechen, ein Stinktiergeruch, der sich mit dem Gestank nach Sex und gezuckertem Obst vermischte. »Hol das Verbandsmaterial, das sie uns damals gegeben haben«, sagte der alte Eno, und Nell ging in die Vorratskammer. Sie hörten sie Papier aufreißen. Sie und Eno beugten sich zueinander, während sie den Verband mit einer dicken Rolle Gaze auf Rubys Wunde befestigten. Auf dem schneeweißen Verband erblühte eine kleine rote Blume. »Halt den Arm hoch in die Luft«, sagte Eno und schob Rubys Ellbogen nach oben.

Später dachte Snipe, daß er in diesem Moment hätte verschwinden sollen, durch die Tür schlüpfen, mit dem Wagen lautlos den Weg hinunterrollen und in den Schutz der Zedern fahren sollen. Statt dessen sagte er: »Sollte man ihm nicht eine Aderpresse um den Arm machen?« Eno drehte sich um und starrte ihn ein paar Sekunden verwundert an. Dann wanderte der Blick des alten Mannes zu Nell. Sie hielt den Kopf gesenkt, die Augen niedergeschlagen und wickelte und wickelte die Gaze.

»Nicht, wenn ich die verfluchte Hand behalten will«, sagte Ruby mit rauher, gepreßter Stimme, aber das Zentrum der Krise hatte sich von seiner Wunde auf Snipe und Nells verborgenes Gesicht verlagert. Stetig wie eine steigende Überschwemmung wuchs das Wissen um das, was in der Küche geschehen war. Ruby verzog den Mund zu einem hämischen Grinsen, aber die Hände des alten Eno zitterten, und er rang nach Atem, als hätte er die Verletzung davongetragen.

»Eno!« rief Snipe voll Panik, »ich liebe deine Tochter!« Und er wußte, daß er es nicht tat. Es war immer der Pritschenwagen im Gestrüpp gewesen.

»Du Idiot«, stieß Ruby zwischen den Zähnen hervor, »sie ist seine Frau.«

Snipe hörte das angebrannte Gelee im Kessel knistern. Er warf einen Blick zur Tür, und mit einem Mal ging Eno auf ihn los, die schweren Farmerhände gebogen wie Zangen. »Ich krieg dich«, rief er, die Augen vor Wut zu Schlitzen zusammengekniffen, die Zähne gebleckt wie ein Hund. »Ich krieg dich.«

Snipe rannte los, stolperte über das blutige Hemd, schlitterte über die steinerne Türschwelle, brach sich die Fingernägel am Griff der Autotür ab, klemmte sich den Fuß schmerzhaft zwischen Gaspedal und Bremse ein und holperte fluchend und zitternd mit dem Fahrzeug den felsigen Weg hinunter. »Verdammte Hinterwäldler«, sagte er in den Rückspiegel.

Er fuhr achtzig Kilometer bis zur großen Stadt im nächsten Bezirk und trank Scotch in Bob's Bar, ein mit Sperrholz vertäfeltes Loch mit nachgemachten Tiffanylampen aus Plastik. Die grellen roten und blauen Farbtöne taten seinen Augen weh und verursachten ihm Kopfschmerzen. Als jemand auf der altertümlichen Jukebox Willy Nelson auswählte, ging er. Er wollte Haydn hören. Haydn schien sicher und verlockend wie ein frisch gemachtes Bett mit prallen weißen Kissen und einer seidenen Decke. Er hätte in Haydn versinken können.

In einem Billigladen kaufte er sich eine Kassette mit einer Symphonie, und machte sich dann über das Einkaufszentrum her, um die Dinge zu kaufen, die Catherine am liebsten mochte: Champagner, Hummer, Chicoreeherzen, Schwarzwälder-Kirsch-Torte, Wiener Kaffee mit Zimt. Die Rechnung belief sich auf über hundert Dollar, und er schrieb ungedeckte Schecks aus in dem sicheren Gefühl, daß er und Catherine einen glücklichen Neuanfang machen würden. Mit den Twilights war er fertig. Wenn sie nach Hause käme, wäre alles vorbereitet: das Feuer im Kamin, frische Bettlaken, eisgekühlte Sektgläser. Er wurde von einer wachsenden Nervosität durchflutet wie ein Vogel vor einem Sturm und ging den langen Nachmittag über immer wieder bis ans Ende des Stegs, wo er sich hinstellte und über das Wasser starrte, sich nach Catherines zweihundert zerbrechlichen Knochen und ihrem dürren Körper sehnte. Als von einer der Zedern ein toter Ast fiel, schleppte er ihn eifrig zum Komposthaufen hinter der Garage.

Es war leicht. Sie kam anstandslos zu ihm zurück, bereit, ihre alten Spiele zu spielen. Sie machten sich über Omars Restauranthilfen lustig, und Snipe sagte, das mit der Country-Musik funktioniere nicht. Sie könnten etwas anderes machen, vielleicht nach Westen ziehen, nach New Mexico oder Arizona. Snipe kannte jemanden, der ihm gutes Geld für das Sammeln wilder Stechapfelsamen zahlen würde.

Sie lagen zwischen den Kissen in der Ecke des Sofas, Snipes Finger glitten mechanisch an ihrem Arm auf und ab, die rauhen Schwielen kratzten auf der Seide. Nach einer Weile waren Haydns präzise Takte wie verblaßte Bleistiftstriche auf dünnem Papier. Die Champagnerflasche war leer. Catherine schmiegte sich leidenschaftlich an ihn, und mit dem trockenen Gefühl, den Katechismus herunterzubeten, legte er seinen offenen Mund an ihren Herzschlag. Er überlegte, wie es drüben im Westen sein

würde, die flache sepiagetönte Erde und der uner-
meßliche Himmel aus hartem einsamem Blau. Dort
zogen sich die Straßen ewig bis zum Horizont.
Snipe sah sich allein, wie er in einem verbeulten alten Pritschenwagen durch die flirrende Hitze fuhr,
der Wind durch die offenen Fenster rauschte. In der
Windschutzscheibe war ein Einschußloch. Er trug
alte Cowboystiefel, ausgebleichte Jeans und ein zer-
rissenes schwarzes Hemd mit einem gestickten Kaktus auf dem Rücken, und mit der Handkante schlug
er auf dem kaputten Lenkrad einen texanisch-mexi-
kanischen Rhythmus.

# DER WOLKENLOSE TAG

So etwas gab es nur selten, einen trockenen, warmen Frühling, der in einen Sommer überging, so blühend und schön, daß die glänzenden Samen das Gras einen Monat vor der Zeit niederbeugten; ein gutes Jahr für Waldhühner. Als die Saison Mitte September eröffnet wurde, hielt die Sommerhitze noch an, lag Staub wie gelbes Mehl auf den Straßen und strömte ein Duft nach Verfall aus den dornigen Labyrinthen, in denen die Brombeeren abfielen und auf dem Boden verfaulten. Waldhühner gab es im Dornengestrüpp entlang der Wasserläufe, und trunken von gärenden Herbstsäften, flogen sie leichtsinnig auf, ihre Flügel zerschnitten die schimmernde Hitze des Tages.

Santee lag nichts daran, bei so farbenprächtigem Wetter Vögel zu jagen. In den Striemen, die Äste auf seinem Hals und seinen Armen zogen, brannte salziger Schweiß, der Hund war träge, und die Vögel waren innerhalb einer Stunde verdorben. In ihren sauren, heißen Eingeweiden roch er die baldige Verwesung. Die Federn klebten an seinen Händen, denn Earl half ihm nie, sie auszunehmen. Noah, der Hund, lag hechelnd im Schatten.

Die Hitzewelle wollte nicht nachlassen. Santee sehnte sich nach dem kalten Wasser und den wolkenlosen Tagen, die vor ihnen lagen, nach der schneidenden Kälte im Schatten der Fichten, dem eisigen Rauhreif, der dick die Weidenzweige überzog, und dem harten Herbsthimmel, der vom Parabolflug der Vögel zerschnitten wurde wie das Eis auf einem Teich von Schlittschuhläufern. Ach, verdammt, dachte Santee, es gab Besseres zu tun, als an diesen sengenden Tagen mit einem Narren Rebhühner zu jagen.

Earl war im Jahr zuvor zu Santee gekommen und hatte ihn gebeten, ihm beizubringen, wie man Vögel jagte. Er habe eine gute Flinte, sagte er, eine Tobias Hume. Santee hielt sie für überschätzt und für viel zu teuer, aber sie war schöner als seine eigene Feldjäger-Jorken mit dem zersplitterten Schaft, den er schon seit Jahren austauschen wollte. (Das grobe Formstück aus Walnußholz lag draußen in der Scheune auf der Werkbank, Dosen mit Motorenöl und Farbe standen darauf; die Kinder hatten die Feilen zum Glätten des Schafts ruiniert, weil sie damit Walnußkerne geknackt hatten.) Santees Flinte war wie ihr Besitzer unelegant und alt, aber sie funktionierte gut.

Earl war durch den Wald zu Santees Haus gefahren, hatte über die Unordnung im Hof hinweggesehen, Verna zugenickt und Santee geschmeichelt, bis diesem der Kopf brummte. »Santee«, sagte er, musterte ihn und sah, wozu er neigte, »ich hab mit den Leuten hier geredet, und sie sagen, daß Sie ein ziemlich guter Jäger sind. Ich will lernen, wie man Vögel jagt. Ich möchte, daß Sie es mir zeigen. Ich bezahle Sie dafür, daß Sie mir alles darüber beibringen.«

Santee sah, daß Earl Geld hatte. Er trug schöne Stiefel, eine gute Kordhose in einem goldenen Sirupton, seine Hände waren wie Tauben geformt, und seine Stimme floß aus seiner Kehle wie süßer Teig. Er war höchstens dreißig, dachte Santee, als er die festen Wangenpartien und das dichte gelbe Haar betrachtete.

»Ich jage die Vögel normalerweise allein. Oder zusammen mit meinen Jungs.« Santee verlieh jedem Wort das angemessene Gewicht. »Ich und der Hund.« Noah, der unter der verrosteten Schaukel auf der Veranda lag, hob den Kopf, als er das Wort ›Vögel‹ hörte und beobachtete sie.

»Guter Hund«, sagte Earl mit seiner Konfektionsstimme. Santee verschränkte die Arme über der Brust, anstatt sie seitlich baumeln zu lassen. Die Hände in den Hosentaschen wäre noch schlimmer, dachte Santee, während er Earl betrachtete, die Pose eines Taugenichts.

Earl schmierte Santee mit seiner Stimme. »Ich verlange doch nur, Santee, daß Sie es zwei-, dreimal versuchen, und wenn Sie dann aufhören wollen, na gut, dann zahle ich Sie für die Zeit.« Er lächelte Santee an, die laubfarbenen Augen unter den schimmernden Lidern wanderten von Santee zu der verzogenen Fliegentür, dem schäbigen Anstrich der

Bretter, dem heruntergekommenen Hof. Santee sah zur Seite, als wären seine Augenmuskeln geschwächt.

»Ich kann's ja mal versuchen. Würde lieber unter der Woche als am Wochenende. Können Sie Montag?«

Earl konnte an jedem Tag, an dem Santee wollte. Er arbeitete zu Hause.

»Was machen Sie?« fragte Santee und ließ die Arme baumeln.

»Ich bin Berater. Ich analysiere Aktien und wirtschaftliche Trends.« Santee sah, daß Earl jünger war als sein ältester Sohn Derwin, dessen Zähne völlig kaputt waren und der oben bei den Potumsic Falls im Furnierholzwerk arbeitete, Dämpfe einatmete und eine Maschine mit wirbelnden, geschwungenen Schneideblättern bediente. Santee sagte, er würde am Montag mit Earl losgehen. Er wußte nicht, wie man nein sagte.

Der erste Morgen war gut, ein handfester heller Tag mit einem würzigen Duft in der Luft. Noah war bereit, sein Bestes zu geben, begierig, Vögel aufzuspüren, und vor dem Fremden gab er ein wenig an. Santee stellte Earl in einiger Entfernung zu seiner Rechten auf, um zu sehen, wie er schoß.

Noah arbeitete eifrig. Er stand zwei Meter vor den Vögeln, er scheuchte Vögel links und rechts auf. Ein einziger Schritt von Santee oder Earl sandte Rebhühner schnurstracks aus ihrem Versteck auf. Er spürte sie in Bäumen und Büschen auf, witterte, wenn sie Fallobst fraßen oder sich in Senken voll pulverfeiner Erde wälzten, bemerkte sie, wenn sie durch den Sauerklee trippelten. Er arbeitete für zwei, seine weißen Flanken glitten durchs Gras, seine Ohren wurden beim Vorstehen so steif, daß er ein Tier aus Glas hätte sein können. Die Waldhühner zerrissen die Luft, und die Flinten knallten. Earl, das begriff Santee, wußte nicht genug, um »guter Hund« zu sagen, wenn es darauf ankam.

Santee hielt sich zurück, um seinen Schüler lernen zu lassen, aber Earl war ein langsamer, schlechter Schütze. Der Vogel war schon fünfzig Meter fort und flog in Sicherheit, bis Earl endlich die Flinte angelegt hatte und abdrückte. Manchmal flog ein nervöser zweiter Vogel auf, ehe Earl auf den ersten gefeuert hatte. Er schien den Rhythmus nicht zu finden und hatte für jeden Fehlschuß eine Ausrede.

»Der Kolben hat sich in der Klappe meiner Brusttasche verfangen«, sagte er und lachte und: »Meine Finger sind steif vom Gewehrtragen« und: »Ach, der war weg, bevor ich ihn aufs Korn nehmen konnte.«

Santee versuchte, ihm immer wieder zu zeigen, daß man nicht auf den Vogel zielte, sondern die Flinte einfach anlegte und auf die richtige Stelle feuerte.

»Sie müssen schießen, wohin sie fliegen, nicht dahin, wo sie sind.« Er ließ Earl beim nächstenmal zusehen, wie die Flinte an seiner Schulter an die richtige Stelle rutschte, wie sein rechter Ellbogen geschmeidig nach oben ging, während er den Blick auf die Leere in der Luft richtete, in die der Vogel gleich fliegen würde. *Tot!* machte die Flinte, und der Vogel fiel herunter wie eine Nuß.

»Jetzt sind Sie dran«, sagte Santee.

Aber wenn ein Waldhuhn aus den wilden Rosenhecken stob, brachte Earl sein Gewehr nur bis zur Hüfte und verrenkte beim Feuern seinen Körper merkwürdig nach hinten. Der Schuß streifte einen Lärchenstamm, und der Vogel verschwand zwischen den Bäumen.

»Ich seh schon, Sie müssen noch viel üben«, sagte Santee.

»Ja, üben muß ich«, gab Earl ihm recht, »und dafür bezahle ich Sie.«

»Versuchen Sie den Schaft an Ihre Schulter zu heben«, sagte Santee und dachte, daß seine Kinder mit acht Jahren besser geschossen hatten.

Sie übten den ganzen Vormittag über. Santee machte ihm vor, wie man schnell und präzise reagierte, und Earl schwitzte und zuckte wie ein alter Vitagraph-Film bei dem Versuch, die Flinte auf die Vögel auszurichten. Santee schoß sieben Waldhühner und schenkte vier davon Earl, der nicht eines getroffen hatte. Earl gab Santee hundert Dollar und sagte, er wolle die Sache wiederholen.

»Ich kann die ganze Woche üben«, sagte er, und das klang so, als ob er Klavierunterricht nehmen wollte.

Die folgenden drei Montage waren genauso. Sie gingen los und jagten Vögel. Earl schoß weiterhin aus der Hüfte. Er stand da mit gespreizten Beinen und glich einem Gangster aus alten Zeiten, der die rivalisierende Bande mit Blei vollpumpte.

»Hören Sie«, sagte Santee, »die Saison hat noch sechs Wochen, das heißt, wir ziehen noch sechsmal los. Also, ich bin nicht hinter Geld her, aber Sie möchten's vielleicht öfter probieren.« Earl war ganz begierig und sagte, er würde zahlen.

»Dreimal die Woche. Ich kann Montag, Mittwoch und Freitag.« Sie versuchten es auf diese Weise. Dann versuchten sie es Montag, Dienstag und Mittwoch, um der Kontinuität willen. Earl zahlte Santee dreihundert Dollar die Woche und hatte noch nicht einen Vogel geschossen.

»Wie wär's damit?« fragte Santee, der sich immer mehr wie eine betrügerische alte Hure vorkam, wenn sie loszogen. »Wie wär's, wenn ich am Wochenende mit einer Schachtel Tontauben zu Ihnen rüberkomme, und Sie üben, sie runterzuholen? Ohne Bezahlung! Nur, damit Sie den Blick irgendwie drauf kriegen und die Flinte an die Schulter.«

»Ja, aber es macht mir nichts aus, daß ich die Vögel nicht treffe, wissen Sie«, sagte Earl und blickte in die Bäume. »Ich habe Bücher gelesen und weiß, daß es Jahre dauert, bis man die schnelle, fast instinktive Reaktion für das Hochpreschen des Waldhuhns entwickelt. Glauben Sie mir, ich weiß, was für ein schwieriges Ziel diese flinken Vögel eigentlich sind, und ich bin bereit, daran zu arbeiten, auch wenn es Jahre dauert.«

Santee hatte noch nie gehört, daß das Vogelschießen so schwer war, aber er wußte, daß Earl nicht dazu taugte; er hatte Reflexe wie ein Schneemann. Santee sagte zu Verna: »Dieser Earl muß es kapieren, oder ich kann sein Geld nicht mehr annehmen. Jedesmal, wenn wir rausgehen, hab ich das Gefühl, ich geh in die Salzgruben. Ich hab keine Lust mehr, für mich selber auf die Jagd zu gehen, aus Angst, ein paar Vögel abzuknallen, die er zum Üben braucht. Verflucht, der ganze Spaß geht verloren.«

»Das Geld ist nicht schlecht«, sagte Verna und stieß sich vom Verandaboden ab, daß die Schaukel quietschte. Ihre Schürze war über ihrem Schoß gefaltet, sie hatte die Arme vor der Brust gekreuzt, die Hände auf den Schultern liegen, die Waden vor der Kühle der Nacht übereinandergeschlagen. Sie trug die blauen Acrylhausschuhe, die Santee ihr zum Muttertag geschenkt hatte.

»Ich möchte bloß wissen, wie ich da reingeraten bin«, sagte er, schloß die Augen und schaukelte.

Santee kaufte eine Schachtel mit hundert Tontauben und fuhr an einem Sonntagnachmittag zu Earl. Es war ein Tag, an dem die Leute Spazierfahrten machten.

»Wär ich doch bloß nicht mitgekommen«, sagte Verna, als sie durch die verstaubte Windschutzscheibe Earls Heim betrachtete, ein riesiges Schweizer Chalet mit Fenstern im Dach wie gelbbraune Blasen und einem Portikus mit Säulen aus gegossenem Polystryrol. Sie wollte nicht aussteigen, sondern blieb zwei Stunden lang bei hochgekurbeltem Fenster sitzen. Santee wußte, wie ihr zumute war, aber er mußte gehen. Er wurde dafür bezahlt, daß er Earl beibrachte, wie man Vögel schoß.

Das Haus hatte eine große Veranda, und auf ihr saß Earls Frau, dünn wie ein zusammengefalteter Dollarschein, mit einer Hand so schmal und kalt wie eine Forelle. In einem Laufstall aus grünem Plastik-

Maschendraht krabbelte ein Baby herum, das mit einer Tomate spielte. Earl sagte, sie sollten zusehen.

»Schau, wie Daddy das Vögelchen schießt!« sagte er.

»Gögel«, sagte das Baby.

»Knall die Gögel ab, Earl«, sagte die Frau und zog ihren Fingernagel durch einen Tropfen Kondenswasser, der von ihrem Glas auf die Armlehne des Stuhles gefallen war.

Santee holte immer wieder mit dem Arm aus und schleuderte die Tonscheiben über einen Garten mit dunklem Gebüsch. Ihm klingelten die Ohren. Das Baby brüllte jedesmal, wenn das Gewehr losging, aber Earl wollte nicht, daß die Frau es wegbrachte.

»Schau!« rief er. »Verdammt, schau, wie Daddy die Gögel schießt!« Er legte die Flinte an der Hüfte an und krümmte den Rücken, nahm die seltsame Stellung ein, die er zu seinem Markenzeichen gemacht hatte. Er und Al Capone, dachte Santee und sagte: »Bringen Sie sie an die Schulter«, wie eine kaputte Schallplatte. »Es gibt keinen Rückstoß.«

Er versuchte festzustellen, ob Earl hinter der gelben Brille die Augen schloß, wenn er abdrückte, aber er sah es nicht. Nach langem zerstob eine Tontaube in drei schwarze Stücke und Earl kreischte: »Erwischt!«, als wäre sie ein Wollmammut. Es war das erste Objekt, das er getroffen hatte, seit Santee ihn kannte.

»Nicht schlecht«, log er. »*Jetzt* haben Sie's raus.«

Eine Woche später holte Verna sämtliche Kinder zu einem Essen nach Hause. Es gab selbstgepökelten

Schinken, eingelegt in Santees herbem Apfelwein, gebackenen Winterkürbis, Kartoffelbrei mit Sahne von Jersey-Rindern über jedem Haufen und eine Platte voll gebratener Rebhühner, glasiert mit Wildkirschengelee.

Bevor sie sich an den Tisch setzten, schickte Verna sie in den Hof zum Aufräumen. Sie zählten alle bis drei und hievten das Gerippe von Santees 1952er Chevrolet auf den Lkw, zusammen mit dem zerrissenen Maschendraht, den vermoderten Zaunpfählen und verbeulten Ölkanistern. Derwin fuhr die Ladung nach dem Essen zur Halde und brachte einen neuen Rasenmäher mit, wie Verna es ihm aufgetragen hatte.

Am nächsten Tag watete sie durch den Bach und suchte mit den Füßen nach runden Steinen einer bestimmten Größe. Santee trug sie in einem Getreidesack zum Haus. Nachdem sie auf der Veranda getrocknet waren, malte sie sie schneeweiß an und legte sie in einer Reihe entlang der Einfahrt aus. Santee sah, wie schön das war: das gemähte grüne Gras, die leuchtend weißen Steine. Es hatte alles etwas damit zu tun, daß er Earl das Jagen beibrachte, aber abgesehen vom Geld, wußte er nicht, was.

Nach einer Weile wußte er es. Sie wollte ihn nicht damit aufhören lassen. Sie ging an den Jagdtagen – Santee betrachtete sie mittlerweile als Arbeitstag – beim ersten Tageslicht in den Hof hinaus, lief durch das feuchte Gras und blinzelte zum Himmel hinauf, um zu deuten, wie der Tag werden würde. Dann legte sie sich wieder ins Bett und wärmte ihre kalten Füße an Santees Waden.

»Es ist wolkig«, sagte sie. »Spätestens am Mittag wird es regnen.« Santee stöhnte dann, weil Earl nicht wollte, daß seine Flinte naß wurde.

»Schadet ihr das nicht?« fragte Earl immer, als wüßte er, daß es so sei.

»Sie sind vielleicht ein Schönwetter-Schütze«, sagte Santee. »Wischen Sie sie ab, wenn Sie nach Hause kommen und geben Sie ein bißchen Fett drauf, dann ist sie wieder so gut wie neu.« Er brauchte eine ganze Weile, bis er begriff, daß es Earl nicht um die Flinte ging. Earl mochte es einfach nicht, wenn ihm der Regen den Nacken hinunter oder auf seine Brille mit den gelben Gläsern lief, er legte keinen Wert darauf zu spüren, wie die kalten Tropfen seinen Rücken und seine Unterarme hinab schmale Rinnsale zogen, oder das salzige Naß zu schmecken, das von seinem Hutband zu seinen Mundwinkeln tröpfelte.

Sie gingen durch hohes, feuchtes Gras, der Regen war so stark, daß die gebogenen Halme auf- und abwippten. Earls nasse Drillichhose klebte an ihm wie mit Blasen überzogene Haut. Die Art, wie er mit krummem Finger und Daumen an den durchnäßten Kleidern zupfte, hatte etwas, woran Santee erkannte, daß er auf den Regen wütend war, auf Santee, vielleicht sogar sauer genug, um es sein zu lassen und keine dreihundert Dollar die Woche mehr zu vergeuden für einen feuchten Spaziergang durch die Natur und nicht einen Vogel. Gut, dachte Santee.

Aber der Regen hörte auf, und eine wäßrige Sonne wärmte ihnen den Rücken. Noah fand Ranken üppigen heißen Rebhuhndufts in der feuchten Luft liegen, so greifbar wie Gurkenranken auf der Gartenerde. Er verfiel immer wieder in sein katatonisches Vorstehen, sie trieben die Vögel auf, und Regentropfen prasselten bogenförmig herab. Earl kriegte es nicht hin, aber er sagte, er wisse, daß es Jahre dauere, bis man als Schütze den Dreh raushabe.

Das einzige, was er in dieser Saison schoß, war die Tontaube, und das Jahr endete ohne Vögel für Earl, mit Geld auf Santees Bankkonto und einer Reihe weißer Steine unter den Schneewehen. Santee dachte, es sei endgültig vorbei, ein schlechtes Jahr, das es mit der Erinnerung an andere schlechte Jahre zu begraben galt.

Den nächsten Frühling und Sommer über dachte er nur mit Schaudern an Earl. Der trockene Waldhuhnsommer dauerte bis in den September hinein an. Santee bohrte den Ersatzschaft für die Jorken. Er kaufte eine neue Feile und setzte sich nach dem Abendessen auf die Veranda, bearbeitete den Schaft und wartete darauf, daß die Hitze nachließ, dachte daran, wie er an den kalten Oktobertagen, wenn die Wälder und Wiesen die Farben verloren und die Erdklumpen hart froren, allein losziehen würde. Er hockte Richtung Westen auf den Stufen, um das letzte bißchen Licht zu nutzen; trotz der anhaltenden Hitze, die von der ausgedörrten Erde aufstieg, wurden die Tage kürzer. Verna fächelte sich mit einem Werbeprospekt, der unter der Post gewesen war, den feuchten Hals.

»Da kommt ein Auto«, sagte sie. Santee hörte zu feilen auf und horchte.

»Es ist Earl«, sagte Verna, die den Saab erkannte, bevor er zu sehen war.

Er war etwas glattzüngiger und trug eine teure Jägerjacke mit einer Gummitasche am Rücken für die erlegten Vögel, deren dunkles Blut in die Nähte sickerte.

»Das hat mir meine Frau geschenkt«, sagte er und zeigte ihnen das neue Lederfutteral für seine Schrotflinte; seine Initialen und drei fliegende Waldhühner waren darin eingeprägt.

»Nein«, versuchte Santee zu sagen, »ich hab Ihnen alles beigebracht, was ich kann. Ich will Ihr Geld nicht mehr.« Aber Earl ließ nicht locker. Jetzt wollte er einen Begleiter mit Hund, und der war Santee, ohne Bezahlung.

»Schließlich haben wir uns letztes Jahr gut kennengelernt. Wir sind ein prima Gespann – Freunde«, sagte Earl und betrachtete die frisch gestrichenen Holzwände. »Gute Arbeit«, sagte er.

Santee ging mit, weil er Earls Geld angenommen hatte. Bis der Idiot selbst einen Vogel schoß oder aufgab, war Santee verpflichtet, weiter mit ihm auf die Jagd zu gehen. Bei dem Gedanken, Earl könnte ihm für den Rest seines Lebens jeden Herbst ruinieren, wurde Santee übel.

»Inzwischen habe ich die Rebhuhnjagd so was von über«, sagte er zu Verna eines schwülen Abends. »Und diese weißen Steine auch.« Sie wußte, was er meinte.

Derwin hörte Earl unten im Laden prahlen, vor

sich auf dem Tresen einen Krabbencocktail und eine Packung Cracker. Earls neue Jägerjacke stand lässig offen, die gelbe Brille war an einem Bügel durch das Knopfloch der Brusttasche geschoben.

»Ja«, sagte er, »heute war es gar nicht übel. Keine Frage. Ich jage mit Santee, Sie wissen schon – ein toller alter Kerl.«

»Er wußte nicht, wer ich bin«, schimpfte Derwin, der nur zu gern etwas gesagt hätte, aber keine Worte fand, bis er zu Hause vorfuhr und auf der Verandakante saß. »Warum schickst du ihn nicht zum Teufel, Pa? Gib ihm wenigstens keine Vögel mehr, von denen er dann behauptet, er hätte sie selbst geschossen.«

»Wenn ich doch bloß könnte«, stöhnte Santee. »Wenn er nur einen Vogel erwischen würde, könnt ich Schluß machen, oder wenn er sich auf was anderes stürzen und nicht mehr vorbeikommen würde. Aber ich hab das Gefühl, ich schulde ihm noch was. Ich hab viel Geld von ihm genommen, und das einzige, was er dafür gekriegt hat, war ne Tontaube.«

»Du schuldest ihm gar nix«, sagte Derwin.

Am nächsten Morgen tauchte Earl wieder auf. Er parkte seinen Saab im Schatten und betätigte die Hupe von Santees Pritschenwagen, bis dieser auf die Veranda kam.

»Wo soll's heute hingehen?« rief Earl. Es war keine Frage. In gewisser Weise hatte er das Heft in die Hand genommen. »Können auch Ihren Wagen nehmen, der ist schon verkratzt. Vielleicht fahren wir zum Afrika-Winkel und dann zum Weißen Birkenhimmel.«

Earl hatte die verschiedenen Stellen, an denen sie jagten, mit Phantasienamen belegt. »Afrika«, weil langes gelbes Gras am Rand einer Wiese wuchs, die laut Earl so aussah wie das Buschland in Südafrika. »Weißer Birkenhimmel«, weil Noah innerhalb von zwanzig Minuten vor sechs Vögeln vorgestanden hatte. Santee hatte zwei erlegt und den Rest um der Fortpflanzung willen entkommen lassen, nachdem Earl die Wipfel aus den Birken geschossen hatte. Es waren graue Birken, aber Santee hatte keinen Wert darauf gelegt, es zu sagen; genausowenig sagte er, daß die Stelle seit Generationen »Ayers Hochweide« genannt wurde.

Es war windstill und schwül, als sie zu den hochgelegenen Wiesen der alten Farm hinaufgingen. Der Himmel war leuchtend weiß. Noah blieb zurück, der Staub füllte ihm die Nase. Santees Hemd war naß, und er konnte den Donner im Boden hören, das Gewitter, das sich seit Wochen aus vibrierender Hitze zusammenbraute. Viehbremsen und Mücken stachen ihnen wütend in Ohren und Hals.

»Das wird ein teuflisches Gewitter«, sagte Santee.

Nichts regte sich. Sie hätten sich auf einer gemalten Wiese befinden, langsam über die fixierte Landschaft gehen können, über die niemals ein Vogel fliegen, in der kein Baum umstürzen konnte. Das Laub hing schlaff herab, unter ihren Füßen zerkrümelte der Boden.

»Bei diesem Wetter kann man keine Vögel aufscheuchen«, sagte Santee.

»Was?« fragte Earl, dessen gelbe Brillengläser wie Insektenaugen glänzten.

»Ich hab gesagt, das wird ein Riesengewitter. Sehen Sie dort?« Santee deutete träge mit seinem Arm Richtung Westen, wo ein dunkler, buckliger, von Lichtadern erleuchteter Streifen über dem Horizont lag. »Kommt direkt auf uns zu wie ein Buschfeuer. Zeit, heimzugehen und es an nem anderen Tag zu versuchen.«

Er machte kehrt, ohne auf Earls Bemerkungen zu achten, das Gewitter sei noch weit weg und da oben gebe es Vögel. Er war schon unterwürfig genug, dachte Santee sich sauer.

Als sie den Hügel hinuntergingen, auf dem von der Dürre polierten Gras ausrutschten, verdichtete sich das Licht zu einem schmutzigen Ocker. Kleine Windböen trieben Staub auf und brachten die Pappeln zum Zittern.

»Sie könnten recht haben«, sagte Earl und überholte Santee. »Es kommt ziemlich schnell. Ich hab grade einen Tropfen gespürt.«

Santee blickte über die Schulter zurück und sah die schwarze Wolkenwand am Himmel größer werden. Windstöße fuhren über den Hang, und das rollende Donnermahlen erschütterte die Erde. Noah raste ängstlich herum, den Schwanz zwischen die Beine geklemmt, suchte immer wieder Santees Blick.

»Wir gehen ja, Junge«, sagte Santee aufmunternd.

Die ersten Regentropfen trafen wie Vogeldunst, prasselten auf sie nieder und schlugen mit dumpfem Knall gegen die Bäume. Weiße Hagelkörner sprangen hoch und brannten, wo sie das Fleisch trafen. Sie rannten in einen Fichtengürtel, wo sich zwischen den Bäumen eine schmale Schneise wie eine Bowlingbahn öffnete. Auf halber Länge davon flog ein panisches Waldhuhn vor ihnen weg. Es war mindestens siebzig Meter weit weg, eine unmögliche Entfernung, als Earl seine Schrotflinte an die Hüfte wuchtete und feuerte. Als er abdrückte, schlug hinter ihnen ein Blitz ein. Das Waldhuhn duckte sich und hüpfte davon, aber Earl glaubte, es getroffen zu haben. Im Knall seiner krachenden Flinte hatte er nicht einmal den Blitz einschlagen hören.

»Hol es!« rief er Noah zu, der sich an Santees Beine geschmiegt hatte, als der Blitz die Fichte spaltete. »Bringen Sie Ihren Hund dazu, daß er es holt!« brüllte Earl und zeigte in die Richtung, in die das Waldhuhn geflogen war. Der Regen stürzte auf sie nieder. Earl rannte zu einem Gestrüpp aus immergrünen Pflanzen, in dem sein Vogel verschwunden war, deutete durch den peitschenden Regen. »Faß! Faß! Ach, du blöder Köter, faß meinen Vogel!«

Santee, der auf das Prinzip vertraute, daß ein Blitz nie zweimal am selben Ort einschlug, stellte sich unter die rauchende Fichte. Der Blitz war ihr ins Mark gefahren, und hatte das Kernholz in einer Säule aus feurigem Dampf zerrissen. Aus der geborstenen Rinde quoll weißes Holz. Fast zu seinen Füßen lagen dort, wo sie aus dem nadligen Baldachin der oberen Zweige gefallen waren, drei tote Waldhühner. Sie dampften leicht im kalten Regen. Die harten Tropfen schlugen auf die Brustfedern wie unregelmäßige Herzschläge. Santee hob sie auf und betrachtete sie. Er drehte sie um und hin und her. Sobald der Regen nachließ, zog er sich das Hemd über den Kopf und rannte zu Earls Baum hinüber.

»Sie brauchen meinen Hund nicht anzubrüllen. Hier sind Ihre Vögel. Drei auf einen Schuß, mein Herr, das hab ich noch nie gesehen. Sie haben wirklich Schießen gelernt.« Er schüttelte den Kopf.

Earls Augen waren hinter den vom Regen gestreiften gelben Brillengläsern versteckt. Seine dicken Backen waren naß, und seine Lippen schlotterten lautlos. »Ich hab so ein Gefühl gehabt«, schnatterte er und packte die Vögel. »Ich wußte, daß heute was passieren würde. Ich war wohl bereit für den großen Durchbruch.«

Auf dem Rückweg zu Santees Wagen redete er ununterbrochen, und während sie durch den Wald fuhren, die Scheibenwischer klopften und die Luft in der Fahrerkabine nach nassem Hund stank, erklärte er, wie er gespürt habe, daß die Vögel da waren, wie er gespürt habe, daß die Flinte in ihnen ihr Ziel fand, wie er gesehen habe, daß die Federn aufspritzten.

»Ich hab genau gesehen, wo sie heruntergekommen sind«, sagte er. Santee dachte, daß er das vermutlich glaube. »Aber Ihr Hund ...«

Santee fuhr auf seinem Hof direkt neben Earls Saab und zog die Handbremse an. Der Regen strömte über die Windschutzscheibe. Santee räusperte sich. »Hier trennen sich unsere Wege«, sagte er. »Ich kann ganz schön was einstecken, aber auf meinen Hund laß ich nichts kommen.«

Earl grinste; er wußte, daß Santee neidisch war. »Ist mir recht«, sagte er und rannte durch den trommelnden Regen zu seinem Auto, die Waldhühner unter den Arm geklemmt.

Santee wachte vor Tagesanbruch auf, an Verna gepreßt. Er konnte den Atem hell aus ihren Nasenlöchern schweben sehen. Durch das einen Spalt geöffnete Fenster strömte eisige Luft herein. Er schlüpfte aus dem Bett, um es zu schließen, und sah, daß das Gewitter die Atmosphäre gereinigt hatte. Wie Glimmer glitzerten Sterne am erblassenden Himmel, die Wiesen und die Steine entlang der Einfahrt waren mit Rauhreif überzogen. Die Pfützen auf der Straße waren zugefroren. Es würde ein kalter, wolkenloser Tag werden. Er lachte in sich hinein, als er wieder ins warme Bett stieg, und fragte sich, was Earl wohl gesagt hatte, als er die drei Rebhühner rupfte und sah, daß sie bereits gebraten waren.

# IN DER GRUBE

Blue«, sagte seine Mutter, die mit dem geblümten Schultertuch wie Charles Laughton aussah, »willst du mir nicht diesen kleinen Gefallen tun?« Sie stippte die Zigarettenasche in den Keramiksombrero auf dem Servierwagen. Um sie herum verstreut lagen Zettel, Zeitschriften, Briefe, Rechnungen, Angebote, ihre Filme in vierundzwanzig Stunden zu entwickeln oder ihre Kreditkarten gegen Verlust zu versichern, Prospekte und Flugblätter. Ihr weißes Haar war zerzaust wie eine vom Wind zerrissene Wolke, ihre Augen waren von dem gleichen Pastellbraun wie die Kaninchen auf Grußpostkarten. Blue sah weg von den schweren Hautlappen, die von ihren Oberarmen hingen, von dem Rauch, der sich aus ihrer Nase ringelte.

»Also. Es steht hier irgendwo, voller Rechtschreibfehler.« Sie verschob einen Packen Umschläge. »Hier, der Sheriff schreibt Blabla, Vandalen hätten eingebrochen. Stühle und andere Möbel über den Felsrand geworfen, Geschirr zerschlagen, Fenster zerbrochen, und man weiß nicht, wer es war.« Der Brief knirschte über verschütteten Zucker, als sie ihn unter ihre Kaffeetasse schob.

»In ein paar Stunden wärst du dort, Blue, und könntest nachsehen, wie schlimm es ist, ein Schloß davorhängen oder so. Den Schauplatz deiner Kindheit aufsuchen«, sagte sie, ihre spöttische Stimme mit dem Rauch ausstoßend. »Den Dachboden, auf dem du glückliche Stunden verbracht hast, während dein Vater und ich uns anschrien.«

Er erinnerte sich, wie ordentlich die Hütte war, die mondgelbe Küche mit den silbrigen Töpfen und Pfannen an Haken, die blauen Fensterläden, die engen gepreßten Spiralen des Flechtteppichs; so anders als diese Wohnung, in der die faschingszeltgroßen Kleider seiner Mutter über den Stühlen hingen und Schuhe wie tote Fische dalagen. Sie sah seinen Blick. »Ich weiß nicht, wie ich es damals geschafft habe, alles so blitzblank zu halten, stand die ganze Zeit über dem verfluchten kleinen Spülstein gebeugt, der nicht größer war als eine Sardinenbüchse. Schätzchen, ich weiß nicht, wie ich's geschafft hab.« Sie warf ein paar Umschläge in die Luft und ließ sie durcheinander herunterfallen.

»Du bist eine wilde Frau, Mutter«, sagte er.

Blue war zu Besuch da, um ihr Fotos von seiner Frau Grace und ihrer gemeinsamen Adoptivtochter Bonnie zu zeigen. Das Schwimmbecken, die kleine Bonnie und ihr Pony sowie die deutlich gefärbten Haare und lackierten Nägel von Grace bewiesen seinen Erfolg nach Jahren von Fehlversuchen mit diesem und jenem. Blue hatte sein Leben neu geordnet, hatte sich durch ein Selbstbewußtseinstraining wieder hingekriegt, hatte gelernt, anderen in die Augen zu blicken, ihnen fest die Hand zu drücken, sie seinem Willen untertan zu machen. Er hatte sich durch Willenskraft sechzehn Pfund abgehungert und kleidete seine neue Gestalt stilvoll. Ein dunkles, welliges Haarteil verlieh seinem fleischigen Gesicht mit dem langen Schafsmund eine Art sprudelnden Elan.

Er hatte zwei Wochen für alles: die Reise, die Fotos, das Überprüfen der Erinnerungen. Es war das erste Wiedersehen mit seiner Mutter seit dem Begräbnis in Las Cruces vor sieben Jahren. Damals war sie in einer mokkafarbenen Limousine mit Verspätung vom Flughafen gekommen, in Begleitung eines Unbekannten in zweifarbigen Halbschuhen. Nach dem Gottesdienst hatte sie Blue umarmt und gesagt: »Gott sei Dank ist es vorbei, aber deinem Vater hätte es gefallen.« Sie war in die Limousine gestiegen und hatte zum Abschied gewinkt. Grace stand neben ihm, steif wie eine Vorhangstange, beleidigt, weil sie nicht vorgestellt worden war.

Außer den Fotos brachte Blue seiner Mutter einen Armvoll Enzian, von der tiefen gefühlvollen Farbe des Meeres, dort, wo kein Land mehr zu sehen ist. Sie stellte sie in einen Krug Wasser mit einem Aspirin, um sie wiederzubeleben, aber sie waren zu weit gereist: Die Stengel knickten ein, die üppigen Blüten waren eingerollt und geschlossen. Zumindest hatte er sie mitgebracht.

In dieser Nacht versuchte er auf dem Sofa zu schlafen, aber der Gestank eines Aschenbechers bereitete ihm Kopfschmerzen. Sein Körper vibrierte noch von den Geräuschen des Fluges. Gewisse Dinge in der Wohnung gefielen ihm nicht: ein Paar lange schwarze Gummistiefel auf dem Boden des Dielenschrankes, die Ausgaben einer Boxzeitschrift auf dem Toilettenkasten, der Kaffeebecher mit der Aufschrift ›Lover Man‹ im Küchenschrank. Er trug den Aschenbecher in die Küche, um ihn auszuleeren. Nicht lautlos genug; sie kam hereingewatschelt, dick wie eine zusammengerollte Matratze.

»Na, sieh nur einer an«, sagte sie in einem Tonfall, den sie früher für seinen Vater reserviert hatte.

Am Morgen wirkte er im Spiegel wieder zielstrebig und bewies es, indem er das Frühstück machte. Er putzte den Herd, wischte über die Ablageflächen, während sie im Bad war. Sie aßen zusammen an dem Resopaltisch, honigzähes Sonnenlicht strömte über die Platte, die Toastkrumen warfen bleistiftlange Schatten. »Ich könnte zur Hütte fahren«, sagte er. Er lächelte, ohne die Zähne zu entblößen. Der Gedanke an das Wochenendhaus, daran, von den toten Enzianen und dem Becher im Küchenschrank fortzukommen, tat gut.

»Hoffentlich muß ich da nie wieder hin. Blue.« Sie sah ihn an, als wäre er ein Wahrsager, der sein Honorar bereits eingesteckt hatte. »Blue, schau dir das Ding an und erkundige dich, was es auf dem Markt bringen würde. Es gehören zwölftausend Quadratmeter Land dazu.«

Er mietete sich einen Schlafsack und Schneeschuhe, kaufte Toilettenpapier und Petroleum, Streichhölzer und Büchsen mit Rindereintopf.

»Du meine Güte«, sagte sie mit ihrer beißenden Stimme. »Da oben gibt es Läden. Es ist nicht das finstere Afrika.« Aber er zeigte ihr, wie er die Dinge mit Bedacht anging, lud die schweren Sachen zuunterst ins Auto.

Am späten Nachmittag bog er auf den Pfad zur Hütte ab, Schatten ergossen sich aus den Fichten wie dunkles Wasser, und als er sich auf den Schnee kniete, um die Schneeschuhriemen festzuzurren, fing er mit dem Blick eine flackernde, kreisende Bewegung auf der Hauptstraße auf. Eine große, abgewinkelte Form, eine schwarze Gestalt, die auf einem dünnen Stab zu balancieren schien, legte sich in die Kurve und wurde zu einem Mann auf einem Fahrrad, dessen Knie sich ergeben hoben und senkten wie die Paddel eines einsamen Ruderers.

Das Fahrrad kam näher, und Blue sah eingefallene Wangen mit weißen Stoppeln, die Ohren rot und gewellt, als wären sie gekocht worden. Der Mann fuhr den Hügel hinauf und tauchte vor dem Himmel auf wie eine Wetterfahne, deren sinnreiche Räder sich im Wind drehten. Eine bloße Hand führte langsam eine Papiertüte an den Mund, dann verschwand der Fahrer hinter dem Hügel, als würde er in Teer versinken.

Einer vom alten Schlag. Blue kannte die Sorte Leute, strampelten sich auf einem Kinderfahrrad mit dicken Reifen und ausgeblichenen Lenkstangenwimpeln ab, das Gesicht glühend vor Alkohol und dem beißenden Fahrtwind vorüberfahrender Autos.

Er war überrascht, schon nach einer Viertelstunde auf die Hütte zu stoßen. Als Kind war es ihm so vorgekommen, als würde sie tief im Wald liegen, ein abgelegener Ort, den man nur nach einer schwierigen Wanderung durch dunkle Baumtunnel erreichte. Jetzt, im vom Schnee reflektierten Lichtschein, schien sie zerschlagen, als wäre sie am Ende eines schmutzigen Seils durch schwere Zeiten gezerrt worden. Die Bäume waren schäbige Fichten und Kiefern. Alles wirkte kleiner, weniger großartig.

In der Hütte roch er den traurigen Geruch zertretener Gewürznelken. Da war das braune, zu einem Bett ausziehbare Sofa, der Kamin mit einem Häufchen Ruß und einem toten Vogel darin. Wenn sie die Hütte öffneten, hatte immer ein toter Vogel im Kamin gelegen. Er warf ihn in den lautlosen Schnee hinaus.

Er stieg die Treppe zum Dachboden hinauf, der früher sein Zimmer gewesen war. Auf den Fenstersimsen lagen die Hülsen von toten Fliegen mit Beinen so steif wie gewachste Fäden; hinter den staubigen Scheiben blühte eine helle, lederfarbene Dämmerung. Sein altes Feldbett stand wie immer unter dem Westfenster. Dieser primitive Raum war seine erste Einsiedelei gewesen, und die Unfertigkeit des Zimmers hatte zu seinem Kinderglauben gepaßt, aus ihm könne alles werden. Jetzt entströmten seinem Mund frostige Atemwolken wie die Gespenster unausgesprochener Erklärungen, und er ging wieder die Treppe hinunter.

In der Küche packte er seine Vorräte aus. Es gab nur einen Stuhl, und er fragte sich, was mit den anderen passiert war. Die von den Vandalen verschütteten Nelken und Pfefferkörner zerbrachen unter seinen Füßen wie Käfer mit einem harten Panzer. Er kehrte die gemalten Knospen der zertrümmerten Teller zusammen, einen runden Tassenhenkel, der wie ein Monokel aus Porzellan auf einem glotzenden Astloch im Boden lag. Als der verrußte Lampendocht Feuer fing, stieg wie ein Gefühl von Wohlbefinden ein gelber Schein die Wände empor, und es roch nach verbranntem Staub und heißem Metall.

Am nächsten Morgen erwachte er in tönender Stille. Das Haarteil lag wie ein schlafendes Murmeltier oben auf seinen zusammengelegten Kleidern. Seine Füße erkannten die vertrauten Dielen wieder, und in der Küche strömte kühles, reines Licht über seine Hände wie Wasser. Er erhitzte den Eintopf in der Dose und aß helles Brot, denn es waren keine Töpfe und Pfannen, kein Toaster da.

Er musterte die Hütte von außen, die Flecken, die Risse, die verzogenen Bretter. Diese Mängel konnte er beheben. Er würde im Sommer mit Grace und Bonnie wiederkommen. Bonnie würde auf dem Feldbett schlafen. Er schrieb sich eine Liste der Dinge, die zu reparieren waren, in sein Notizbuch, das immer in seiner Hemdtasche steckte.

Hinter der Hütte befand sich ein kleiner Felsvorsprung. Er ging an den Rand und schaute hinunter auf die aus dem Schnee ragenden Stuhlbeine, die Krümmung einer Bratpfanne, die einem aufgehenden schwarzen Mond glich. Die Gabeln und Messer waren sämtlich in schmalen, tiefen Löchern verschwunden wie silbrige Schlangen.

Es war seine Vormittagsbeschäftigung, mit einer Gartenharke den Schnee in der Grube zu durchkämmen, Kuchenformen, die Schüssel des alten, verstorbenen Hundes, eine Zuckerzange zu bergen. Die Löcher, die er in den tiefen Schnee grub, waren von einem kräftigen, unirdischen Blau. Die Harke blieb an einer verrosteten Milchkanne hängen, und als er den Schnee von ihr abklopfte, segelte ihm wie ein Gespann Piratenschiffe ein Doppelbild vor sein geistiges Auge: der Mann auf dem Fahrrad – Mr. Fitzroy mit der Milchkanne in der Hand.

In seiner Kindheit war sein Vater jeden Abend zu Fitzroys Stall hinuntergefahren, um aus dem Tank geschöpfte frische Milch zu holen; die zitternde Flüssigkeit verströmte einen Geruch nach ausgerissenem Gras und Regen. Mr. Fitzroy reichte die Kanne Blue. Auf die Öffnung paßte knapp ein Metalldeckel, und wenn das Blech abkühlte, bildete sich ein feiner, silbriger tauartiger Überzug; und in diesen schrieb er mit dem Fingernagel seinen flüchtigen Namen, zeichnete Bilder von Bergen und Flaggen und dreieckige Katzengesichter.

Mr. Fitzroy wusch sich die Hände, indem er sie kurz in den Strahl kochend heißen Wassers hielt, der aus dem Hahn im Milchraum schoß. Nach dem Melken setzte er sich neben seine Frau auf die Veranda und spielte auf dem Akkordeon »Lady of Spain«. Mrs. Fitzroy schnitzte. Auf den Fenstersimsen standen ihre Holztiere, ein Hund mit einem geschwungenen Schwanz, eine Figur mit einem unvollendeten Gesicht. Nachts flackerte hinter ihnen das Licht, und sie schienen vor dem Ansturm der Motten auf das Glas zurückzuschrecken. Blue und sein Vater hörten zu, während sie bei heruntergelassenen Fenstern im Auto saßen und mit einem Geräusch wie spärlicher Applaus nach Moskitos schlugen.

Blue nahm an, daß die alte Dame gestorben war und Mr. Fitzroy sich dem Alkohol ergeben hatte.

Er machte seine Liste: den Strom zuschalten lassen, Grace in Las Cruces anrufen, drei Fensterscheiben, Fensterkitt, Scheuerpulver, Schwämme, Ölseife, ein neuer Besen, Haken, um die Töpfe und Pfannen wieder aufzuhängen. Das faulende, rissige Linoleum um den Spülstein herum fiel ihm ins Auge, und er schrieb: »Kacheln, Kleber, Kelle.« Er hatte genug Zeit, alles zu erledigen.

Auf der Hauptstraße offenbarte sich ihm die grimmige Landschaft, eine strenge, harte Gegend mit starren Bäumen, vom Frost gesprengten Gesteinsbrocken und schattigen Schluchten. Die Straße zum Einkaufszentrum in Canker wand und krümmte sich wie Gedärm, verlief zwischen einem Fluß und bedrohlich überhängenden Felswänden. Als sich sein Auto näherte, flogen aus Haufen von Fell und Knorpel Raben auf und ließen sich wieder nieder, bevor er außer Sichtweite war. Der Himmel hing voller unförmiger, zusammengeballter Wolken. Er fuhr über eine Brücke, auf der ein Fahrrad wie ein müdes Tier am Geländer lehnte.

Mr. Fitzroy, der einen altmodischen Overall mit weiten, geraden Beinen trug, stand eineinhalb Kilometer weiter und hob beim Geräusch von Blues Auto die Hand. Blue hielt an und öffnete die Tür.

»Hallo, Mr. Fitzroy. Was ist mit Ihrem Fahrrad los?«

»Nichts. Das Stück laß ich mich immer mitnehmen. Steile Steigung.« Er war nicht überrascht, von einem anscheinend Fremden beim Namen genannt zu werden, sah Blue nicht an, sondern blickte starr auf die Straße, die wie eine Kompaßnadel Richtung Norden zeigte. Sie schwiegen. Vor dem Einkaufszentrum sagte Blue: »Ich fahre in einer Stunde wieder zur Hütte zurück. Wenn Sie mitfahren wollen, schließe ich das Auto nicht ab.« Der alte Mann murmelte: »Sehr verbunden«, und ging auf das kreisende Schild mit der Aufschrift Harry's Bottle-O-Rama zu.

Er brauchte weit länger als eine Stunde. Der Anruf nach New Mexico war lang. Alle vermißten sie ihn, sagte Grace, aber sie regte sich auf, als er meinte, sie solle die Zeichnungen nicht schicken, die Bonnie eigens für »Oma« machte.

»Sie ist nicht besonders großmütterlich, Grace.« Er sagte nicht, daß die Fotos noch immer in seinem Koffer lagen, daß seine Mutter die Farbabzüge von Bonnie in ihrem kleinen gelben Badeanzug, von Bonnie auf dem gescheckten Pony nicht gesehen hatte. Die Tasse im Küchenschrank seiner Mutter erwähnte er nicht, redete statt dessen davon, die Hütte wieder herzurichten.

»Was für eine Hütte?« Sie schien an Pfadfinder und Liederabende zu denken.

»Unsere alte Hütte, wo wir im Sommer immer hingefahren sind.« Der scharfe Unterton in Graces Stimme hielt ihn davon ab, zu sagen, sie könnten die Hütte im Sommer benutzen.

»Kommt mir merkwürdig vor«, sagte Grace,

»den ganzen Weg nach Osten zu fahren, um eine alte Hütte für eine Frau herzurichten, der nichts an ihrem einzigen Enkelkind zu liegen scheint.« Sie holte Bonnie an den Apparat. Blue versprach, ihr zwei Geschenke mitzubringen.

»Es gefällt mir, wenn du weg bist«, sagte Bonnie, »weil wir dann jeden Abend Brathähnchen essen.«

»Ich esse Rindereintopf«, erwiderte er, und das letzte, was er hörte, nachdem Grace sich verabschiedet hatte, war, daß Bonnie nach Kraftbrühe brüllte.

Zwischen den angefrorenen Einkaufswagen, die auf dem Parkplatz verstreut standen wie wilde Tiere auf der winterlichen Prärie, ging er zum Auto zurück. Es senkte sich eine starke Kälte herab, als würde eine Hand den fleckigen Himmel auf gebückte Gestalten in zusammengeflickten Mänteln und scharrenden Schaumstoffstiefeln niederdrücken.

»Mein Gott, ich hab Sie schon fast aufgegeben«, sagte Mr. Fitzroy, und jedes Wort schwebte auf einem sich ringelnden Alkoholwölkchen. Blue ließ den Wagen an, dachte, wenn er ein Streichholz anzündete, gäbe es eine Stichflamme. Es war erst kurz nach vier, aber die Dämmerung wurde abrupt zur Dunkelheit, bevor die Lichter des Einkaufszentrums hinter ihnen verschwanden.

»Sie sehen so aus, als müßte ich Ihren Namen kennen, aber er fällt mir nicht ein«, sagte Mr. Fitzroy. Blue nannte seinen Namen, erinnerte ihn an die Milchkanne und das Akkordeon, erwähnte Mrs. Fitzroy in dem traurigen Tonfall, den er Kranken und Sterbenden vorbehielt. »Ich weiß noch, daß sie Figuren schnitzte.«

»Sie wissen ja nicht einmal die halbe Wahrheit«, sagte der alte Mann. Er nahm einen Karton Orangensaft aus der Tasche zu seinen Füßen und goß davon in eine halbleere Whiskeyflasche, schüttelte die Flasche, bot sie Blue an und trank dann selbst.

»Ich wohn jetzt im Milchraum«, sagte er. »Das Haus ist vor ein paar Jahren abgebrannt, da kam mir der Milchraum gut genug vor. Die Kühe fort, ausschlafen, fernsehen, es eine Weile ruhig angehen lassen, und wissen Sie was, ich hab's satt gekriegt. Die Leute hier taugen nichts, die Leute von da unten, die immer von der Straße abkommen und umsonst mit dem Traktor rausgezogen werden wollen. Glauben, der läuft mit Zwetschgensaft. Glauben, wenn man nen Traktor hat, will man ums Verrecken gern rausfahren und Leute aus dem Graben ziehn.«

Er schüttelte das Gebräu in der Flasche, bis es schäumte, und trank. »Das Akkordeon ist bei dem Feuer verbrannt. Überrascht mich, daß Sie sich daran erinnern. Aber ich wünschte, der Milchraum wär größer. Ich hab jetzt fast immer Gesellschaft. Ich hab im Fernsehen gesehen, daß sie Unterkunft suchen für die Kerls, die frisch aus dem Knast kommen und nicht wissen wohin. Ich schreib denen nen Brief, sag, ich hab nicht viel, bin aber bereit, es zu teilen.« Seine Stimme wurde vor Selbstachtung kräftiger. »Sehen Sie, ich halt keinem Menschen seine Vergangenheit vor. Na, sie überlassen's sowieso den Leuten, die rauskommen, ob sie's probieren wollen. Ich hab schon einige dagehabt. Hab jetzt einen da, Gilbert, er und ich kommen ziemlich gut miteinander aus.« Er blickte Blue aus seinen adrigen Augenwinkeln an. »Ich halt keinem seine Vergangenheit vor.«

Blue hielt auf der Brücke, auf der Mr. Fitzroys Fahrrad am Geländer lehnte. Er wuchtete es in den Kofferraum und band die Tür mit einem Gummiseil zu.

»Also, ich hab vor«, sagte Mr. Fitzroy, der die Flasche sacht im Kreis schwenkte, so daß die Flüssigkeit darin einen Wirbel bildete, »meinen Grund zu verkaufen und von hier wegzugehen. Ich und Gilbert wollen nach Westen und Gold waschen. Schauen Sie nur.« Er holte mühsam seine Brieftasche aus seiner Jacke, öffnete das Handschuhfach und kramte im winzigen Lichtschein, bis er ein Stück Papier gefunden hatte. Blue las die Worte: »Ihr eigener Grund in Colorado für $ 39.50 pro Monat.«

Mr. Fitzroy beugte sich tief über das Papier und zitierte mit der Gewandtheit hundertmaligen Lesens: »Keine Anzahlung, keine Zinsen, Ihr eigenes Stück Land auf der Wild Buffalo Mesa. Lassen Sie alles hinter sich. Kommen Sie ins Land mit dem weiten Himmel, wo wilde Pferde frei durchs Beifußgestrüpp laufen, und atmen Sie saubere Luft.«

»Wie kommen Sie an die Wasserrechte?« fragte Blue.

»Wasserrechte! Einfach einen tiefen Brunnen bohren, wenn Sie müssen, oder eine Quelle suchen. Den wilden Pferden nachspüren, schauen, wo sie saufen, und da haben Sie Ihr Wasser.«

»Hm«, sagte Blue und dachte an das ausgedorrte, blasse Land und die Haargrasbüschel, die so weit auseinander lagen wie das immer wiederholte Muster einer Tapete, die Gegend, wo Land ohne Wasser wertlos war, und es gab dort viel wertloses Land.

Aus dem Milchraumfenster schien Licht, und Mr. Fitzroy ging hinein, ließ die Tür offen, während Blue das Fahrrad herausholte.

»Kommen Sie rein und sagen Sie meinem Partner hallo«, rief der alte Mann.

Der große Tank aus rostfreiem Stahl war verschwunden, ersetzt von zusammengewürfelten Möbelstücken, einem muffigen Bett, einem Tisch mit gebogenen Beinen. Auf dem Tisch stand in einem Durcheinander aus Zeitungen, Bierdosen und schmutzigen Tellern ein glänzender Toaster mit einem Lilienmuster auf der Seite, und er erkannte ihn sofort. Es war ihr alter Toaster aus der Hütte.

Einmal hatte er versucht, in dem Toaster ein Käsesandwich zu grillen, und das Brot hatte Feuer gefangen, aus dem Chrom war schwarzer Rauch aufgestiegen wie von brennenden Reifen. Seine Eltern schrien. Seine Mutter wedelte mit einem Handtuch in der Luft herum und brüllte: »Du blöder kleiner Idiot, willst mit einem Toaster ein Sandwich machen!« Und sein Vater schleuderte Worte wie Dreckklumpen von sich: »Was erwartest du denn? Das Kind hat ja noch nie gesehen, wie Essen gekocht wird, es sei denn Cornflakes und Dosensuppe.« Sie warf den Toaster mit aller Kraft, und sein Vater fing ihn auf, heiß und rauchend, über den Boden zogen sich Käsefäden. Blue rannte zum Dachboden hinauf, wo er wegen des Käsesandwichs weinte, als wäre es das letzte auf der Welt, und unten ging das Geschrei immer weiter, und dann knarzte das brau-

182

ne Sofa, als würden sie es auseinandernehmen. Am nächsten Tag hatte sein Vater die Hände verbunden, aber der Toaster funktionierte noch, und sie hatten ihn weiterhin benützt.

»Das ist Gilbert«, sagte Mr. Fitzroy. Die Lampe stand hinter der sitzenden Gestalt, und der Mann schien einen Moment lang von Feuer umrahmt; seine runden Brillengläser funkelten wie Stahlkreise. Dann schaukelte Gilbert auf seinem Stuhl und blickte zur Seite. Sein gekräuseltes dunkles Haar war in drei großen hochstehenden Wellen über seinen Kopf frisiert. Sein Gesicht hatte die gleiche Farbe wie ein Cracker, war so starr, als wäre es gebacken worden, seine Augen waren wie die einer Henne, gelb und unwissend.

Gilbert streckte eine schlaffe, heiße Hand aus. Er trug schrille Cowboystiefel mit hellgrünen Absätzen, vermutlich das erste, was er sich gekauft hatte, als er aus dem Gefängnis entlassen worden war. Blue wußte Versager wie Gilbert in Minutenkürze einzuschätzen.

»Wo warst du so lang?« sagte Gilbert mit scheppernder, blecherner Stimme zu Mr. Fitzroy. »Ich hab kein Fahrrad oder Auto, drum muß ich hier hocken und warten, und was immer du machst, ist immer richtig.«

Mr. Fitzroy redete besänftigend. »Reg dich doch nicht auf, jetzt bin ich ja wieder da. Wie wär's mit nem schönen Bierchen?« Gilbert streckte seine Hand nach der schäumenden Dose aus. Der alte Mann hielt auch Blue eine Dose hin, aber der sagte, er müsse gehen. In der Hütte sei alles mögliche zu tun.

Blue schloß die Tür hinter dem Toaster, froh, aus dem stickigen Milchraum mit seinen schäbigen Beweisen des Versagens fortzukommen.

Aber in der Nacht konnte er nicht schlafen. Der Wind in den Kiefern hörte sich an wie schnaufende Harmonikamusik. Er fing an, wegzudösen, dann hörte er das papierene Rascheln von Mäusen oben auf dem Dachboden, und der Toaster schoß durch seine Gedanken wie ein verchromter Komet, dann folgte ein Plan, den traurigen Dachboden zu einem kleinen Atelierapartment auszubauen. Dann wieder der Toaster. Er stellte sich Gilbert vor, wie er die Teller zu Boden fallen ließ, erregt davon, etwas zu zerbrechen, den Toaster zu stehlen. Er war der Typ Mensch, der zum Vergnügen etwas kaputtmachen mußte. Der Dachboden ließ sich in ein Schlafzimmer, ein Wohnzimmer mit Kochecke, Küchenschränken und Einbauschränken umbauen. Die Wände könnte man mit Gipsplatten verkleiden und cremefarben streichen, eine Dachluke einsetzen; ein Messingbett mit blauer Decke mußte her. Gilbert hatte den Toaster genommen, weil er glänzte, nicht weil er Toast wollte, dachte Blue, und erinnerte sich, wie großartig er mitten auf dem Tisch gestanden hatte, wo das Licht auf ihm spielen konnte. Er sagte sich, als er endlich einschlief, daß der Toaster Gilbert vermutlich an die gestohlenen Radkappen seiner Jugend erinnerte.

Am nächsten Tag wichen die schwärenden Gedanken an den Toaster, während er Glasscheiben einsetzte, die Böden schrubbte. Er brachte Stunden damit zu, die schwarzen, verdellten Töpfe mit Stahl-

wolle zu scheuern, polierte das alte Metall auf einen stumpfen Glanz, ähnlich der zinnernen Oberfläche eines Teichs im Dämmerlicht.

Es vergingen ein paar Tage, der Schnee sackte unter dem Sonnenschein zusammen, während Blue
Stufen reparierte, Fensterläden strich, neue Schindeln aufs Dach nagelte. An den Bäumen ums Haus
herum schnitt er die unteren Äste aus.

Ein leichtes Unbehagen zog sich wie Nadelstiche
durch seine Arbeit. Die glänzenden Nägel schienen
manchmal mit einem einzigen staubigen Schlag tief
ins Holz zu sinken, als wäre es morsch; die trockenen alten Fensterläden waren so leicht wie Pappe;
er flickte neue Bretter zwischen kaputte, zersplitter-
te Nachbarn, die vielleicht nicht halten würden; das
Kernholz der Äste, die er aussägte, war schwarz.
Aber am Ende war die Hütte verwandelt. Er konnte sich daran gar nicht satt sehen.

Als ihm bis zu seinem Rückflug nur noch wenige
Tage blieben, wurde im Radio die Nachricht ver-
breitet, daß sich die Küste hinauf ein Sturm mit starken Windböen und heftigen Schneefällen zusam-
menbraue. North und South Carolina seien bis ins
Mark zugefroren, der Sturm peitsche bereits über
New Jersey, und in den großen Verwehungen steckten Züge fest. Eine starke angenehme Erregung
durchwogte Blue. Der Sturm würde die Hütte auf
die Probe stellen, würde seine Leistungsfähigkeit bei
Gefahr messen. Er stellte eine Liste von Dingen zusammen, die er brauchte, um das Wetter durchzu-
stehen. Als erstes Wort schrieb er »Toaster«.

Er konnte den Sturm nahen riechen, ein metalli-

scher Geruch wie nasses Kupfer. Das Licht war grau
und rauh, und als er die elektrische Glühbirne über
dem Spülstein einschaltete, verfloß der schwache
weißliche Schein wie Schmutzwasser.

Er lief über den Pfad zum Auto, in Sorge, rechtzeitig vor dem Einsetzen der Schneefälle wieder
zurück zu sein. Er klopfte an die Tür zum Milchraum und wartete lang, bis Mr. Fitzroy öffnete. Die
Augen des alten Mannes waren so rot wie die eines
Bernhardiners, sein Mund hing schlaff herunter. Er
trug ein langes grünes Flanellnachthemd.

»Ich will den Toaster«, sagte Blue. Seine Stimme
war fest, aber nicht harsch, erfüllt von der ruhigen
Kraft, die er in den Kraft-durch-Willen-Seminaren
erworben hatte. Er versuchte Mr. Fitzroy in die Augen zu blicken, aber sie starrten woanders hin, auf
irgend etwas Geisterhaftes in den Bäumen.

»Ich werde dem Sheriff nichts davon erzählen,
wie Gilbert die Hütte zugerichtet hat, es sei denn,
ich muß, aber den Toaster will ich«, sagte Blue. Er
versuchte, den Milchraum zu betreten, aber Mr.
Fitzroy stemmte die Hände rechts und links an den
Türrahmen und blockierte den Weg; dabei starrte
er immer noch in die Ferne, als wären seine Hand-
lungsanweisungen in den Himmel gedruckt. Blue
zerrte an den Armen des alten Mannes. Sie waren
so sehnig und hart wie Erlenäste. Er zerrte und zog
erst an einem Arm, dann am anderen, bis er Mr.
Fitzroy losgerissen hatte.

»Gilbert«, rief der alte Mann mit der gepreßten
Stimme eines Menschen, der einen Alptraum hat.
Aber Gilbert schlief unter den Laken des Bettes, das

er sich mit Mr. Fitzroy teilte, wie ein abgestochenes Schwein und rührte sich auch nicht, als Blue den Toaster packte und ihn zu seinem Auto trug. Auf den nassen Lippen des alten Mannes funkelte Licht.

Im Supermarkt kaufte Blue Dinge, die er nicht hätte kaufen sollen: Marshmallows und Kakaotrunk, Cremeschnitten, Mandeltörtchen, tiefgefrorenen Zitronenkuchen, Brot, Butter und ein Glas Erdbeermarmelade zum Toast.

Auf dem Rückweg stürmte der Schnee auf das Auto ein, wurde dichter und brachte die Scheibenwischer zum Stillstand. Das Auto schlitterte in den Kurven, und er zitterte, als er schließlich den Pfad zur Hütte erreichte. Der Schnee zischte zwischen den Fichtennadeln und prasselte auf die Einkaufstüten in seinen Armen, als er zurück zur Hütte stapfte.

In der ordentlichen Küche steckte er den Toaster ein und schob Brotscheiben hinein, schürte das Feuer und zog seinen Stuhl an den Ofen. Der Sturm klatschte gegen die Fenster, und er toastete sich eine Scheibe Brot nach der anderen, stapelte sie auf einem Teller. Er packte die Mandeltörtchen aus, mischte sich den Kakaotrunk und legte den Zitronenkuchen zum Auftauen neben den Ofen. Seine Willenskraft gestattete ihm jedoch nur zwei trockene Scheiben Toast, während sich auf der Oberfläche der schrumpfenden Törtchen tränengleiche, klare Tropfen bildeten und der Kakao von einer undurchsichtigen Haut versiegelt wurde.

Die grauen Stunden nahmen eine tiefere Färbung an, während sich der Schnee veränderte, erst wurde er zu riesigen Zahnrädern aus verklebten Flocken,

dann zu silbrigen, schräg fallenden Streifen Schnee-
regen. Am Abend rann Regen die Fenster hinab, ver-
worrene Windfäden schlangen sich ums Haus. Er
glaubte ein lautes Tropfen vom Dachboden zu
hören, als hätte das Dach ein Leck, aber als er nach
oben ging und mit der Taschenlampe den leeren
Raum absuchte, sah er nichts als trockenen Staub
und ordentliche Schatten. Die Hütte war dicht.

Am nächsten Morgen packte er seinen Rucksack,
fegte den Boden und hängte das Geschirrtuch gerade über die Stange. Er legte die abgestandenen, nicht
gekosteten Süßigkeiten und Kuchen auf einen Teller und stolzierte in den Sonnenschein hinaus, der
durch einen Spalt im Himmelsgewebe strömte. Der
Regen hatte den Schnee weggewaschen, bis auf die
Verwehungen am Fuß des Felsabhangs und die
durchweichten grauen Flächen unter den Bäumen.

Er schleuderte das Gebäck hinunter, sah zu, wie
der Zitronenkuchen hinunterfiel und in wolkigen
Glibber zerplatzte an der Stelle, wo die Sonne den
grobkörnigen Schnee blendendweiß aufflammen
ließ. Die Mandeltörtchen schlitterten wie Krebse,
das harte Brot kreiselte.

Unten in der Grube sandte die geschwungene Seite eines Toasters aus Chrom, auf den ein Muster aus
Weizengarben gedruckt und der noch halb in der
Schneewehe versunken war, brüchige Lichtstrahlen
aus. Es war ihr alter Toaster, der noch genauso heiß
und funkelnd aussah, wie an dem Tag, als er durch
die Küche geflogen war, und er konnte nicht begreifen, wie er fälschlich einen anderen dafür hatte
halten können.

# DIE GELBEN SÜMPFE

Sauvage und Rivers sind schon seit einem Jahr Nachbarn, als sie sich kennenlernen. Sauvage und seine Frau leben in einem Wohnwagen eineinhalb Kilometer entfernt vom Haus der Rivers'. Rivers ist die Frau aufgefallen, die mit dem Jeep vom Brief-kasten am Fuß des Berges hinauffährt: Ihr tier-braunes Haar ist lang und zerzaust, steht ihr vom Kopf ab wie dunkle, elektrisch geladene Drähte, sie hat eine Vogelnase, blutlose Lippen, schwarze Au-gen wie nasse Steine. Sauvage, der unsichtbare Ehe-mann, ist von früh bis spät fort zur Arbeit, wenn er herunterfährt, kann man das sanfte Schnurren seines Wagens im Halbschlaf eine Stunde vor Son-nenaufgang hören, die nächtliche Rückkehr ist ein feuriges Blinzeln von Rücklichtern durch das Kü-chenfenster, bevor er um die Kurve biegt und wei-ter oben im Tunnel aus Bäumen verschwindet. Ri-vers winkt der Frau oft zu, denkt an Nachbarschaft auf dem Lande, ein bißchen Klatsch und vielleicht auch an mehr. Sie winkt nie zurück; ihre schwarzen Augen sind unverrückbar auf Dinge in der Ferne gerichtet.

An diesem Maimorgen ist es genauso. Rivers fährt zu seinem Laden hinunter, dem March Brown. Sie fährt vom Briefkasten herauf. Als er die Hand hebt, dreht sie den Kopf weg. Er macht eine eindeutige Geste, bei der er wütend die Finger zusammenpreßt, ein Überbleibsel aus der Zeit, als sein Vater noch Riverso hieß: Unheil, Verkehrtheit, Schattenseite. Er streicht sein dichtes weißes Haar glatt, schaut dabei in den Rückspiegel. Noch ist er kein alter Narr. Ruhig bleiben, denkt er, und sagt ein altes chinesisches Gedicht auf:

> *An den Südhängen lassen sich Krähenschwärme nieder,*
> *An den Nordhängen spannen die Menschen Netze, sie zu fangen,*
> *Doch wenn sie fliegen, unerreichbar auf dem Wind,*
> *Was nützen da Netze und Vogelfallen?*

Schlampe, denkt er, Mrs. Krähe Zicke, in schwarze Wolle gekleidet und wohnhaft am Südhang des Berges, entschlüpft den Fallen nachbarlicher Liebenswürdigkeiten. Hat sie seine Geste gesehen? Auch seine Frau nennt sie Zicke. Die Hände seiner Frau sind seriös, mit spitz zulaufenden Fingern, so glatt wie weiße Jade. Sie stickt Vögel auf Leinen. Ein Museum hat ein Buch ihrer Entwürfe veröffentlicht mit Listen dazu passender Seidenfarben. *Amerikanische Rohrdommel*: blaßgrün, perlweiß, graublau, *tête de nègre*, rehbraun, blaßgrasgrün. Sie nennt sich eine Handwerkerin der Nadel und posiert auf einem brokatbezogenen Stuhl am Fenster. Auf dem Nähtisch aus Mahagoni liegen ihre Ersatznadeln wie eine Elritzenschule. In ihren Fingern zieht ein metallisches Zittern den Faden, so fein wie ein Kinderhaar, aber der fertigen Arbeit haftet merkwürdigerweise etwas von dröger Mühsal an.

Sie ruft ihn am späten Vormittag im Laden an. Er geht von einer Blauente weg, die im Schraubstock steckt. Draußen schnalzt der Südwind in den schimmernden Zweigen der Bäume wie Peitschenhiebe.

»Dieses verfluchte Weibsbild ...« Er weiß, wen sie meint. »Diese übergeschnappte Zicke mit den Rattenhaaren, fährt doch glatt über den Hof, rammt den kleinen Apfelbaum, fährt durch den Garten und dann wieder auf die Straße und den Berg rauf.«

Dieses Jahr blüht der Golden Russet zum erstenmal. In seiner Krone sind weiße Blüten lose verstreut, wie ein schwebender Schwarm Eintagsfliegen. Seine Frau sagt, daß die obere Baumhälfte jetzt fast bis zum Rasen nach unten hänge, nur noch an einem Streifen Rinde mit dem Stamm verbunden sei. Sie könne die bullaugenförmige Mitte des Kernholzes sehen. Die Reifen des Jeeps hätten vier breite geschwungene Furchen in der Erde hinterlassen.

»Ein tolles Pärchen«, sagt sie mit einer Stimme, die so fest klatscht wie ein Seil aus verknotetem Leinen. »Sie und ihr Mann, der nie da ist. Hast auch ein Auge auf sie geworfen, stimmt's? Unsere Nachbarn. Tolle Gegend hast du dir zum Wohnen ausgesucht. Ein alkoholsüchtiger Angler, der nichts verdient, und übergeschnappte Nachbarn, damit steh *ich* am Ende da.« Sie knallt den Hörer auf die Gabel. Er hört Endgültigkeit. Sie hat es seit langem satt und sagt es auch – oft.

Am Mittag ruft sie wieder an. In der Leitung ein Geräusch wie von Blitzen. Jetzt geht's rund, denkt er. Sie sagt, sie gehe in die Stadt zurück, nehme ihre Vogelentwürfe mit, ihren Nähkasten, ihre Aquarelle von wilden Pilzen, und die Fläschchen mit den Vitamintabletten. Den Rest könne er haben. Den Vortrag kennt er, hat ihn schon öfter gehört, wie er sie von ihren Freunden in der Stadt weggelockt habe, um an einer abgelegenen Landstraße zu wohnen, wo einsilbige, feindselige Einheimische in aufgemotzten Wohnwagen hockten. Sie zählt seine Fehler und schlechten Angewohnheiten auf und sagt, sie werde auch nicht jünger. *Er* habe, was er wolle, aber sie habe nichts. Ihre Stimme schrillt weinerlich vor Selbstmitleid. Er ist wütend, aber was sie sagt, ist wahr. Er hat sein Vergnügen im March Brown, dem Laden mit den auf Bestellung angefertigten Köchern, antiken Angelruten, aus England importierten Reusen und alten Anglerdrucken, seinen Büchern mit chinesischer Lyrik. Ihm gefällt die Behaglichkeit des Ladens im Winter: der Hitzewellen abgebende Ofen, das Funkeln eines von einer Pfauenfeder abgebrochenen Teils, die gestapelten Kisten voll Elchhaar, Schwingen von wilden Truthähnen, Hasenköpfen und Grizzlybärhälsen. Das March Brown, das nach und nach die Pensionszahlungen verbraucht, stillschweigend sein fürs Alter Erspartes aufzehrt, und die traurigen, feinsinnigen Gedichte über Herbstnadeln, abgefallenes Laub und fließende Gewässer, die seinen letzten Funken Ehrgeiz zum Verlöschen bringen. Er weiß nicht, ob das Zufriedenheit oder tödliche Trägheit ist. Soll sie doch fort und ihre verfluchten Vögel sticken. Einer lebt billiger als zwei.

In der Abenddämmerung kommt er nach Hause. Ihr Auto ist fort, und das Haus wirkt bereits anders, kantig und flach. Der Rasen ist nicht von vier, sondern von Hunderten tiefen Rillen durchpflügt und zerfurcht. Der Apfelbaum ist ein plattes Knäuel abgebrochener Äste. Ist das der Abschiedsgruß seiner Frau oder das Willkommen von Sauvages Frau? Wird er hinter seiner Haustür Mrs. Zicke finden, die schwarzen Röcke zusammengerafft und hinten aufgestellt, wie sie damit vor ihm herumwackelt, als wären es die zitternd ausgebreiteten Schwanzflügel einer wollüstigen weiblichen Krähe? Er stellt fest, daß der Himmel wie eine Taubenbrust zwischen die Ahornäste voll schwellender Knospen paßt. Im Haus ist niemand, auch kein Abschiedsbrief. Die Vitamintabletten und Dr. Bronners Frühstückstonikum sind fort. Im Wohnzimmer scheint die Zimmerdecke sich höher zu wölben, die Stuhlbeine sind zierlicher, die Fensterscheiben sind blitzblank und halten minutenlang das trüber werdende Licht. Rote Rücklichter fahren den Berg hinauf – Sauvage auf dem Nachhauseweg. Der vertraute Duft seiner Frau hängt noch im Zimmer, wird noch lange da sein. Li Bo, denkt er:

*... obschon der Duft verweilt*
*Kehrt persönlich sie nicht wieder*
*Eine Liebe, die* etwas, etwas *Fallendes ist*
*Oder weißer Tau, naß auf dem* etwas *Moos*

Er versucht es mit einem steifen Aufseufzen, aber es gilt Li Bo, nicht seiner verschwundenen Frau. Sauvages Scheinwerfer kommen den Berg wieder herunter, gelbe Taschenlampen, die durch die Laubbäume flackern, erst Richtung Osten, dann in den Kehren Richtung Westen, dann geradeaus auf die Einfahrt. Er will sich für die vielen Reifenrinnen entschuldigen oder vielleicht eine letzte Botschaft der entschwundenen Stickerin überbringen.

Sauvage hat ein frankokanadisches Gesicht, lang und schmal mit einer Haut wie farblose Schuhcreme, einer Nase wie geschaffen für die nasalen Laute des kanadischen Französisch. Er hat Ringe um die Augen, als wären sie blau geschlagen. Er ist zwanzig Jahre jünger als Rivers. Er faltet eine Karte in seinen kleinen Fingern und faltet sie noch einmal.

»Ich hab Schwierigkeiten zu Hause. Kann ich bei Ihnen telefonieren?« Er trägt eine schwarzrot karierte Wollkappe, von der Art wie alte Hirschjäger sie mögen, eine Arbeitshose aus braunem Baumwollköper und mit Filz gefütterte Überstiefel. In seiner Kopfbedeckung steckt eine schmutzige dunkle Cahill. »Ich muß bei Ihnen telefonieren«, sagt er wieder. »Ich komm heim, und meine Frau ißt eine Maus. Sie redet kein Wort, ißt sie einfach, mit Haut und Haar ...« Er würgt, faßt sich.

Rivers stellt sich den blassen Mund gerötet vor.

Ein Stück feuchter Kies fällt mit einem nahezu lautlosen Ticken von Sauvages Stiefelkante auf den Boden.

»Sie hat das Telefon ins Spülbecken gestellt, es ist voll mit heißem Wasser. Ich muß ihren Arzt anrufen. Sie hat so Störungen.« Seine Sätze haben einen aufwärts schaukelnden Rhythmus.

Rivers deutet auf das Telefon an der Wand und geht aus Höflichkeit ins Wohnzimmer, schließt die Tür hinter sich. Er hört Gemurmel, Husten, dann das Schließen der äußeren Küchentür. Die roten Rücklichter fahren wieder den Berg hinauf.

Später rast der Krankenwagen hinauf, eine durch die Bäume fliegende Feuersbrunst. Rivers lehnt sich an das kalte Fenster, sein Atem läßt die Scheibe beschlagen und verdunkelt das Spiegelbild seines alternden Gesichts. Es hat zu regnen angefangen, Frühlingsregen, gut für junge Apfelbäume, gut für junge Forellen. Der Krankenwagen fährt wieder herunter, seine Scheinwerfer glänzen auf den Pfützen, die die Räderfurchen in seinem kaputten Rasen ausfüllen. Sauvage fährt mit seinem Wagen hinterher, ein einsamer Trauernder als Geleit.

Rivers hat das Gefühl, mit knapper Not einer Katastrophe entronnen zu sein, wie ein Erdbebenopfer, das die Häuser links und rechts in Staubwolken zusammensinken sieht, während sein eigenes unversehrt bleibt. Er spürt, daß eine starke, göttliche Macht die beiden Frauen weggerufen hat, die auf der Südseite des Berges lebten. Nun ja, sie waren mit dem Elend an der Reihe; er hat seines, denkt er, vor Jahren erlebt, als Trinker, der in die Glashöhlungen der Flaschen stotterte, so von den Umständen seines verpfuschten Lebens verletzt, daß es den Anschein hatte, als ließen sich die Knoten in seinem Herzen nie wieder auseinanderziehen, nicht einmal mit einer Ahle. Er hat eine Möglichkeit gefunden, sich von allem Leiden und allen Sorgen zu kurieren, indem er alte chinesische Gedichte auswendig lernt und künstliche Fliegen in fließende Gewässer wirft. Er fühlt sich getröstet von den schwachen Parallelen zwischen seiner eigenen Wahrnehmung der Geschehnisse und der der spitzbärtigen Gelehrten der Tang-Dynastie, wird beim Anblick der gefiederten Eintagsfliegen, die auf dem dunkel fließenden Fluß tanzen, von einem traurigen Frieden erfüllt.

Im Bett liest er die Zeitung. Eine Frau hat durch einen Verkehrsunfall zu Gott gefunden und sagt: »Was mir passiert ist, hat meinen Glauben irre rausgebracht.« Darunter steht ein Einzeiler: »Manche behaupten, von Tauben zu träumen bedeute Zufriedenheit.« Das hat Rivers seine Frau anders sagen hören: »Von Vögeln zu träumen verheißt Sonne zwischen den Bäumen.« Aber wie viele Menschen träumen eigentlich von Tauben? Ornithologen? Politikfalken, die eher schweißgebadet vor Groll aufwachen als zufrieden? »Träum von Forellen!« sagt sich Rivers in seinem Bett.

Er träumt von einer Krähe. Von einer bösartigen Krähe mit einem roten Auge wie ein Felsenbarsch. An ihrem Schnabel, der so grausam geschwungen ist wie eine Baumschere, glänzt Menschenfett. Auf dem stählernen Rand lodert ein Lichtschein und wird zu einer blitzenden Nadel, die Krähe selbst zu

einem gestickten Vogel, erschaffen von den unbere-
chenbaren elektrischen Impulsen seines schlafenden
Gehirns. Er wacht auf, sein Herz zappelt wie eine
im Netz gefangene Forelle. Das Fenster ist ein grau-
es Rechteck in der schwarzen Wand. Er hört, wie
ein Motor sich den Berg hinaufkämpft. Sauvage, der
zu seinem Wohnwagen zurückfährt.

Es regnet immer noch, als er am Morgen zum
March Brown fährt. Die schwarzen Robinien leh-
nen gegen den fleckigen Himmel, das Wasser auf der
Straße zischt. Den ganzen Vormittag über kommt
kein Kunde.

Am Nachmittag liest er, wie Yuan Meis Koch an
Halluzinationen erkrankt und Sonnenlicht für
Schnee hält, da betritt Sauvage das Geschäft. Er ist
kräftiger, als es in der Küche den Anschein hatte. Er
sagt, er habe angehalten, um sich bei Rivers dafür
zu bedanken, daß er das Telefon habe benützen dürfen. Er sieht sich im Laden um. Der Regen trom-
melt noch immer gegen die Fenster, aber drinnen ist
es warm, es duftet nach feinen Ölen und trockenen
Federn, nach brennendem Buchenholz, würzigem
Bambus und dem schwachen giftigen Geruch von
Farbe. Auch die chinesischen Dichter auf dem Regal strahlen etwas aus – ein heimkehrendes Boot,
Mondwasser und Flußgräser. Sauvage wirkt ruhig,
so ruhig wie Rivers. Er schaut durch das verregne-
te Fenster hinaus, entscheidet etwas Persönliches.

»Kennen Sie die Gelben Sümpfe?« fragt Sauvage
auf die Theke gelehnt, das rechte Bein bequem an-
gewinkelt. Keiner von beiden will von verschwun-

denen Handwerkerinnen der Nadel oder von nach Nagetieren hungernden Wahnsinnigen reden. »Die Gelben Sümpfe liegen oben im Norden.« Er hat stoische Falten um den Mund. Er kennt den Ort aus den Erzählungen seines Großvaters. Der alte Mann arbeitete Anfang der zwanziger Jahre in den North-Country-Sümpfen, fällte Holz zum Bauen und zur Papierverarbeitung. Sauvage ist nie persönlich dort gewesen, aber er kennt die Legenden über die Gegend und kann seine Sätze mit Füllwörtern in Quebecois würzen.

Der Logger Brook, der Yellow Branch und der Black Branch stürzen die steilen Berge herunter durch ein Gewirr aus Holzbruch und Sumpfgelände, gemeinsam mit fünfzig namenlosen Flüssen und Bächen. Das ganze Wasser breitet sich in willkürlich verstreuten Weihern und Tümpeln über die Sümpfe aus. Schwarze Fontänen brodeln hoch wie Dampfsäulen aus Ventilen eines unterirdischen Flusses, der wie ein geheimer reißender Strom durch Höhlen unter den Bergen fließt. Sauvage redet leise, zieht mit einem gelben Finger unsichtbare Linien auf der Theke. Rivers spürt, wie der Boden des March Brown unter seinen Füßen weggleitet wie Treibsand.

Jawohl, sagt Sauvage, die Gelben Sümpfe seien eine üble Gegend. Bärenjäger verlören dort ihre Hunde. Einmal sei ein Pferdegespann in einem bodenlosen Tümpel versunken, habe den Lenker mit hinunter in den stinkenden schwarzen Morast gezogen. In den Sümpfen ist es kalt, sie sind in dichten Dunst und Regen gehüllt, und im August sticht

Schnee die Sumpfahorne. Die Wassertropfen auf den Spitzen der Fichtenzweige verdunsten nie, bevor wieder Regen fällt. Rivers kann den nordischen Regen in den leeren Wäldern eingelagert und auf die buckligen Felsbrocken am Rand des Wassers fallen hören.

Sauvage beugt sich näher zu ihm, seine Finger trommeln, und er sagt, in den kalten, vom Regen getüpfelten Bächen, in den tiefen Wasserlöchern der Gelben Sümpfe gebe es Bachforellen. Alte Forellen. Wassergiganten. Manche, sagt Sauvage, wögen über acht Pfund. Vor seinem inneren Auge sieht Rivers die Gelben Sümpfe in Form einer riesigen schwarzen Flasche vor sich und sich selbst kleiner als ein Staubkorn, das von einer unsichtbaren Strömung des Verlangens in ihren Hals gezogen wird.

Sauvage und Rivers werden auf dem Vordersitz des Wagens herumgeworfen. Die auf der topographischen Karte eingezeichnete Holzfällerstraße ist in den Jahrzehnten seit der letzten Vermessung der Wildnis gewichen. Zweimal hieven sie den Lastwagen mit einer gefällten Pappel als Hebel aus Schlammlöchern, Sauvage stemmt sich darauf, Rivers schaukelt und schiebt das schlingernde Fahrzeug, während die Räder Klumpen kalten Schlamms hochwirbeln. In den nach Norden ausgerichteten Mulden liegt noch hoher Schnee. Die Straße hört auf, ehe sie die Gelben Sümpfe erreichen.

»Weiter auf Schusters Rappen!« ruft Rivers mit einer neuen schrillen Stimme. Es ist später Nachmittag, die Luft kalt und rauh nach der gemütlichen

Fahrerkabine. Sauvage schultert das kleine Kanu wie ein Kreuz. Rivers geht mit einem schweren Rucksack voraus, einem Gegner, der ihn zu Boden zu ziehen versucht. Eigentlich stünde es Sauvage zu, vorauszugehen, weil sein Großvater vor sechzig Jahren auf dem gleichen Pfad loszog, aber in Rivers lodert eine heißere Gier, in die Gelben Sümpfe einzudringen. Er hat seine alte Garrison-Angel aus Bambus mitgebracht, seine liebste, als er ein junger Mann war, eine Angel mit Erinnerungen. Sauvages Angel ist billig, ein Schnäppchen.

Nach einem knappen Kilometer rasten sie. Sauvage raucht eine Zigarette. Rivers saugt den Geruch nach moderndem Laub und nassem Farn in die Nase. Zwischen seinen Schultern brennt eine Stelle wegen der sorgsam eingewickelten, im Rucksack verstauten Whiskeyflaschen. Sie verströmen ein Gefühl wie eine Wärmflasche, und er fühlt sich in ihrer Gesellschaft sicher, obwohl er seit sechs Jahren nichts mehr getrunken und sich angewöhnt hat, Alkohol für eine Säure zu halten, die ihm Leber und Lebenslicht zerfrißt. Die Stickerin hat ihn den Eid schwören lassen, niemals wieder zu trinken. Er erinnert sich an die flackernde Kerze, er nackt auf dem Kiefernboden kniend, die rechte Hand erhoben, sein glühender Schwur, nie, niemals mehr einen Schluck Alkohol zu trinken, keinen Sherry, keinen Rum, kein Bier und bestimmt keinen Whiskey, während die Frau in dem eisblauen Satinnachthemd, das am Saum rundherum mit Falken im Sturzflug bestickt war, mit feuchten, glänzenden Zähnen auf ihn hinablächelte.

Das Licht am Himmel versiegt, als sie den kaum erkennbaren Pfad entlanggehen. Aus dem Boden sickert Sumpfkälte, und Moskitos sirren. Durch die Bäume schimmert ein blasser Wasserstreifen, und Rivers verspürt eine angenehme Einsamkeit, als stünde er am Rand einer Klippe. Das sind die Gelben Sümpfe. Das Licht blutet aus, und dunkle Schatten senken sich auf das Wasser. Die Wassergräser nehmen ein tiefes Schwarz an.

Rivers müht sich mit dem Aufbauen des Zeltes ab. Im Westen bleibt eine schwere Wolkenbank lange von einer bronzefarbenen Patina überzogen. Ein Amerikanischer Ziegenmelker rudert wie ein gefiedertes Boot über den Himmelssee, seine Schwingen hinterlassen ein stotterndes Geräusch. Die gelben Flammen von Sauvages Feuer lodern auf, und Rivers bildet mit seinen Lippen die Worte: »Wie wär's mit einem Schlückchen?« Er spricht sie nicht aus. Sie sind nur für ihn da, und er kann noch ein wenig warten.

Sauvage ruft: »Morgen, große Forellen, paßt auf! Hoffentlich hab ich eine Bratpfanne mitgebracht, die groß genug für eine von den großen ist. He, Rivers, wie gefällt's dir hier?«

»Fühl mich wie zu Hause«, sagt Rivers.

»Ich krieg hier im Dunkeln das Gruseln«, entgegnet Sauvage. Es fallen ein paar Tropfen Regen, die im Feuer zischen. Die Stille hat ein schweres Gewicht. Rivers denkt kurz an den Fünf-Flaschen-Gelehrten Wang Chi, der wegen einer zu großen Hingabe an den Wein starb. Es gibt schlimmere Todesarten.

Die Gewohnheit, sich in die Vergangenheit zu versenken, stellt ihn außerhalb der gegenwärtigen Geschehnisse. Alles ist schon einmal passiert: der Tod von Kindern, das in der Nacht brennende Haus, die im Spätherbst quer über die Straße fallenden schraffierten Pappelschatten, die in weiche Knochen beißende Krankheit mit den scharfen Zähnen, die Einsamkeit, das von bärtigen Eindringlingen gegeißelte Dorf, die grausam gefolterten Menschen, der in der Abenddämmerung ein halbvergessenes Gedicht singende, betrunkene Zecher, der Geruch nach zertretenem Gras, der geleerte Becher, der langsame Flügelschlag einer sterbenden Krähe. Er sieht sich selbst als flatterndes schwarzes erschöpftes Insekt, das kurz auf dem Fluß der Zeit dahintreibt. Bevor er in dem muffig riechenden Zelt einschläft, berührt er ein paar seiner glänzenden Flaschen. Der Regen fährt über die Sümpfe und das Zelt wie ein eiserner Mähdrescher auf einem Weizenfeld in der Prärie.

Seine Uhr steht auf 5:20. Feine kalte Dunstnadeln berühren sein Gesicht und lösen sich in seiner Körperwärme auf. Er kriecht in den trüben Morgen hinaus. Lärchenzweige winden sich wie abgetrennte Arme und treiben im Nebel. Die Gelben Sümpfe sind hinter undurchsichtigen Dunstschleiern versteckt, und die aufgeweichte Erde ist von Bächen und Rinnsalen durchzogen.

Sauvage kniet vor einer ordentlichen Pyramide aus geschälten toten Fichtenzweigen, deren trockenes Herz bloßliegt, darunter zusammengeschoben Locken aus Birkenrinde. In Sekundenschnelle lo-

dern die Flammen auf. Ein zitternder Kreis orange-
gelben Lichts hängt im Dunst um ihn herum, sein
langes Gesicht noch gezeichnet von den Falten des
Schlafes. Rivers hat heute morgen anderes im Sinn;
er will weder Feuer noch Frühstück, er will die geheimen Tümpel in den Gelben Sümpfen finden, wo
die Riesenforellen auf der Lauer liegen, ihre Finnen
sacht im Wasser wedeln.

Sauvage aber will an Ort und Stelle bleiben, den
Rand der Sümpfe abfischen. »Wie wär's, wenn wir
das Lager hier beibehalten, bis der Nebel wegge-
brannt ist?« sagt er. »Ich hab erlebt, wie die Suppe
fast den ganzen Tag nicht abzieht. Schau doch nur,
man sieht keine hundert Meter weit.«

»Das hier ist bloß der Rand. Wenn wir hier
überhaupt Forellen kriegen, dann sind's Flöhe«,
schimpft Rivers. Die *Brocken*, wie er sie nennt, sei-
en tief in den gewundenen Eingeweiden der Sümpfe, vielleicht eine Zweitagefahrt tief hinein. »Wir
müssen Zeit gewinnen«, sagt er. »Hat doch keinen
Zweck, dreihundert Kilometer bis hier heraufzu-
fahren, um Zwergforellen zu fangen.«

Sie paddeln schweigend, das nasse Zelt zwischen
sich gestopft. Der Wasserlauf wird schmaler, brei-
ter, wieder schmaler. Sauvage schaut nach links und
rechts, über beide Schultern. Fichten, Lärchen und
Zedern, einander eintönig ähnlich, ragen an unver-
muteten Ufern auf, sind plötzlich wieder verschwunden.

»Inseln«, sagt Sauvage. Und dann trauernd:
»Herrgott, noch nicht mal ein Tag hier drin, und
ich wette, wir haben uns verirrt.«

»Von wegen verirrt«, lügt Rivers. »Ich hab die Richtung genau aufgezeichnet. Wir sind der Hauptströmung gefolgt. Hab meinen Kompaß dabei.« Er hat das leichtsinnige Gefühl, nichts sei von Bedeutung, außer voranzukommen. Ein Weidenast biegt sich von ihnen weg, und sie hören ein Stück zu ihrer Rechten das gedämpfte Rauschen in die Sümpfe fließenden Wassers. Sie schleppen das Kanu über solide Biberdämme aus verkeilten und verwobenen Stecken und Zweigen. Kanäle schlängeln und winden sich, Dutzende kleiner Flüsse und Bäche fließen plätschernd in das von Gras überwucherte, morastige Einzugsgebiet der Sümpfe. Das Wasser ist braun und tief. Einmal sieht Rivers, wie ein untergegangener Holzstamm sich bewegt dank einer Strömung des trüben Wassers oder weil ein großer Fisch daran vorbeigeschwommen ist. Hier gibt es Forellen. Er kann sie riechen. Insektenlarven, denkt er, vielleicht dort, wo die Flüsse zufließen, vielleicht einen der größeren Flußläufe ein Stück hinauffahren. Nasse Fliegen, schwarze Mücken, Maifliegen, alles ertrinkt, naß, unter Wasser, und verloren in von Schwanzflossen aufgewirbeltem Schlamm oder leichentuchhaftem Nebel. In Sauvages Paddelei steckt Feindseligkeit, und Rivers meint, es sei noch zu früh dafür. Rivers steuert sie zu einer kleinen Sandbank unter dem gesplitterten Arm einer Zeder.

Unter den Bäumen breitet sich ein angenehmes Gefühl von Geborgenheit aus. Rivers stellt das Zelt auf, eine stillschweigende Entschuldigung bei Sauvage, weil er bei schlechtem Wetter weitergedrängt hat. »Hier können wir ein paar Tage bleiben, wenn die Fische gut beißen, und warten, daß das Wetter sich ändert«, sagt er. »Wir sind hier sowieso ziemlich weit drin.« Sauvage baut rasch eine solide Feuerstelle mit einem Doppelkranz aus Steinen. »Glaubst du, wir sind auf einer Insel?«

»Weiß nicht. Wär blöd, bei dem Nebel noch weiter zu fahren. Irgendwann muß er mal abziehen, und während wir warten, können wir's hier probieren.«

Sauvage schaut in seinen billigen Plastikkasten mit den Fliegen, während Rivers über die gesichtslose Wasserfläche blickt, die von dem schweren Dunst flachgedrückt und geglättet ist wie ein Ballen Satin von einem warmen Bügeleisen. Dann hören sie es. Irgendwo draußen auf dem flachen Wasser hinter dem Mantel aus dämpfendem Nebel fällt ein schweres Gewicht ins Wasser, ein enormes Platschen, als würde ein Granitdenkmal in die Sümpfe fallen.

»Was zum Teufel war das?« fragt Sauvage.

»Eine von den Großen.« Nichts anderes hat Rivers erwartet.

»Nein, nein«, sagt Sauvage, »so groß werden sie nicht. Muß ein Biber gewesen sein. Ein großes Bibermännchen, das uns sagt, wir sollen aus seinem Revier verschwinden. Klatscht mit dem Schwanz auf, verstehst du?« Dann ein zweites krachendes Platschen, etwas näher im Dunst. Nicht das scharfe Knallen eines flachen Biberschwanzes auf dem glatten Wasser, sondern das rauschende Zusammenbrechen einer Wasserwand in ein riesiges Loch. Rivers kann sich leicht eine gigantische Forelle von der Größe eines Gewehrkastens vorstellen, aber dem Platschen folgt ein lauter hustender Schrei, der im Schilf verhallt.

»Lieber Herr Jesus«, sagt Sauvage.

»Ach, was soll's, angeln wir«, sagt Rivers.

»Vielleicht sollten wir beisammen bleiben«, sagt Sauvage.

In einem Intuitionsblitz erkennt Rivers, daß Sauvage Angst hat vor dem, was er nicht sehen kann, vielleicht geht ihm das mysteriöse Benehmen seiner Frau nach oder die Erzählungen seines französisch-kanadischen Großvaters über den Loup-Garou, über Windigo, böse Wälder und Sumpfdämonen, über all die dunklen Rätsel des Aberglaubens. Er blickt aufs Wasser. Merkwürdiges Wasser, nicht der tote Onyxspiegel eines Sumpfteichs, sondern das hohe, überfließende Wasser eines verfluchten Flusses. Die Hauptströmung zieht kaum merklich nach Osten. Er hat es den ganzen Vormittag an seinem Paddel gespürt. Vor ihm liegt ein tiefer Tümpel voller Strudel, die von der Hauptströmung gespeist werden. Er glaubt, unweit des Grunds sich bewegende Schatten zu sehen. Vom Ufer aus sind die schwarzen Fliegen schlecht. Rivers nimmt unentschlossen eine winzige zweiundzwanziger schwarze Mückennymphe aus seinem Kasten; der graue Nebel und das schlechte Licht – vielleicht lieber etwas Auffälligeres. Aber er befestigt sie trotzdem. Sauvage, der zwanzig Meter von ihm entfernt steht, stößt einen Schrei aus. Rivers schaut hin und sieht, wie sein Arm sich in einem vertrauten Bogen krümmt, die Rute sich durchbiegt und eine Bachforelle mit orangerotem Bauch von der Größe eines jungen Barsches ins Wasser zieht. Sauvage ist flink, aber nicht feinfühlig. Er neigt dazu, die Forelle schnell einzuholen und dabei den süßen Kampf abzukürzen.

»Hübsches Ding!« beglückwünscht er sich und grinst Rivers triumphierend an. Rivers sieht, daß Sauvage ein Kämpfer ist; ein aggressiver, posierender Wettbewerbssieger, nicht jemand, der selbstgeschaffene Einsamkeit begreifen kann.

Sauvage wendet sich ab und stellt sich fest auf die Forellen ein, wirft die winzige, beschwerte Mücke aus und beobachtet die Schnur, wartet darauf, daß sie sich anspannt oder zitternd nach vorn schnellt. Nichts. Er fängt an, sie in winzigen Rucken wieder einzuziehen, läßt sie liegen, wieder ein minimaler, sachter Ruck, und eine Forelle schnappt gleich unter der Wasseroberfläche zu, reißt das Wasser auf, geht auf dem Schwanz, richtet sich auf wie eine Meerschlange und windet den muskulösen Körper in dem fließenden Wasser wie einen Korkenzieher. Dann ist es vorbei. Der Fisch fällt auf die feine Darmschnur und zerreißt sie, flüchtet mit Rivers' kleiner schwarzer Nymphe auf den Grund. Sauvage, der zugesehen hat, wiehert.

»Du oberschlaues Aas«, sagt Rivers zu dem sich ausdehnenden Ring auf dem Wasser, »dich krieg ich noch.«

Um zwei Uhr fängt Rivers mit der ersten Flasche an. Er setzt sich auf einen Baumstumpf, trinkt in großen Schlucken und sieht Sauvage zu, wie er seine Forellen brät. Er hat die dicken, schlaffen Leiber auf geschälte Weidenstecken gespießt und über einen Kreis aus Kohlen gelegt. Die zarte Aschemembran wird von qualmenden Tropfen aufgebrochen, die von den Fischen herunterfallen. Die Forellen krümmen sich zu einem Halbkreis, als würden sie versuchen, sich selbst in die Seite zu beißen, wie Hunde, die sich nach Flöhen absuchen. Sauvage zieht das gegarte Fleisch in dampfenden orangeroten Brocken von den leiterartigen Wirbelsäulen. Rivers weigert sich zu essen.

»Ich hab noch keine gefangen. Ich warte.«

»Ist ja komisch, du hast *nichts* gefangen? Ich hab gedacht, du bist der große Angler vor dem Herrn. Ich, ich hab so, tja, fünf, sechs gefangen. Und große noch dazu. Herrgott, schmecken die gut. Was nimmst du?«

»Trockenfliegen«, lügt Rivers.

»Paß auf, du solltest es mal mit Naßfliegen versuchen oder mit Nymphen. Hier, manchmal sind die ganz, ganz kleinen gut. Ich hab die hier genommen.« Überheblich streckt er Rivers die Hand hin.

»Woher hast du die?« fragt Rivers, der sich sicher ist, den zu großen Kopf und die verschobenen Flügel der zweiundzwanziger schwarzen Mückennymphe zu erkennen, die er vor ein paar Stunden verloren hat.

»Die hab ich schon lang«, antwortet Sauvage und ißt eine Forelle, als wäre es eine Scheibe Wassermelone.

Nach einer Stunde hat Rivers die Flasche halb geleert und macht sich auf den Weg durchs Gehölz, um ein Gewässer für sich allein zu suchen. Seine Schritte scheinen auf Kissen aus dickem, verfilztem

Gras zu federn, aber unter seinen Füßen befinden sich nur Fichtennadeln und hin und wieder verkümmerte Farnbüschel. Der Whiskey macht den Boden so elastisch. Die Bäume scheinen sich zu beiden Seiten hinterlistig von ihm wegzuschieben, aber er marschiert in gerader Linie durch den sumpfigen Wald und die nassen, klatschenden Äste, bis er wieder auf Wasser trifft, über dem undurchdringliche Schleier wollenen Graus liegen, eine einsame Stelle, nach Fäulnis stinkend, weit weg von Sauvage. Sein Gefährte ist die Flasche.

Seine Wasserstiefel und seine Mütze sind im Zelt. Er zieht sich bis auf die Stiefel aus und watet ins Wasser, um den knorrigen Erlen zu entgehen, wickelt die Gelben Sümpfe um sich wie ein kaltes Laken. Sein Hemd hat er gegen die Mücken um den Kopf geschlungen. Während der nächsten Stunden macht er eine Reihe großartiger Würfe, spielt sein ganzes Repertoire und seinen ledernen Fliegenkasten mit dem Monogramm durch, denn das Gewässer ist wechselhaft, bildet vor seinen Augen erst glasige Tümpel, dann schäumende Stromschnellen, rasche, sich schlängelnde Strömungen, gelbe Bänder aus krumpeliger Seide über Sandbänken, tiefe onyxfarbene Minen stehenden Wassers unter sonnenlosen Erlenarkaden, milchige, absinthgrüne Wolken und das von Baumstümpfen wie von Pockennarben übersäte Mondgesicht eines Biberteichs. Die Forellen quälen ihn mit ihren schillernden Umrissen. Er sieht das ellipsenförmige Silber von Forellen, die unter Wasser im Kies verwurzelt scheinen, große braune, die wie tot auf ihren eige-

nen Schatten liegen, nymphenfressende Regenbo-
genforellen, die das Wasser zu hügeligen Land-
schaften bauschen, Fliegenfänger, die Löcher in das
empfindliche Gewebe des Oberflächenfilms saugen,
springende Bachforellen, die im Flug nach schwir-
renden Insekten schnappen wie Katzen nach Spat-
zen. Er fängt nichts, ein weißhaariger, zitternder
Narr mit einem müden Arm und einer leeren Whiskeyflasche. Er zieht sich wieder an und wandert
durch den abendlichen Nieselregen zurück zum nassen Zelt und zu Sauvage.

Sauvage hat ein riesiges Feuer entfacht, sitzt in
dessen Lichtkreis und späht zu den kriechenden
Schatten unter den schwarzen Fichten. »Mensch,
wo zum Teufel warst du? Ich warte hier schon seit
ein paar Stunden. Ich hab gedacht, du bist vielleicht
reingefallen und ersoffen.« Sauvage wickelt um-
ständlich eine silberne Zigarre aus Aluminiumfolie
auf, fördert die gebackenen Leiber zweier großer
Bachforellen ans Licht.

Eine der beiden, gut vierzig Zentimeter lang, trifft
Rivers ins Herz, weil ein anderer als er sie gefangen
hat. Er geht ins Zelt und holt die zweite Flasche.
»Ich will keinen Fisch. Iß du sie«, sagt er.

Sauvage zieht eine Schnute wie eine verschmähte
Braut, während der Regen auf die heißen Forellen
fällt und den Saft verwässert. Traurig beginnt Sauvage zu essen, schaut bei jedem Bissen zu Rivers auf
dem Baumstumpf; der Regen tropft von der Unter-
seite seiner schräg gehaltenen Flasche.

»Es ist noch jemand in den Sümpfen«, sagt Sauvage plötzlich. »Ich hab ihn gesehen.«

»Ja, wer denn? Der Fischaufseher?«

»Nein. Das glaub ich nicht. Er sieht aus, als wär er verrückt, ein verrückter Angler. Er angelt da drüben, über dem Kanal. Erst hab ich bloß Umrisse gesehen, menschliche Umrisse, die die Leine auswarfen und auswarfen. Dann hat sich der Nebel ein bißchen gelichtet, und ich hab den Kerl ziemlich gut sehen können. Er ist splitternackt, steht dort bis zu den Knien im kalten Wasser, ohne Wasserstiefel, ohne Weste, und auf dem Kopf hat er ein Tuch, so daß ich sein Gesicht nicht sehen kann. Würfe – Rollwürfe, Schlangenwürfe, Bogenwürfe, Doppelzüge –, alles, wie auf ner Ausstellung. Ich ruf ihm zu: ›Schon was erwischt?‹, aber er antwortet nicht. Dann wird der Nebel wieder dichter, und wie er so reinzieht, da sieht’s aus, als würde der Kerl ins tiefe Wasser rauslaufen, es sieht aus, als würde er ins Wasser gehen.«

»Sauvage, jetzt sitzen wir wirklich in der Patsche«, sagt Rivers hinter seiner Flasche. »Was du da gesehen hast, ist eine Werforelle, die Werforelle der Gelben Sümpfe.«

»He, Rivers, darüber macht man keine Witze.«

»Ist kein Witz, Sauvage, du hast eine Werforelle gesehen. Einen Männerkörper mit einem Forellenkopf. Darum hat er sein Gesicht zugedeckt, damit du die großen, flachen Augen nicht siehst, das fehlende Kinn und die häßlichen Zähne. Aber mach dir keine Sorgen, er geht nur auf dich los, wenn du seine Frauen umbringst. Du hast doch keine Forellenmädels gefangen, oder?«

Sauvages fettverschmiertes Kinn glänzt im Feuerschein in Rivers' Richtung. »Ich glaub, du bist besoffen, Rivers.«

Rivers lacht bühnenreif. Er spürt seine Worte so präzise fallen wie Schneeflocken, so hell wie Sonnenlicht. »Ach ja? Erinnerst du dich noch an den großen Platsch, den wir gehört haben? Du hast gesagt, es wär ein Biber. Das war die Werforelle. Gott sei Dank hab *ich* keine von seinen Gespielinnen gefangen. Und was hast du zu ihm gesagt? ›Schon was erwischt?‹ Herrje, jetzt wird er erst richtig hinter dir her sein. So sind auch unsere Frauen verschwunden. Am Tag, als wir nicht da waren, ist die Werforelle vorbeigekommen, hat ihr Gesicht am Fenster gezeigt, und sie vor Schreck verjagt. Darum machen die Damen sich immer aus dem Staub.«

»Laß den Quatsch, Rivers. Wir sind hierhergekommen, um ein bißchen zu angeln, um unsere Sorgen zu vergessen, und du verziehst dich den halben Tag, besäufst dich und fängst mit diesem Quatsch an. Wohl besser, wir fahren morgen früh zurück.«

»Quak, quak, quak«, macht Rivers, bleckt die Zähne und zwinkert mit beiden Augen. Gekränkt kriecht Sauvage ins Zelt. Rivers bleibt auf, bläst über den Hals der Flasche, macht ein Geräusch wie ein Kojote in einem Apfelmostfaß. Nach einer Weile bemerkt er eine winzige, hoppelnde Gestalt an den Fischbröckchen, die Sauvage hat zu Boden fallen lassen. Er pirscht sich mit der Flasche als Waffe an die Maus, den Daumen in den Flaschenhals gesteckt, damit nichts herausläuft und quetscht sie mit momentaner Geschicklichkeit zu Tode. Er legt sie mitten in Sauvages Bratpfanne, wo sie in dem gerinnenden Fett steckenbleibt und kehrt zu seinem Baumstumpf zurück.

Er kommt wieder zu Bewußtsein, liegt im stechenden Regen neben dem Baumstumpf, sein Körper ist verkrampft, seine Zähne klappern. Er fühlt sich verrunzelt und kalt bis ins Herz. Das Feuer ist ein stinkender schwarzer Kreis aus schlammiger Asche, als er darüber zum Zelt kriecht in der Hoffnung, sich nicht im Schlafsack zu erbrechen. Zu atmen, sich zu bewegen, zu leben tut weh. Gleich hinter dem Baumstumpf treffen seine Knie auf etwas wie einen schlanken Zweig. Er hört nur ein leises trockenes Knacken, aber Rivers weiß sofort, was es ist. Er hat dieses unvermeidliche Geräusch seit über zwanzig Jahren gefürchtet: Es ist so spitz, als hätte man ihm mit einer Sticknadel ins Trommelfell gestochen. Er hat seine Garrison-Angel zerbrochen. Im Dunkeln hebt er sie auf: Die obere Hälfte baumelt nutzlos wie sein gekappter Apfelbaum. Er meint, ihre Seele aus dem zerschmetterten sechseckigen Herz rinnen zu spüren wie einen hart werdenden Wachsfaden. Sein Apfelbaum ist tot, sein Rasen ruiniert, seine Frau fort, seine Garrison-Angel zerbrochen, und er hat keinen Fisch gefangen und wird auch keinen mehr fangen. Trotzdem sagt er sich, daß diese vorübergehenden Übel wie Entengrütze auf dem Wasser sind. Auf seinem Teller liegt keine Maus.

Im Zelt zündet er eine Kerze an und wickelt die letzte Flasche aus dem blauen Satinnachthemd seiner Frau. Im schimmernden Glas sieht er sein Spiegelbild: den kinnlosen Hals, den blassen spitzen Mund und die leeren, rostigen Augen der Werforelle.

ELEKTRISCHE PFEILE

»Sag mir bloß mal«, sagte Reba in ihrem blauen Pullover mit den Metallknöpfen. Sie hat wieder ihre graue Trainingshose an. Den Kopf hat sie auf ihrem langen Hals steil nach hinten gelegt, während sie zu mir aufschaut, ihr schmaler geschminkter Mund ähnelt einem roten Draht. »Sag mir bloß mal, warum jemand, der bei Verstand ist, sich ins Chicken setzen sollte, um Bier zu kippen und dicken Männern zuzusehen, wie sie bis Mitternacht ringen, warum?«

Ich denke: Damit sie nicht in der Küche herumsitzen und vergammelte Fotos anschauen müssen.

Die Tante zieht eines, so dick wie ein Kartondeckel, heraus. Ich sehe Seidenpflanzen blühen, das Haus viereckig auf einem Rasenfleck stehen, jeder Nagelkopf hart, die Schatten der Bretter wie schwarze Lineale.

Auf Rebas Pulloverärmel liegt ein farbloses, geringeltes Haar.

»Ich konnt's nicht glauben, ich mach die Tür auf, und du sitzt da«, sagte sie.

Die Tante fährt mit den Fingern über das Foto, über die hohen Ahornbäume, über eine Frau, die mit zwei Kindern auf der weißen Straße steht. Die Tante riecht nach Zitronenlotion und Kleidern, die zwei Tage lang getragen werden, um Waschpulver zu sparen. Die Gesichter auf dem Bild sind runde Teller auf dunklen Schultern, die lächelnden Münder ähneln Farnblättern. Die Frau hält einen verwackelten Säugling, sie hält ihn für immer. Das andere Kind lächelt nicht, es ist klein und untersetzt, ein Schopf schwarzes Haar fällt ihm auf die Stirn. Der Junge starb ein paar Wochen nach der Aufnahme des Bildes an Cholera. Die Tante zeigt auf den Säugling und sagt: »Das ist dein Vater.« Er ist nicht scharf getroffen, vom fernen Sonnenlicht überströmt. Sie faltet die dicken alten Hände.

»Ich bin froh, daß ich da war, Reba, als du angekommen bist und jemand gesucht hast, der dir den Reifen wechselt.«

»Der Teil war gut«, murmelt sie, als würde sie mir etwas geben, was ich seit langem begehre.

Wir sitzen am Küchentisch in dem Haus auf dem Bild, warten darauf, daß der Kuchen abkühlt. Der Fotoapparat gehörte Leonard Prittle, dem Knecht, der einst in diesem Haus wohnte. Wir haben jetzt keinen Knecht mehr, wir haben keine Farm mehr, wir leben jetzt selbst in dem Haus. Reba feuert die Tante bei den Fotos an. Und die Moon-Azures, Mensch, die verfluchten Moon-Azures glauben, die Vergangenheit gehört ihnen.

»Soll ich Sahne für den Kuchen schlagen?« frage ich Reba.

Ich fahre manchmal ins Chicken.

Die Ahorne auf dem Foto sind alle verschwunden, sie wurden gefällt, als man die Straße verbreiterte. Da sitzt die Tante am Steuer eines Reo, das Haar zu einem Knoten frisiert. Die Fingerknochen liegen flach in der geschmeidigen Hand. Die Straße wurde zwar verbreitert, aber nicht begradigt.

Die Tante nimmt noch ein Foto und noch eins, sie kann nicht aufhören. Sie hebt sie hoch, die Fin-

ger mit den schweren Knöcheln bewegen sich ziel-
strebig und vorsichtig, ihr schmaler Clew-Kopf ist
gesenkt, die blassen Clew-Augen schweifen über
schwarze Anzüge und gerüschte Manschetten, tote
Kinder, Pferde mit geflochtenen Mähnen, eine
Sturmwolke über dem Stall. Sie sagt: »Aus Leonard
Prittle hätte was werden können, wenn er eine
Chance gekriegt hätte.«

Reba schneidet den Kuchen in saftige karmesinrote Dreiecke. Damals, als sie noch arbeitete, ver-
anstaltete sie Küchenpartys für Farmersfrauen, um
ihnen zu zeigen, wie sie am meisten aus ihren Kühl-
schränken und Mixern herausholen konnten. Jetzt
dreht sich alles um Mikrowellen, und die Farmersfrauen leben in Wohnungen in Concord.

Ich tue so, als würde ich das Bild betrachten. Die
Wetterfahnen zeigen Ostwind an. Lattenzäune, Ul-
men, ein Hahn im Gestrüpp. Das Bild mit dem
Hahn hab ich schon hundertmal gesehen.

Die Zeit hat mit den Lattenzäunen aufgeräumt,
und Sie sollten mal hören, wie der Schneepflug
Schmutz an die Bretter der Hauswand spritzt; es
klingt, als würde der Pflug durch die Küche fahren.
Die übriggebliebenen Pugleys, Clews und Cuck-
horns leben in diesen heruntergekommenen Häusern. Reba war eine Cuckhorn.

»Die Anwesen brechen auseinander«, sagt die
Tante seufzend und bricht die Kuchenspitze mit der
Gabel ab. Wir wissen, daß zerstrittene Kinder Teile
der Farm an Lehrer aus Boston verkaufen, die glauben, daß das Landleben einen guten Menschen aus
ihnen macht. Wenn sie merken, daß dem nicht so

ist, verkaufen sie das Land beleidigt weiter, an venezolanische Millionäre, Ingenieure von Raytheon, Kokainhändler und kaltblütige Entwicklungsplaner.

Reba murmelt: »Je mehr man von etwas erwartet, um so mehr schimpft man darauf, wenn es einen enttäuscht.«

Ich nehme an, sie meint mich.

Der Tante und mir gehören noch ein paar Hektar der Farm, das Haus des Knechts, in dem wir wohnen, und die Scheune. Auf der Scheunentür steht Atlantic Ocean Farm, weil mein Vater, als junger Mann voll hoffnungsfroher Phantasie auf einer Anhöhe stehend, glaubte, er sehe weit im Osten in einem Spalt zwischen den Bergen ein glänzendes Stück Meer.

Reba legt Plastikfolie über den restlichen Kuchen, dreht den Fernseher lauter. Ich mache einen Spaziergang die Einfahrt entlang, ehe es ganz dunkel ist. Wenn ich durch das Fenster in die Scheune schaue, sehe ich aufeinander gestapelte leere Hausgerätekartons, weich und unförmig von jahrelanger Feuchtigkeit.

Man merkt, daß sich in der Scheune nichts geändert hat. Ein verknotetes Stück Packschnur, pelzig vor Staub, spannt sich noch immer zwischen dem oberen Leiterende und einem Balken. Das Holzskelett des Drachens, ein zerbrechliches Kreuz, liegt noch da oben.

Ich könnte es herunterholen.

Ich höre das laute Schnauben eines auf der Einfahrt wendenden Autos. Für die normalen Scheinwerfer ist es noch nicht dunkel genug, nur die Nebellichter sind an, weit auseinanderliegend, gelb. Die Moon-Azures. Sie sehen mich nicht neben der Scheune. Mrs. Moon-Azure öffnet die Autotür und streckt die Beine heraus, die so gerade sind wie Selleriestangen.

Ich gehe ins Haus zurück, lasse die Katze herein. Moon-Azure sagt: »Schöner Abend, Mason.« In seiner Brille spiegeln sich die Nebelleuchten. »Ich dachte, ich frag Sie mal, ob Sie mir morgen zur Hand gehen könnten. Die alte Weide ist umgefallen, und es sieht so aus, als bräuchten wir den Traktor, um sie fortzuschaffen.«

Hört sich nach mindestens einem halben Tag Arbeit an.

Wenn ich aus dem Fenster schaue, sehe ich Yogetskys Wohnwagen vor dem Panoramafenster, die über der Tür kreuzweise aufgehängten Schneeschuhe, die schwarze Satellitenschüssel aus Draht. Yogetsky ist ein alter Junggeselle. Seine kauzige blitzende Küche ist vollgestopft mit alten Blechbüchsen, zusammengefalteten Plastiktüten, in vierfarbigen Pyramiden gestapelten Zeitschriften. Er stellt den Brotteig zum Aufgehen auf den Fernsehapparat.

Auf der Straße gegenüber dem Wohnwagen befindet sich das Heim der Beaubiens. In der Einfahrt steht der Holztransporter des ältesten Sohns; er ist größer als das Haus. Ein schwarzer Lastwagen, auf dem in Schnörkelschrift das Wort SCORPION steht. Die Beaubiens sind unsichtbar, vielleicht sind sie hinter dem Lastwagen, vielleicht im Haus und essen Bohnen aus der Dose, teilen sich eine Gabel. Sie essen schnell, weil sie Angst haben, Zeit zu verlieren, die sie in die Arbeit stecken könnten. King-Olaf-Sardinen, eine Biskuitrolle, deren karmesinrote Spirale durch die Plastikverpackung erkennbar ist, Erbsensuppe von Habitant.

Yogetsky ist vor ungefähr zehn Jahren von Massachussetts hergezogen und hat zwei Jobs, einen, um davon zu leben, den anderen, um seine Grundsteuer zu bezahlen, sagt er. Seine dicke Nase ragt wie ein Korken aus seinem Gesicht. Er sagt und deutet dabei auf das rasierte Stück Rasen: »Dieser Wohnwagen, dieser Grund sind eine Investition. So, wie's die Leute hierher zieht, sind sie in ein, zwei Jahren ne Menge wert.«

Er besitzt achttausend Quadratmeter von Pugleys früherer Viehweide.

Yogetsky ist eine Leseratte. Er kauft sich *USA Today* und Zeitschriften mit Geschichten, in denen aus Zahnärzten Fallensteller werden. Sein Garten ist mit Schafsdraht eingezäunt. Am Zaun hängen Blechbüchsendeckel und klappern im Wind. Dort steht sein Flaggenmast.

2

Wir zogen Äpfel: Baldwin, Tolman Sweet, Duchess, Fameuse, Russet und Sheep's Nose. Die großen Obstfarmer lancierten McIntosh- und Delicious-Sorten. Ich war zappelig und krank, mußte meinem Vater aber helfen, den Obsthain bis in den Wald hinunter mit Stacheldraht einzuzäunen. Eine schnelle, nasse Arbeit. Das Wild kam immer Ende Juni, das

Jungwild, und fraß die frischen zarten Blätter, die noch schrumplig und zusammengefaltet an den Baldwinbäumchen hingen. Keiner wußte, was mit mir los war. Zappelig, sagte die Tante. Wächst zu schnell. Die mitgenommenen und kahlgefressenen Baldwinbäumchen wuchsen schief.

Der McIntosh-Apfel ruinierte uns. Mein Vater ruinierte uns.

Er sagte: »Kinder, es ist ein hartes Brot, mit Zucker Profit zu machen, im Baldwin-Apfel dagegen steckt gutes Geld.« Und verkaufte die Ahornbäume als Holz. Und kaufte fünfhundert Baldwinbäumchen. Der Baldwin-Apfel hat eine dumpfe wolkig braune Farbe. Er hat etwas von einem zarten Wurzelableger.

Die Leute wollten glänzende rote Äpfel. Unser Obst kam in die Fruchtpressen. Jetzt ist es umgekehrt. Die ganzen alten Sorten, die wir nicht losbrachten: Black Twig, Pinkham Pie. Jetzt wird eine Menge dafür gezahlt.

Wenn der Zuckerahorn einmal weg ist, dann ist er mindestens fünfzig Jahre lang weg oder auf immer.

Mein Vater verkaufte Teile des Waldes. Dann Teile des Weidegrunds. Teile von diesem, Teile von jenem. Keiner der Baldwin-Bäume überstand den einen harten Winter kurz vor dem Krieg.

Die Tante beißt das Ende eines ausgezupften Fadens ab, anstatt die Schere zu nehmen.

Dad konnte hübsche Steinmauern bauen, wandte sich aber etwas anderem zu, ehe sie eine anständige Länge erreicht hatten. Er bevorzugte Stacheldraht, wollte schnell fertig werden. Trotzdem hatte er ein Gespür für Steinmetzarbeiten, für den Meißel, ohne die ergebene Konzentration, die man für diese Arbeit braucht. Er war albern. Sein aufgeregtes Wesen, seine leichte Begeisterungsfähigkeit veranlaßten die Tante zu der Behauptung, er sei ein Narr. Nie habe ich jemanden lachen gehört wie ihn, ein sägendes, keuchendes Lachen, als würde er keine Luft mehr bekommen. Sein jung verstorbener Bruder hatte den ganzen Verstand, sagt die Tante.

Er ließ die Farm durch seine Finger rinnen wie Wasser, bis nur noch beunruhigende Feuchtigkeit auf unseren Handflächen übrig war. Und sein Freund Diamond hat uns immer hochgehoben, erst mich, dann meine Schwester Bootie, und seine alten dreckigen Pfoten zwischen unsere Beine geschoben, seinen vom Tabak fleckigen Mund an unsere schmalen Hälse gedrückt.

»Er meint's nicht so«, sagte Dad, »hört auf zu heulen.«

Dad sagte uns: »Den Farmern steht das Wasser bis zum Hals.«

Sie wissen, wo der Golfplatz liegt, bei der Wohnanlage Meadowlark, bei den zum Fluß abfallenden Wiesen? Den Grund verkaufte er für fünfzig Dollar pro Hektar. Schon damals geschenkt. Das habe ich Yogetsky erzählt, und er hat gestöhnt, sich mit der Handwurzel an die Stirn geschlagen, »Jesus Christus« gesagt.

Uns stand das Wasser bis zum Hals. Es war kein Geld da, um herauszufinden, was mit mir los war, nur aller mögliche hausgemachte Mist. Bootie und ich nahmen in unseren Essenspaketen gekochte Karotten mit in die Schule; die Hufe der Kuh machten ein breites schmatzendes Geräusch, wenn wir sie über das sumpfige Gelände trieben, und dieses Geräusch vermittelte mir das Gefühl, keine Chance zu haben. Man gewöhnt sich daran.

Der großartige Name der Farm, die Hunderte von nutzlosen Bäumen im Obstgarten, die schweren durch den Wald gezogenen Rollen Stacheldraht – alles umsonst.

## 3

Was kann ich Ihnen über die Moon-Azures erzählen?

Ihnen gehört das ehemalige Haus der Clews mit den verzogenen Türrahmen und den ausgetretenen Treppen. Dr. und Mrs. Moon-Azure aus Basiltower, Maryland. In diesem Haus wurde ich geboren.

Die Moon-Azures kommen jeden Juni aus Maryland und fahren im August zurück. Sie kratzen neun Schichten Farbe von der Vertäfelung im Wohnzimmer, weisen uns auf alles hin, was sie tun, um das Haus zu verschönern. Sie bringen die Bruchbude auf Vordermann, lassen von einem Bagger die Einfahrt verbreitern. Sie lassen jemanden kommen, der die Böden schleift. Sie kaufen ein Pferd. Dr. Moon-Azures Hände werden rauh, wenn er an der Steinmauer arbeitet. Er streckt sie aus und sagt voll Bewunderung: »Schauen Sie sich diese Hände an.« Von seinen Kleidern geht ein schwacher Geruch aus, das vertraute braune Aroma des alten Hauses. Seine Mauer wird mit den ersten Frostverwerfungen krumm.

Die Moon-Azures haben Wochenendgäste. Wir sehen die Autos vorbeifahren, Nummernschilder aus anderen Bundesstaaten, Marken wie Mercedes und Saab. Wenn der Wind günstig steht, können wir ihre tonlosen Stimmen wie Holzstöcke aneinanderklappern hören, *tock, tock-tock, tock.* Das Pferd reißt aus und wird auf der Straße überfahren.

Keiner weiß, was für ein Arzt er ist. Man sucht ihn auf, als eine Frau aus Massachusetts in die Kiesgrube fällt. Jemand fährt zu den Moon-Azures und bittet ihn zu kommen, aber er will nicht. »Ich praktiziere nicht«, sagt er. »Rufen Sie den Krankenwagen.« Er bietet ihnen an, sein Telefon benutzen zu dürfen.

Sie gehen ziemlich viel spazieren. Man fährt irgendwohin, und plötzlich tauchen die Moon-Azures auf, stolpern durch die Weidenröschen, die Hände voll welker Zweige.

Tolman von der Autowerkstatt behauptet, Moon-Azure sei ein halb aus dem Beruf geschiedener Psychiater, aber die Tante hält ihn für einen Herzchirurgen, der bei einer Operation die Nerven verloren hat. Er hat gute Zähne.

Moon-Azure sagt: »Ich werde mich nie dran gewöhnen, wie ihr die schönen alten Häuser verkommen laßt.« Er hat den Stapel kaputter Schindeln gefunden, die vom früheren Dach heruntergefallen sind. Seit zirka 1925 hat das Haus ein Blechdach.

Mrs. Moon-Azure will immer etwas wissen. Wo

228

ist Westen, wann kann man Heidelbeeren pflücken, ach, Petroleumlampen brennen mit Petroleum? Sie dachte mit Benzin. Würde gern mal sehen, wie sie's damit probiert. Im Winter, wenn sie in Florida sind, laufen die Stachelschweine ins Haus und hinterlassen ihre Visitenkarten auf dem Boden. »Schau mal«, sagt sie, »Kaninchen.« Sie schreibt alles auf. »Mein Buch über das Landleben«, sagt sie lachend.

Sie sagt »Ahornzierup« zum Scherz.

»Wie wird das Heu?« fragt Moon-Azure.

Einmal kommen sie an einem Samstagmorgen, lächeln, bitten Reba, das Haus für sie zu putzen, aber sie antwortet: »Nein.« Die Teetasse klirrt hart auf dem Unterteller.

Sie bitten Marie Beaubien. Sie zahlen ihr mehr fürs Tischabwischen und Bettenmachen als ein Mann kriegt, der mit der Kettensäge arbeitet.

»Wie wird das Heu, Lucien?« fragt Moon-Azure.

»Gut«, sagt Beaubien.

Wir hätten das Geld gebrauchen können.

Marie Beaubien erzählt uns: »Weiße Telefone, eins in jedem Zimmer, und das Bad gekachelt mit hellblauen Fliesen mit Orchideen drauf. Sie haben Kupferpfannen, die kosten hundert Dollar das Stück, und zwar mehr, als man zählen kann. Überall hängen alte Körbe an den Wänden, überall liegen Teppiche.«

Das ist nicht mein Geschmack.

Mein Geschmack ist schlichter.

Ich sehe gern nackte Bodendielen.

Von Anfang sind die Moon-Azures scharf auf alte

Dokumente und Karten von der Farm, sie spüren dem Stammbaum der Clews nach, als hätten sie mit dem Grund und Boden unsere Vorfahren gekauft. Sie stellen sich gern vor, daß die Clews Farmer waren. Er sagt: »Mason, es sieht nach einem guten Heujahr aus.«

Woher zum Teufel soll ich das wissen?

Sie fahren ins Gemeindeamt und graben Auskünfte über das Kerbenmuster aus, das die Clews vor hundertfünfzig Jahren verwendeten, um ihre Schafe zu kennzeichnen, versuchen herauszufinden, ob die ersten Clews irgend etwas gemacht haben. Einmal bitten sie uns, die Apfelsorten aufzuschreiben. Die Obstwiesen, schwarze Reihen bis ins Mark verfaulter Bäume, gehören ihnen.

Aber am meisten sind sie von den Clews-Ahnen fasziniert; die lebenden Clews sind wie die Beaubiens dazu da, benutzt zu werden. Die toten Clews gehören zum Grund und Boden, und der gehört den Moon-Azures.

Die Moon-Azures stellen Lucien an, um das Gestrüpp zu entfernen und umgefallene Steine aufzurichten. Wenn ich Reba und die Tante am Wochenende manchmal zu einer Spazierfahrt die Straße entlang mitnehme, kann man die Moon-Azures und ihre Gäste vom Friedhof fortgehen sehen, mit leicht gebeugten Köpfen, als würden sie nicht denken, *sic transit gloria mundi*, sondern *das gehört mir*.

Sie bringen überall auf dem Grund große weiße Schilder aus Sperrholzvierecken an, nageln sie alle hundert Meter an Pfosten. Sie errichten überall Zäune, die Straße entlang, neben der Einfahrt, um das

Haus, im Wald, nur Lattenzäune. Kein Stückchen Stacheldraht. Aber im Wald haben die Bäume Narben wie verzerrte Münder von dem Draht, den wir gespannt haben, um das Wild von unseren Obstbäumen fernzuhalten.

Die Moon-Azures sind hinter uns her, hinter den Beaubiens, sogar hinter Yogetsky, damit wir ihnen helfen, das Auto in Gang kriegen, die verstopfte Quelle säubern, ihren rothaarigen Hund suchen. Sie müssen herausfinden, wie die Dinge passiert sind, was für Dinge passiert sind. Jedes Jahr fahren sie am Ende des Sommers in die Stadt zurück. Dann ändert sich das.

Mrs. Beaubien poliert ihren Löffel mit der Papierserviette und zuckert ihren Kaffee. »Der Doktor ist jetzt in Rente«, sagte sie. »Sie bleiben bis Weihnachten hier, dann fahren sie irgendwohin, wo's warm ist, und kommen nach der Matschsaison wieder. So geht's von jetzt an jedes Jahr.«

Die Tante meint: »Muß schön sein, genug Kleingeld in der Tasche zu haben, um mit dem schönen Wetter hin und her zu ziehen.«

»Ich hab noch nie erlebt, daß es einer von ihnen lang aushält«, sagt Mrs. Beaubien. »Warten Sie, bis sie das Eis von der Windschutzscheibe kratzen müssen. Dafür geht Lucien nicht zu denen rüber, da können Sie wetten.«

Ich denke: Wetten, daß er es tut.

Die Moon-Azures gehen weiterhin spazieren. Was sonst haben sie nach den ersten schwarzen Frösten zu tun? Während der kürzer werdenden Tage kommen ihre Freunde nicht zu Besuch, und sie haben

nur einander, um ihr erstauntes Geplapper an-
zuhören, daß abgefallenes Laub bitter riecht, daß
aus der gefrierenden Erde wolkige Eisstangen sprie-
ßen. Sie fallen mit ihren taktlosen Gesprächen über
uns her, vergeuden unsere Zeit. Beaubien und sein
Sohn bringen ihnen Holz und schichten es auf, der
Herbst schrumpelt zum November zusammen.

Eine Woche vor Erntedank kommt Mrs. Moon-
Azure wieder einmal über die Wiese daher. Sie
klopft ans Fenster, lugt zur Tante herein. An ihren
Knöcheln kleben Kletten. Ihre Kleidung ist hafer-
mehlfarben. Ihre Augen sind grau. Der Kühlschrank
schaltet sich ein, als sie zu sprechen anfängt, und sie
muß sich mit lauterer Stimme wiederholen. »Ich
sagte, ich habe gehört, Sie haben ein paar bemer-
kenswerte Fotografien!«

»Na ja, für uns sind sie interessant«, sagt die Tante. Sie hat Mehl an den Händen und klopft es ab,
indem sie sich mit den Händen an die Oberschenkel schlägt. Sie zeigt ihr ein paar von den Bildern,
stellt sie auf und sagt: »Mr. Galloon Heyscape beim
irischen Holzschuhtanz, die Ochsen von Denman
Thompson, das Radio der beiden Herzchen, Kiley
Druge und seine verrückte Tochter.«

»Das sind bedeutende Fotografien«, sagt Mrs.
Moon-Azure auf die gleiche Art, wie sie zu Clyde
Cuckhorn gesagt hat: »Sie haben mein Pferd überfahren.« Wir sehen überdeutlich, daß sie sie haben
will.

Zu dumm.

»Ich wundere mich, daß sie nicht einfach damit

herausrücken und fragen, ob wir sie ihnen verkaufen«, sagt die Tante, nachdem sie gegangen ist. »Sie würde alles drum gehen, um die Bilder in ihre Krallen zu kriegen. Nein, das sind Familienfotos der Clews, von einem sehr begabten Knecht aufgenommen, und sie bleiben hier.«

Leonard Prittle, unser Knecht, machte die Fotos unter einem großen schwarzen Umhang, den meine Urgroßmutter abgelegt hatte, behauptet die Tante.

Woher will sie das wissen?

Die Tante fürchtet nämlich, daß die Moon-Azures die Bilder unter ihren Wochenendgästen herumreichen, daß sie in Bücher und Zeitungen gelangen, daß wir eines Tages die Leiche unseres Großvaters in seinem selbstgezimmerten Sarg auf zwei Sägeböcken in irgendeiner Illustrierten wiedersehen, darunter eine grausame Bildunterschrift.


4


Vielleicht hat sich Dad nie etwas anderes vorgestellt, als das Land nach und nach zu verkaufen und nutzlose Apfelgedanken zu träumen, aber als es ganz schlimm kam, fand er eine Stelle. Und das war zu einer Zeit, als es keine Stellen gab und er keine suchte. Es war nicht einmal Steinmetzarbeit.

Dads Freund Diamond Ward gehörte zu den harten grauen Männern, die jedes Jahr Wild aßen und alles, was kaputt war, immer wieder reparieren konnten, bis von dem ursprünglichen Gegenstand nichts mehr übrig war außer seiner Funktion. Diamond war im Farmerverband Grange, er wußte, was vor sich ging, und er war einer der ersten im Bezirk, der durch die Elektrifizierung der ländlichen Gegenden eine Stelle bekam. Er brachte auch Vater rein. In die Ironworks County Electric Power Cooperative. Inzwischen ersetzt durch die Northern Nuclear. Seitdem haben wir die Alarmvorrichtung in der Küche, die losgehen soll, wenn ein Unfall passiert, damit sich alle schnell davonmachen.

Wohin?

Die beiden fuhren den ganzen Tag in einem dunkelgrünen Transporter herum; der hatte auf der Seite einen Kreis um die Buchstaben ICEPC und drei Blitze. Alle haben »Icepick« dazu gesagt. Diamond kaute Tabak, und die Tür auf seiner Seite war braungefleckt. Bootie versteckte sich im Schrank, wenn sie Diamond auf der Einfahrt hörte.

Das Papier von dem Drachen ist weg, in jahrelanger Augusthitze unter dem einfallenden Stalldach verbrannt.

In meinem Vater steckte etwas, das alles, was er tat, aufbauschen mußte. Er hatte ein gewisses Maß an Vergnügen daran, sich als einsamen Apfelbauern zu stilisieren, der gegen eine Bande von McIntosh-Leuten kämpfte. Jetzt kam seine Chance als einer, der den Farmen Licht brachte. Er konnte mit den Leuten herumalbern und lachen, soviel er wollte.

Er sagte etwa: »Fünf Dollar, soviel wie ein Paar Schuhe kostet, und wir legen euch Strom. Dann könnt ihr Radio hören, Amos und Andy.« Er machte Amos nach, lachte. »Schafft die schweren Bügeleisen ab, benutzt sie als Türstopper. Licht? Ihr kriegt zweimal soviel getan, weil ihr beide Enden von der Kuh sehen könnt? *Haha*.«

Er ließ bei Grange ein Scheinbegräbnis aufführen, verbrachte Wochen damit, darüber zu lachen und es herbeizureden. Männer trugen einen Sarg erst durch den Raum, dann hinaus ins Freie und begruben ihn. Er war voller Öllampen und geschwärzter Kaminrohre.

Ich sag Ihnen, das ist zu unseren Lebzeiten passiert.

Das Fernsehen wurde erst 1938 erfunden.

Er zählte die Dinge auf, die mit dem Strom verschwinden würden. Keine stinkenden Aborte mehr. Keine angestrengten, tränenden Augen mehr vom Lesen bei Lampenschein. Keine einsamen Abende mehr für Witwer, die das Radio einschalten und Stücke und Musik hören konnten. Keine Familien mehr, die an Lebensmittelvergiftung starben, weil Ma den Kartoffelsalat jetzt in einem eiskalten weißen Kühlschrank aufheben konnte. Kein Erhitzen von schweren Bügeleisen auf einem glühenden Ofen im August mehr. Die Kinder würden auf der Farm bleiben.

Er schaute die Leute mit seinen runden, klaren Augen an und sagte: »Wenn wir auf jede Farm Licht bringen, bringen wir Licht in jedes Herz.« Er fehlte vier Jahre lang nicht einen Tag, bis zu dem Nachmittag, als Diamond bei dem Versuch umkam, einen Drachen aus den Leitungen zu holen.

Dad verließ das Haus immer um fünf Uhr morgens, nahm sein Mittagessen in einer bauchigen schwarzen Dose mit. In den Deckel paßte eine Thermoskanne mit Kaffee, die von einer Metallklammer gehalten wurde. Er und Diamond stellten Masten auf und spannten Leitungen zu windschiefen, uralten Ställen und Häusern, die auf ihren Fundamenten ruhten wie alte Hunde, die auf einer Verandastufe schlafen.

Er hatte den Einfall, im Wagen ein Radio mitzunehmen. Damals verlegten die Farmer die Leitungen im Haus selbst, riefen den Icepick an und sagten, es wäre soweit. Manchmal hatten sie unter ein paar Rupfensäcken eine Waschmaschine versteckt, ein Geburtstagsgeschenk für ihre Frau. Aber normalerweise waren es bloß ein paar Fassungen an der Decke, Steckdosen.

Bevor sie den Strom zuschalteten, holte Dad sein Radio aus dem Wagen und rieb es blank, falls es staubig war. Dann steckte er es ein. Da standen der Farmer, seine Frau und die Kinder und starrten es an.

»Das wird euer Leben verändern«, pflegte Dad zu sagen.

Er ging ans Fenster und machte Diamond das Zeichen, den Saft zuzuschalten. Während der verrauschte Klang eines lautstarken Ansagers oder eines Foxtrotts den Raum erfüllte, beobachtete er die Gesichter der Familie, beobachtete, wie sie die Münder ein wenig öffneten, als wollten sie den Klang schlucken. Dann schüttelte ihm der Farmer für gewöhnlich die Hand, die Frau tupfte an ihren tränenden, überanstrengten Augen und sagte: »Es ist ein Wunder.« Es war, als hätte mein Vater ihnen persönlich dieses Wunder geschenkt. Dennoch konnte man ihnen ansehen, daß sie ihn auch verachteten, weil er ihnen das Leben leichter machte.

Ich habe nie verstanden, wie sich jemand über das harte Licht aus diesen klaren, spitz zulaufenden Birnen freuen konnte.

Nach Diamonds Tod verlegte Dad sich auf das Hausgerätegeschäft. Das betreibe ich jetzt draußen in der Scheune. Zu schwerer Arbeit war ich nie fähig. Wir verkaufen noch ab und zu eine Waschmaschine oder einen Elektroofen. Reba hilft mir, sie auf den Wagen zu hieven. Heutzutage ist mit Hausgeräten nicht mehr viel zu holen. Es dreht sich alles um Stereoanlagen und Computer. Eine Waschmaschine kann man überall kaufen.

Wenn Dad und Diamond nicht zu weit weg waren, kamen sie im Sommer mittags auf die Farm zurück, fuhren auf die Wiese und stellten den Wagen unter den Bäumen ab. Sie gönnten sich eine ganze Stunde. Sie hatten einen Lieblingsplatz, wo sie im Schatten eine alte Segeltuchplane ausbreiteten. Da oben befand sich eine Quelle. Ein flacher Fels. Manchmal brachte Bootie oder ich ihnen das Essen hinauf. Wir schlugen einen weiten Bogen um Diamond, er machte mit seinem feuchten, fleckigen Mund zum Scherz Kußgeräusche.

Dad lachte immer: »*Ha.*«

Manchmal schlief Diamond mit dem Hemd über dem Gesicht, damit die Fliegen ihn nicht belästigten, und Dad lag auf den Knien und bearbeitete mit Meißel und Steinhammer den Felsen, um etwas zu tun. Bootie und ich konnten das *Tock, tock-tock* unterwegs hören. Er meißelte an dem Felsen, meißel-

237

te ein großes Flachrelief von sich selbst in der Kleidung des Leitungsverlegers. Wir spielten auf seinem großen Entwurf eine Art Himmel-und-Hölle.

»Schau, Dad«, sagte Bootie, »ich steh auf den Augen.«

Im Winter blieben Dad und Diamond bei laufendem Motor im Wagen sitzen.

Der alte Familienfriedhof, der seit ungefähr achtzig Jahren nicht mehr benutzt wurde, befindet sich ein Stück hinter dem Haus. Diamond Ward liegt unten in Ironworks auf dem Baptistenfriedhof begraben. *Ein Lamm Gottes gerufen nach Haus, seiner Seele Wanderschaft ist aus.* Diesen Spruch haben wir hundertmal gelesen.

In seinen Augen spiegelte sich das Wissen um seinen schrecklichen Fehler, erzählte mein Vater uns. »Er hat mir gerade ins Gesicht geschaut, sein Mund ist aufgegangen, und da ist was rausgetröpfelt, was ich für Blut gehalten hab. Aber es war Tabaksaft. Er lag tot auf dem Pfosten dort und hat mich angeschaut. Ich war das letzte, was er gesehen hat.«

Nach Diamonds gewaltsamem Tod spielten Bootie und ich das beste Spiel, das wir je erfunden haben. Wir spielten es zwei Jahre lang, von Bootie stammte der Einfall mit der Molasse.

Es war weniger ein Spiel als ein Stück, und mehr als ein Stück war es die Aufführung eines Ereignisses, das uns mit tiefer Befriedigung erfüllte. Wir holten in einer Tasse etwas Molasse und gingen in den Stall, wo wir unsere Sachen hergerichtet hatten. Zwischen der Leiter zum Heuboden und einem Querbalken war eine zusammengestückelte Schnur gespannt. Wir stritten darum, wer Diamond zuerst spielen durfte.

Bootie setzte sich durch.

Ich sagte dann: »Ich bin Dad.«

Bootie sagte: »Ich bin Diamond.« Sie verzerrte das Gesicht, zupfte an ihrer Kordhose und stampfte auf dem Boden auf.

»Mensch, Diamond«, sagte ich immer, »in den Leitungen hängt ein Drachen.«

Wir blickten in den trockenen, zirpenden Dämmerschein. Ein Drachen hing dort, aufmerksam und erwartungsvoll wie ein verwundeter Vogel.

»Ich hol das verdammte Ding runter«, sagte Diamond und packte einen langen schmalen Stock. Er kletterte langsam hinauf, der Stock schlug gegen den Strommast, *tock, tock-tock*. Oben wandte Diamond sich dem Drachen zu.

»Paß auf«, sagte ich.

Der Stock bewegte sich auf den Drachen zu, berührte ihn.


# 5

Es fällt feiner Schneestaub. Wieder rauschen Besucherautos die Straße entlang, wirbeln helle Wolken auf.

»Müssen ne Party geben«, sagt die Tante.

»Hoffentlich ne Abschiedsparty«, sagt Reba.

Mrs. Beaubiens kleines hungriges Gesicht taucht jedesmal in ihrem Fenster auf, wenn ein Auto vorbeifährt.

Reba, die Tante und ich steigen in den Wagen und machen eine Spazierfahrt, achten darauf, daß wir stur geradeaus schauen. Auf Yogetskys Veranda stehen acht Kaffeedosen mit verwelkten Ringelblumen. Wir sehen die Moon-Azures auf der hochgelegenen Wiese stehen, wo der glatte, leicht abfallende Granit freiliegt. Wir sehen sie zwischen den Pappeln, die zu einem Hain angewachsen sind, seit ich ein Kind war. Diese Bäume werfen im Herbst ihr Laub alle am gleichen Tag ab.

»Da oben ist die Quelle. Dad ist mittags immer mit dem alten Diamond da raufgefahren«, sage ich. »Unter den Ahorn, der umgefallen ist.«

»Sie können doch nicht so ein Theater nur wegen einer Quelle machen«, sagt die Tante.

Wir sehen, wie sie sich bücken, eine Frau kniet mit einem Papierblock in der Hand da, zeichnet oder schreibt. Dr. Moon-Azure beugt sich in der Hüfte vor, eine Kamera aufs Auge gedrückt.

»Da oben liegt eine Leiche«, sagt die Tante. Ich kann den schwachen Zitronenduft der Lotion riechen, die dichte Wärme ihres Haars. Die Heizung im Wagen ist an.

»Eher ein totes Stachelschwein – vermutlich das erste, das sie je gesehen haben«, sagt Reba. Wir wenden, fahren nach Hause und sehen uns »Die Geheime Welt der Insekten« an. Unsere Löffel kratzen klirrend die Sahne und die Götterspeise am Boden der Preßglasschüsseln zusammen. Da oben gibt's bloß die Wiese, die Quelle und den Felsen. Ich war hundertmal dort.

Das Telefon klingelt.

»Was meinen Sie?« sagt Marie Beaubien.

»Ich meine, daß sie eine Leiche im Gebüsch gefunden haben, so ein kleines, armes Mädel, das mit jedem mitfährt, der ein rotes Auto hat«, sagt die Tante.

»Nein, dann hätten wir den kleinen dürren Mann gesehen, wie heißt er doch, aus Rose of Sharon, den Leichenbeschauer.«

»Winwell. Avery Winwell. Seine Mutter war eine Richardson.«

»Ja, richtig, Winwell. Ja, und die Polizei und alle. Was immer sie haben, eine Leiche ist es nicht.«

»Also, ich weiß nicht, was sie gefunden haben könnten.«

»Irgendwas.«

Am nächsten Tag besuche ich Yogetsky, um dem Staubsaugerkrach zu entkommen. Reba weiß, daß er mir auf die Nerven geht.

Yogetsky klopft die verwelkten Ringelblumen aus den Kaffeedosen. Auf dem Boden liegen braune Erdhaufen. Er sagt: »Haben Sie gesehen, Ihre Nachbarn haben eine Indianerschnitzerei entdeckt.« Ich glaube zuerst, er meint die Beaubiens.

»Was für eine Schnitzerei denn?« frage ich.

»Es steht in der Zeitung«, sagt er. Ich folge ihm in die Küche. Er wäscht sich die Hände in dem sauberen Spülbecken. Die Zeitung liegt gefaltet über einer Stuhllehne. Ich schaue zum Fenster hinaus und sehe unser Haus, die grauen Bretter mit den braunen Streifen aus Eisennägeln, sehe das Schild CLEWS HAUSGERÄTE.

Yogetsky blättert in der Zeitung, bis er die richtige Seite findet. Er äugt durch seine rutschende Brille, seine runden Fingerkuppen gleiten über den Text, und er liest laut vor. »Da steht: ›Komplexe Steinglyphen wie der hier abgebildete, jüngst entdeckte Donnergott sind unter den Waldstämmen im Osten selten.‹ Da steht: ›Von den Besitzern einer Farm in Ironworks County entdeckt.‹« Yogetsky beäugt mich. »Ich wußte nicht, daß es hier Indianer gab.«

Er zeigt mir das Bild in der Zeitung. Ich sehe das tief in den Stein gemeißelte Selbstporträt meines Vaters. In einer Steinhand hält er die drei Blitze. Um seine Taille trägt er den Gürtel des Leitungsverlegers. Das Haar fließt nach hinten, die Augen starren einen aus dem Stein heraus an.

»Dad, ich steh auf den Augen«, sagte Bootie.

Bei unserem Spiel berührte der Stock den Drachen und fiel unerklärlicherweise herunter. Diamond schwankte, verlor das Gleichgewicht. Im Sturz griff seine Hand nach dem Draht. Sein Rückgrat bog sich durch, seine Hand umklammerte lebendige Blitze. Seine Augen starrten in meine, sein Mund öffnete sich, und aus den Mundwinkeln quoll die dunkle Molasse, wie Blut, wie unkontrollierbarer Tabaksaft.

Ich lache, denn hat diese Figur, die vor einem halben Jahrhundert an den langen Sommermittagen langsam in den Felsen gehauen wurde, nicht etwas Komisches? Aber wie sollte Yogetsky das begreifen?

# Ein Mord auf dem Land

Zwei Zeugen Jehovas, die in ihrer zu warmen Kleidung schwitzten, fanden die Leichen kurz vor dem Wolkenbruch. Sie stiegen aus dem Auto. Der durch ein langes Leiden dünn und bleich gewordene Mann stellte sich eine Weile unter die mit einer Säge beschnittenen Bäume und betrachtete die Wolken, die dunkel wie Pflaumen heranzogen, dann den Wohnwagen auf der Lichtung. Der Mann, der auf dem Rücken seiner Anzugjacke einen Pfeil aus Schweiß hatte, zupfte an seiner Krawatte, folgte der Frau den Pfad hinauf. Die Frau hatte Erfahrung. Sie hatten ihm gesagt, er solle sich im Hintergrund halten, zusehen, wie man es machte.

Die Frau klopfte an die Tür, der Mann stand hinter ihr, drückte die von der Sonne erhitzte Bibel an sein Bein, atmete Luft, die so schwer war wie nasser Filz. Die Frau schirmte die Augen mit der flachen Hand ab, die Fingernägel rund geschnitten; sie blickte durch die Scheibe in der Tür und sah Rose mit dem Gesicht nach oben vor dem Ofen liegen, sah einen schmutzigen Büstenhalter in einer riesigen XXX-Größe und Roses Gesicht mit der Waschbärenmaske aus blutigem Brei. Warren lag ein Stück weiter weg, roter Fuß und rotes Schienbein waren zu sehen, der Rest von ihm vom Ofen verdeckt. Er war gegen das mit leeren Dosen, zusammengefalteten Papiertüten und Packschnurspindeln vollgestopfte Regal gefallen. Der Geruch von Brathuhn lag fett in der feuchten Luft. Die Frau blickte zum Herd und sah, daß der Knopf für das Backrohr auf 175° stand. Der Mann starrte Roses blasses Schamhaar an.

»Hallo?« rief die Frau. »Alles in Ordnung?«

»Die sind tot. Die sehen so tot aus wie Makrelen.«

Die Frau wirbelte herum, sprang an ihm vorbei die Stufen hinunter, wäre durch die Wucht des Satzes beinahe hingefallen, fing sich jedoch wieder, und der Mann zuckelte hinter ihr her, schlug sich auf der Suche nach den Autoschlüsseln auf den Oberschenkel, umklammerte noch immer die Bibel und ein paar schlecht gedruckte Seiten, auf denen die Zukunft der Welt und ihrer Bewohner beschrieben war. Aus den Gewitterwolken schossen haarfeine Blitze.

Das Auto schaukelte über die Straße, und bevor sie in die Haarnadelkurve fuhren, schlugen Regentropfen so groß wie Vogeleier auf die Windschutzscheibe, und die Bäume rauschten über ihnen, schleuderten Zweige und ganze Äste von sich. Der Mann fuhr durch den prasselnden Regen und den blauschimmernden Hagel, der sich wie eine Kieslawine anhörte, und die Stimme der betenden Frau duckte sich unter das Trommeln und Donnergrollen.

Auf der Hauptstraße wurde der Asphaltbelag von einer unterspülten Stelle unterbrochen. Auf der anderen Seite konnten sie Sweet's Country Store sehen. Die beschlagene Windschutzscheibe glühte wie ein Fernsehbildschirm, Hagel und Regengarben klatschten auf die Straße und prallten als schräge Spritzer wieder ab; auf der anderen Seite erloschen die zitternden Buchstaben, die das Wort Bier ergaben, als der Strom im Laden ausfiel. Plötzlich trat der Mann aufs Gaspedal, und das Auto schoß durch die unterspülte Stelle, schaffte es auf den Asphalt, dann starb der Motor ab.

»Wir müssen von der Hauptstraße runter.«

Er stieg aus und schob das Auto, auch die Frau schob, das Wasser auf der Straße reichte ihnen bis über die Schuhe, das Haar der Frau wand sich in Schlangenlöckchen, und ihren platschnassen Kleidern entströmte ein Geruch nach Farbe. Die wie heiße Kohlen glühenden Bilder dessen, was sie gesehen hatten, bekamen bereits Aschekrusten, kühlten zur Erinnerung ab. Sie rannten zu dem Laden, rund um sie herum spritzten Wasserfontänen auf.

Drinnen an der Theke stand Simone Sweet und füllte eine Gaslampe nach. Die Frau rief ihr aufgeregt zu:

»Rufen Sie die Polizei. Da oben liegen Tote. In einem Wohnwagen. Die Straße rauf.«

Sie hielt Distanz, redete von der Tür aus, von ihrem vollgesogenen Saum tropfte Wasser. Das Licht über ihr flackerte; das Bierschild leuchtete wieder.

Simone deutete auf etwas. Die Frau dachte, sie meine, sie sollten mit ihren nassen Kleidern hinausgehen, aber als sie sich umdrehte, sah sie den Münzfernsprecher und den Mann, der nach einem Geldstück kramte.

Der Laden lag in einem Flußtal zwischen rollenden Maisfeldern, die sich grün an jähen Felshängen brachen. Die Straße verlief den Fluß entlang bis zu den Fichtenwäldern im Norden, nach Quebec. Weil die Straße nach Kanada führte, herrschte hier die einsame Stimmung von langen Entfernungen und Nachtfahrten.

Ein Stau schmelzenden Eises hatte den Fluß im Frühjahr auf die Straße gedrückt. Das Wasser voll Ästen und abgestorbenem Laub drang in den Laden, schimmerte wie glänzendes Wachs und vernichtete Kartoffelsäcke, löste die Etiketten von den Dosen in den unteren Regalbrettern. Ein paar Tage lang parkten die Farmer am Rand der Flut und saßen in den Fahrerkabinen ihrer Pritschenwagen, rauchten und tranken Bier, beobachteten den schwappenden Strom. Jemand meinte, ein ertrunkenes Schwein habe vielleicht einen Durchlaß verstopft. Schließlich fuhr ein Oberschüler durchs Wasser, den Arm ins Fenster gestemmt, unter den Reifen spritzte das Wasser hervor wie Hahnenfedern. Einer nach dem anderen fuhren die Schaulustigen fort, zeichneten beim Wenden schlammige Bögen auf den Asphalt. Die nebligen Steilhänge vergruben die Köpfe im Regen; die triefenden Wälder waren so verschwommen wie ein körniges Zeitungsfoto.

Die Sweets wohnten in einem überbreiten Haus mit Markisen und einem Panoramafenster, abgegrenzt durch einen angedeuteten Zaun und zwei Enten aus Sperrholz. Ihre Küche ging in den Laden hinaus. Der Rasen neben dem Haus war braun vom vielen Mähen. Albro fuhr mit dem Mäher jeden Tag darüber, als wäre das Gerät ein Pferd, das häufigen Auslauf brauchte. In der Mitte des Rasens standen fünf Felsbrocken und eine hochkant aufgestellte Badewanne, die nachtblau gestrichen war. In der Wanne stand eine Muttergottes. Im Winter ruhte ihr verkrustetes Kinn auf Schnee, und die Felsbrocken wurden zu buckligen Büßern.

Simone mit Armen wie Holzdübel und gekräuseltem teefarbenen Haar arbeitete die ganze Zeit unter den brummenden Neonröhren im Laden, umgeben von Kartoffelchips, Süßigkeiten, Toilettenpapier, Gasflaschen, Abenteuervideos, der Lotteriemaschine. Sie buk die Schokoplätzchen selbst. Die Kaffeekanne neben der Registrierkasse verströmte einen Geruch wie die Hufe des Teufels. Unter der Theke hatte sie eine Metallkassette mit Vierteldollarrollen und eine Beißzange mit einer kaputten Backe.

»Wozu soll die gut sein?« sagte Albro.

»Würdest du dir gern damit eine hinter die Löffel hauen lassen?«

Albros stattliches Äußeres war über gut dreißig Jahre zu einem Büschel stahlfarbenen Haars, erstarrten Zügen, öligen Händen geworden, die ein Durcheinander aus Metallteilen sortierten. Auf einem Oberschenkel hatte er eine silbrige Narbe von der Größe eines Kronenkorkens, aus der Zeit seiner ersten Ehe, als er nach einer Eifersuchtsszene stockbetrunken in einen Stacheldrahtzaun gefallen war, weil seine Frau erfahren hatte, daß er sie mit anderen betrog. Dieses leichtsinnige, heißblütige Ich steckte noch immer in seinem steif werdenden Körper, wenn auch seit langem unbenutzt.

Er war Nachtfahrer. Hundertmal im Jahr öffnete er vorsichtig die Tür des Hinterzimmers, in dem er schlief – Büro nannten sie es: ein unter Rechnungen und Quittungen begrabener Schreibtisch, ein Feldbett, ein Durcheinander aus Decken –, während Simone beim Schein des Hoflichts im Doppelbett des Schlafzimmers schlief und ihre Schuhe schief auf dem Teppich vor der Kommode lagen wie tote Fische auf einer Sandbank.

Manchmal war er bis zum Morgengrauen draußen. Simone hörte dann das Rumpeln des vorfahrenden Abschleppwagens und stand auf, um Kaffee zu machen. Albro, nach Zigaretten stinkend, stützte den Ellbogen auf den Tisch und erzählte ihr, was er gesehen hatte, während er beim leisen Summen des Motors im zweiten Gang über mondüberflutete, unter den Rädern narbige und dunkle Straßen kroch.

»Ich hab zwei Rotluchse in einem Graben raufen oder bumsen sehen, einer, ich weiß nicht welcher, hatte Blut auf dem Pelz.«

Jammernde Lieder im Radio. Im verregneten Scheinwerferlicht glitzerten die Nebenstraßen wie Dachblech. Er stieß auf liegengebliebene Autos, die im Schnee feststeckten, oder auf am Steuer eingeschlafene Betrunkene. Wenn sie abgeschleppt werden wollten, berechnete er fünfunddreißig Dollar. Einmal fiel ihm ein Funkeln in den Erlenzweigen am Straßenrand auf, das sich als ein Ring herausstellte, ein Ring mit Brillantsplittern. Und vor vielen Jahren fand er das Auto mit den Nummernschildern aus Arizona in einer Schneepflugkehre. Die Schnauze zeigte Richtung Wald und die Fenster waren innen mit kondensiertem Atem überfroren, der Tote undeutlich sichtbar durch das perlfarbene Gewebe seiner einstigen Atemzüge. Zahnsplitter auf seiner Jacke wie rote Krümel.

»Kam die ganze Strecke bis hierher, um's zu machen«, sagte Albro.

Simone hörte ihm zu, breitete Zeitungen auf dem Betonboden aus, rutschte auf den Knien herum, um mit einem gerade gebogenen Kleiderbügel in dem Automaten zu stochern.

»Soll nagetiersicher sein, aber da steckt eine Maus drin. Muß von den vielen Süßigkeiten schon drei Pfund wiegen. Bleib du lieber von Autos weg, die abseits der Straße stehen. Wirst noch in was reingezogen. Du weißt nicht, wer drin sitzt. Kümmer dich lieber um die Mäuse und Ratten, die uns auffressen.«

»Könnte doch jemand sein, der abgeschleppt werden muß.«

»Wenn du mich fragst, dann mußt du abgeschleppt werden.«

Wie oft war er den Trussel Hill hinaufgefahren, wo die Straße einen Knick machte wie ein zusammengeklappter Strohhalm, ehe sie ins Nichts führte, zehn, zwölf Kilometer durch den Wald, dann bergauf bis in Warren Trussels Hof mit dem kreideweißen, durchhängenden Wohnwagen auf den Steinblöcken, einer aus dritter Hand vom letzten Winkel des Abstellplatzes, einer mit einem Raumstrahler zwischen Schlafzimmer und Tür. Die Wohnmobilverkäufer lachten in ihren Sperrholzbüros und nannten sie Bratöfen. Durch die Bäume ähnelte Warrens Bratofen einem sinkenden Schiff. Manchmal, wenn Albro vorfuhr, hing ein mehliges Gesicht in der Tür, ein Taschenlampenstrahl stolperte über die Holzstapel. Albro ließ sich mit dem Wenden Zeit.

Der Wohnwagen dümpelte in einem Meer aus schrottreifen Autoteilen, vergammelten Heuballen, Kabelspulen, kaputten Schaufeln und Traktorsitzen, Holztransportketten, der vorderen Hälfte eines Busses ohne Fenster und Motor, dem wie eine Brieftasche plattgedrückten Wrack eines Auslaufmodells. Schiefe Sperrholzstufen, eine Aluminiumtür, dekoriert mit einem Schnörkelbuchstaben aus geprägtem Metall, der mit 5,6-mm-Schüssen krumm geschossen war.

»Das war wohl Warren«, erzählte er Simone. »Hat es satt gehabt, jedesmal beim Türaufmachen dieses *A* zu sehen. *A* wie Allerwertester. *A* wie Amok. Er hat die verpfuschten Stufen gemacht. Der einzige Wohnwagen auf der Welt ohne Hund. *A* für Arschloch.«

»Kann mir nicht vorstellen, wie jemand so leben kann.« Simone wischte den Tisch ab, blickte in Albros Kaffeetasse, ob er ausgetrunken hatte.

Sie kannte Warren. Wenn sie Freitag morgens den Laden öffnete, war er da, so groß wie ein Hühnerhofpfosten, trug einen braunen Overall aus Segeltuch, der von seinen Beinen abstand wie Teerpapperollen, nickte, die speckige Mütze über dem dicken Pfannkuchengesicht. Kam runter wegen der Überraschungsbüchsen und seines Lotterieloses. Entzündete Augen. Er wühlte sich durch die Kisten mit Dosen ohne Etikett, die Mikrowellenpackungen zum halben Preis.

»Woher willst du wissen, wie lang du sie in der Mikrowelle erhitzen mußt, Warren«, sagte Simone mit ihrer hohen Ladenbesitzerstimme. »Unmöglich, zu sagen, wie lang man sie kochen muß, wenn das Etikett runter ist.«

»Ich rat einfach. Du kannst nie sagen, was du kriegst, bist du's kriegst. Bohnen, Suppe. Chinesisches Scheißzeug. Dosen sind besser. Weißt du, was die besten sind? Ein paar von dem Hundefutter. Das ist Känguruh. Gutes Fleisch. Zu gut für die dämlichen Hunde.« Schwerer Mund mit einem Fries aus Frostbeulen, Stoppeln auf dem Kinn und den Hals hinunter bis in eine Fistel eingewachsener Haare.

Im Winter fällte er Holz, wenn einer kam, der noch jemanden in seiner Mannschaft brauchte, im Sommer stapelte er Bretter in der Sägemühle, las mit Archie Noury am Straßenrand Flaschen auf. Manchmal hatte er oben am Wald ein paar Wochen lang ein Pferd, hütete es für jemanden.

»Pferde?« Ein Farmer sah Simone an, die dicke gelbe Hand auf dem Tresen knapp neben der Eiskrem, den drei schwarz werdenden Bananen und einer Packung Kaffeeweißer. »Ich will Ihnen was über Warren und Pferde sagen. Sie kennen doch den alten Dodge, mit dem er rumfährt, die Karre hängt so tief, daß sie mit den Titten über den Boden schleift. Sie können die Tür mit der Faust einschlagen. Da fällt den Leuten nichts Besseres ein, als ihm die zwei Ponys ihrer Kinder anzuvertrauen, während sie wegfahren. Er kommt sie abholen. Er hat so ein Gestänge oben drauf, eine Stange hinten, um die Ponys zu trennen. Lädt sie ein und fährt los. Auf der Bundesstraße mit höchstens achtzig. Papierlaster sind unterwegs nach Quebec, Sattelschlepper überholen ihn, mit hundert, hundertzehn Sachen. Fahren in fünfzig Zentimeter Entfernung an den Ponys vorbei. Warren kommt zur Brücke, da sind sie über dem Wasser. Die Ponys sehen das Geländer. Zwei Sattelschlepper überholen Warren. Er behauptet, einer von ihnen hat auf die Hupe gedrückt. Die Ponys drehen durch, bäumen sich auf, und eines tritt gegen die Ladeklappe. Die Ladeklappe springt auf, und die Ponys fallen auf die Straße. Bei achtzig Sachen. Schlagen auf den Beton, und die Laster rasen auf sie zu. Das war vor drei Jahren. Soviel zu Warren und *Pferden*.«

»O mein Gott«, sagte Simone, die die Geschichte schon oft gehört hatte. »Waren sie verletzt?«

»Verletzt? Und ob die verletzt waren. Hin. Sie waren hin. Eingeweide und Blut auf der ganzen Straße. Der Verkehr hat sich gestaut. Die Polizei hat sie erschießen müssen, um sie von ihrem Elend zu erlösen.«

»Ich glaub, da ißt einer Bananensplit zum Nach-

tisch«, sagte sie. Wußte auch etwas über ihn: daß
er gesehen worden war, wie er in einer anderen Stadt
aus der Herrentoilette eines Restaurants gekommen
war, nackt bis zur Taille und knallrot angelaufen
von der Gürtellinie bis zum Schädel. Das Hemd unter dem Arm zusammengerollt. Wer konnte schon
sagen, was da losgewesen war?

Am Vatertag besuchte Albro seine Söhne aus erster
Ehe, Arsenio und Oland, achtundzwanzig und
sechsundzwanzig Jahre alt, noch immer wohnhaft
im Ausbildungsheim Homer B. Bake. Sie würden nie
zu etwas ausgebildet werden, außer zum Laubre-
chen und Fegen der langen blitzblanken Korridore,
während ihre haarigen Arme die Jahre niedersi-
chelten.

Arsenio erkannte ihn nie, aber Oland sagte:
»Dad, Dad, Dad«, wie eine Taube am Morgen, und
schlug dazu kontrapunktisch die fügsamen Hände
zusammen. Wenn es nicht regnete, stellten sie sich
auf den Rasen. Holzbänke standen einander gegenüber wie Ringer. Arsenios wachsige Finger umklammerten den Besen. Albro stellte sich allein hin,
etwas abseits.

»Tja, hier ist wieder euer Dad, um euch hallo zu
sagen und zu schauen, wie ihr zurechtkommt«, sagte er. Arsenio verzog das Gesicht wie jemand, der
einem Lautsprechertest zuhört. Er fing an, den Geh-
steig zu fegen, und Oland fegte mit – ohne Besen.
Albro ging neben ihnen im Gras, teilte ihnen stur
die Neuigkeiten des Jahres mit.

»Im Laden wurde eingebrochen, und erst haben

wir gedacht, daß nichts fehlt. Aber etwa einen Tag später merkt Simone, die Schnürsenkel sind aus. Jemand hat die Schnürsenkel geklaut. Stellt euch das mal vor. Und dann gab's die Überschwemmung. Knöcheltief Wasser im Laden. Elgood Peckox, du kennst ihn noch, Oland, er hat dir Äpfel geschenkt, wie du klein warst, ist gestorben. Zweiundsiebzig Jahre alt. Darmkrebs.«

»Äffel«, nuschelte Oland.

Am Ende einer halben Stunde gab Albro den beiden Männern, die seine Söhne waren, je eine Kiloschachtel Schokolade, die in rote Plastikschutzfolie gewickelt war. Von der Leidenschaft zum Fegen gepackt, ließ Arsenio seine Schachtel fallen, Oland aber riß die karmesinrote Hülle weg und stopfte sich die dunklen Süßigkeiten in den Mund. Er schloß die Augen, und über sein Gesicht huschte zuckend eine Art gebrochener Schönheit, ähnlich wie ein von Fliegen belästigtes Pferdefell zuckt. Obwohl Albro die hoffnungslose Zuneigung zurückzudrängen versuchte, flatterte sie in ihm wie ein Tick.

Bevor Rose sich bei Warren Trussel einquartierte, zog er mit Archie Noury herum. Simone sah sie oft in Warrens altem Pritschenwagen vorbeifahren, um am Straßenrand Flaschen einzusammeln und gegen das Pfand zurückzugeben.

»Kann kein großes Geschäft sein«, sagte Simone. »Was werden sie kriegen – so zwölf, vierzehn Dollar für Bierdosen, wenn sie Glück haben, und das für nen ganzen Tag. Geben mehr für Sprit aus, weil sie soviel verbrauchen; dafür geht das meiste Geld drauf. Sie kriegen zwei Sechser-Packs, kriegen ne Packung von den billigen Zigaretten, und damit hat sich's. Sechs Bier und zehn Zigaretten für einen Tag Arbeit. Da fällt mir ein, du solltest dich um die Schlaglöcher auf dem Parkplatz kümmern, statt mit dem Mäher rumzutun.«

»Versteh nicht, wie jemand so leben kann«, murmelte Albro.

Einer von den Nourys war Konditormeister, der andere Direktor einer Grundschule in Massachusetts, aber die übrigen waren Rabauken, Messerstecher, übergeschnappte Holzlastwagenfahrer, bekannt dafür, daß sie zu schnell durch die Kurven fuhren, die Ladung zum Kippen brachten und heil und unversehrt absprangen.

»Die Kleinstädte im Osten, die sind Rattennester voller Nourys«, sagte ein Farmer. »Wenn man sich die Grabsteine auf beiden Seiten der Grenze anschaut, findet man jede Menge Nourys. Die meisten von ihnen haben ein übles Ende genommen.«

Archie Noury hatte gelbes Haar, blutunterlaufene Augen und eine Narbe auf dem Nasenrücken, die ihn veranlaßte zu sagen: »Was starren Sie mich so an?« Trotz der Narbe sah er auf schmierige Weise gut aus, und er hatte ein übles Temperament. Wenn er in Fenster und Spiegel schaute, dann nicht aus Eitelkeit, sondern um zu sehen, wem er ähnelte; seine Abstammung war nämlich ungewiß. Um seinen Hals hing an einer angelaufenen Kette ein Medaillon, das in seinen Brusthaaren baumelte. Keiner wußte, was für Bilder darin waren. Vielleicht Rose, vielleicht wußte sie es.

In der schwülen sommerlichen Dunkelheit hatte Albro das Fenster heruntergekurbelt, um sich abzukühlen, und steuerte zum Wenden in Warrens Hof, um die Heimfahrt anzutreten. Der Weg war von einem geparkten Wagen versperrt. Er musterte ihn im von Motten durchschossenen Licht der Scheinwerfer; eine alte Karre mit einem lackierten Holzschild im Rückfenster, CHEVY stand darauf, die Buchstaben aus Eisstielen geformt; ein Aufsatz aus ungeschälten Ahornpfählen; und zwei Aufkleber – ER auf der Fahrerseite, auf der Beifahrerseite SIE. Dann trat jemand neben ihn, drückte ihm die Mündung einer 12-Kaliber-Doppelflinte in den weichen Hals. Er roch Vanille, ließ die Augen wandern und sah eine hünenhafte Frau, der die Haare um den Kopf wallten wie zerknitterte Seide.

»Sie sind also der Saukerl, der auf der Einfahrt wendet. Warren will das nicht. Also verdrücken Sie sich lieber. Das hier ist Privatgrund.« Von der Wohnungstür kroch ein Taschenlampenstrahl in ihre Richtung, glitt über sie, beleuchtete ihr gelb loderndes Haar und Albros überraschte Hände, die das Lenkrad umklammerten. Erst brachte er kein Wort heraus, fand die Sprache aber wieder, als sie das Gewehr sinken ließ.

»Verflixt, ich hab nicht gewußt, daß hier oben jemand wohnt, hab gedacht, der Wohnwagen steht leer. Hätte bloß was sagen brauchen. Ist das Ende der Gemeindestraße, kein Platz zum Wenden.«

»Jetzt schon. Er hat da drüben gerodet.« Sie deutete mit dem Kinn auf die andere Straßenseite.

Albro stieß in eine Bucht voll Baumstümpfe und

258

Steine zurück, die seinen Reifen zusetzten, wendete, fuhr an dem Wohnwagen vorbei. Sie stand auf
der obersten Stufe, Warren hielt ihr mit einem Fuß
die Aluminiumtür auf, die Taschenlampe zuckte.
Die Aufkleber auf dem Chevrolet leuchteten auf,
und er sah, daß sie versucht hatte, das Er abzu-
kratzen.

Zwei, drei Kilometer bergab bog er auf eine Holzfällerstraße ein, fuhr zwischen die Eschenzweige,
hielt an, stellte den Motor ab und zündete sich eine
Zigarette an. Seine Hände zitterten. Er sah dauernd
den lila Mund wie geschmolzene Wachskreide vor
sich, das gelbe Haar; er spürte noch immer die harte Flintenschnauze.

Im Morgengrauen trank er in der Küche Kaffee,
und Simone rührte Schokoladenkekse für den Laden. Das Fenster umrahmte einen Himmel wie
Milch. Sie schüttete etwas aus einer Flasche hinein,
aus der Schüssel stieg ein Duft auf.

»Was ist das?«

»Vanille, die tu ich immer rein.« Sie sah ihn an.
»Wann willst du was wegen Robichauds Gartenfräse unternehmen? Steht seit Wochen hier rum, und
sie waren schon zweimal da, um zu fragen, ob sie
fertig ist.«

Am Freitagmorgen mähte Albro bei feuchter Hitze
den Rasen, fing an einer zentralen Stelle an, die nur
er kannte, und arbeitete sich in einer Spirale nach
außen. Wie geschmolzenes Blei lag der Fluß zwischen den Ufern; die Maisfelder waren so flach wie
Tapeten. Ein Farmlastwagen kroch laut polternd

vorbei. Um elf herum fuhr der Chevrolet mit dem Gestängeaufsatz vor.

Warren Trussel sprang auf der Beifahrerseite heraus und ging in den Laden. Die dicke Frau folgte ihm, das Haar wie eine Hitzekaskade über ihrem magentaroten Kleid, einer riesigen Glocke aus Stoff. Zwei Rasenstreifen, und während der Mäher unter seinem Hintern vibrierte, sah Albro sie herauskommen, Warren trug eine Kiste Überraschungsdosen. Die Frau sagte etwas, und er ging wieder hinein. Sie trat auf Albros Rasen, wartete am Rand auf ihn.

Er hielt den Mäher an, ließ ihn aber laufen. Die Vibrationen der Maschine setzten sich in seinem Körper fort. Sie ging zu ihm. Der Vanillegeruch vermischte sich mit den Abgasen. Er starrte den Rasen an, als gälte sein Interesse dem Gras. Warren kam wieder aus dem Laden, stieg in den Lastwagen, beugte sich vor und trank aus einer Dose.

»Hab nicht gewußt, daß Sie der Mann von der Ladenbesitzerin sind; hab Sie für nen Unruhestifer gehalten. Warren sagt, es ist in Ordnung, wenn Sie im Hof wenden. Sagt, es ist okay, tun Sie, was Sie wollen.«

Aus dem Augenwinkel sah er Warren die Dose leeren und sich zu ihnen umdrehen, den Kopf vom Beifahrerfenster umrahmt. Albro räusperte sich. Rasch fuhr die heiße, unberingte Hand der Frau zwischen seine Lenden, drückte zu. Sie kehrte zum Wagen zurück, ihre Haarmähne blitzte in der Sonne wie Signale. Er legte den Gang des Mähers ein und führte seine Arbeit zu Ende, ehe er in den Laden ging. Simone wischte den Kühlschrank aus.

»Wie gefällt dir das?«

»Was?« sagte Albro.

»Was Warren dabei hatte. Ich hab sie da drüben mit dir reden sehen. Du weißt, wer sie ist, oder?«

»Nein. Sie wollte wissen, wie spät es ist.« Er hielt den linken Arm mit der Uhr aus rostfreiem Stahl hoch.

»Sie ist die Frau von Archie Noury. Rose Noury. Hat Archie sitzenlassen, ist bei Warren eingezogen. Wer weiß, für wie lang. Das nenn ich vom Regen in die Traufe kommen. Deswegen wird's noch Ärger geben. Archie Noury wird Ärger machen. Ich erinnere mich an Rose noch aus der Schule, ein dickes, fettes Ding schon damals, ein dicker Fettkloß. Wenn es nur regnen und abkühlen würde.«

»Früher oder später«, sagte er. Er angelte in seiner Tasche, holte einen Dollar und einen Vierteldollar heraus und legte sie auf den Tresen. Er nahm einen Schokoladenkeks. Wegen des Vanillegeruchs. Es reichte nicht. Später stibitzte er eine kleine Flasche aus dem Regal und schob sie in seine Tasche.

Kilometerweit entfernt spitzte Archie Noury die Speiche eines Regenschirms, wetzte die Spitzen seiner Jagdpfeile, legte seine Hirschflinte an die Schulter, tat, als ob er schießen würde, zielte mit einem Messer auf einen Pfahl, boxte gegen sein Spiegelbild, wirbelte herum, um auf die überraschte Luft einzuschlagen.

»Keiner nimmt Archie Noury auf den Arm!« schrie er. »Paßt dir das?« brüllte er den Pfosten voller Kerben an.

Es vergingen heiße, windstille Tage. In der Nacht donnerte es zwar, regnete aber nicht. Albro spielte im Garten herum, mähte den Rasen bis auf Stoppeln ab. Er blieb zu Hause, sah sich mit Simone die Spätsendungen an, schlief im Hinterzimmer oder gar nicht.

Am Mittwoch erschauderte die weiße Luft vor Hitze, und die diesigen Maisfelder wogten. Simone hatte den Ventilator laufen, der Strom heißer Luft blätterte durch die Immobilienverzeichnisse auf dem Tresen. Albro rannte zwischen Laden und Werkstatt hin und her. Er war durcheinander, eine Schlange, die sich in den Schwanz biß. Er konnte an nichts anderes denken als an die heiße, unberingte Hand, den fetten Hintern unter dem Kleid. Er ertrug kaum das Warten bis zur Nacht, wenn es vielleicht abkühlen würde.

Nach den Spätnachrichten ging Simone zu Bett, wo sie lag und auf das Kreischen der Wagen auf der Straße horchte, auf das Geräusch in eine Badewanne einlaufenden Wassers. Sie war wach, als er aus dem Hof fuhr.

Er wendete in der von Baumstümpfen übersäten Rodung, fuhr an dem Wohnwagen vorbei, und da stand Rose, an einen Bretterstapel gelehnt. Seine nassen Hände verrutschten auf dem Lenkrad. Sein Kinn war glatt, sein Haar noch feucht; er trug saubere Unterwäsche, die pastellgelben Boxershorts, die ihm Simone bei Ames gekauft hatte, drei in einer Packung. Rose ging durch die Dunkelheit zu ihm.

»He, so ne Hitze, was? Warum hast du so lang

gebraucht? Ich hab gedacht, ich krieg dich früher zu sehen.« Sie setzte sich auf den Sitz neben ihm, die Innenbeleuchtung erhellte kurz ihr Gesicht, ihr riesiger Arm war in schimmerndes Haar gehüllt.

»Wo willst du hinfahren?« Er horchte auf das Klopfen des Motors.

»Nirgendwohin. Fahr einfach hinter meinen Chevy.«

»Hier?« Er war entsetzt. »Und Warren?«

»Warren! Der hat nichts damit zu tun. Park einfach hier, ist schon in Ordnung.«

Aber er wollte zu der alten Holzfällerstraße fahren, hinter die jungen Eschen. Nein danke, sagte er, er wolle nicht in Warrens Hof parken. Zwischen Müll und Dreck.

»Ach, komm«, schmeichelte sie. »Es dauert doch bloß ne Minute.«

Er hatte es auch nicht auf nur eine Minute abgesehen. Er sagte nichts.

»Also, dann geh ich wieder rein«, sagte sie. Das Ereignis, das er sich tagelang als lüsternes, heimliches Stündchen im Gebüsch vorgestellt hatte, verfaulte in ihrem lila Mund. Alles war vermurkst.

»Na gut.« Er setzte den Wagen hinter den Chevy. ER. SIE. Er schaltete den Motor und die Lichter aus, trat das Notbremspedal durch. Sie war an ihm dran, flink für eine so dicke Frau. Und es dauerte nur eine Minute, endete mit einem Lichtblitz, seine weit geöffneten Augen sahen ein Aufblitzen, das einen Haufen Holzscheite und ein paar Hühnerknochen und Eierschalen beleuchtete, die aus einer aufgeplatzten Mülltüte herausglänzten.

»Was war das?« Sein tauber Mund verstümmelte die Wörter.

Sie lachte. »Ach, wahrscheinlich bloß Warren, der mit der Taschenlampe rumleuchtet. Hitzeblitz.« Schon war sie aus dem Wagen gestiegen. »Vielleicht ein Auto, das den Hügel raufkommt. Vielleicht jemand, der im Hof wenden will.«

»Vielleicht Archie Noury«, sagte er hinterhältig. Sieben Minuten, nachdem er vorgefahren war, fuhr er wieder weg. Es tat ihm leid, das heiße Wasser für das Bad vergeudet zu haben.

Als er am Fuß des Hügels anlangte, war er sich sicher, daß es Warren Trussel gewesen war, der mit einer Blitzlichtkamera, die er irgendwo gestohlen hatte, auf einem der Holzstapel gehockt hatte. Bei dem Gedanken an Warren wurde ihm übel. Dreckiger Müll. Warren und Rose. Er würgte.

Am nächsten Morgen fing Archie Noury zu trinken an. Er begann mit einem letzten Schluck Old Duke aus einer fast leeren Flasche im stickigen Scheißhaus, wechselte um halb acht zu warmem Bier über, fand einen Zehntelliter billigen Tequila im Handschuhfach, fuhr am Mittag zum Einkaufszentrum, löste seine Pfandflaschen ein und kaufte einen Dreiviertelliter Popov. Das Thermometer an der Bank stand auf 34°. Er fuhr mit der Flasche zwischen den Beinen, der Flaschenhals ragte hervor wie ein Steifer aus Glas. Er musterte sich im Rückspiegel. »Tam«, sagte er, »Tam, tam. Danke Ma'am.«

Albro konnte den Rasenmäher nicht starten. Er konnte die schwüle Luft kaum atmen. Gegen ein Uhr ging er in den Laden. »Ich muß ein Ersatzteil für den Mäher besorgen«, sagte er.

»Wenn die Hitze nicht bald nachläßt«, sagte Simone. Sie betrachtete die schimmernde Straße, die verzerrten Formen vorbeifahrender Wagen. Sie setzte an, noch etwas zu sagen, aber Albro war bereits draußen, seine Hand langte nach dem Türgriff.

Am späten Nachmittag kam er unter knolligen, blauen Gewitterwolken zurück, in denen Blitze pulsierten. Sein Gesicht war grau und schweißüberströmt; er wischte sich über den Mund, als hätte er gebratenes Fleisch gegessen.

»Was ist los«, sagte Simone, »hat dich die Hitze erwischt?«

»Nichts.«

»Sieht aus, als würden wir was abkriegen.«

Er ging in die Werkstatt hinaus, um sich den Mäher vorzunehmen.

Der Zeuge Jehovas konnte die Nummer der Polizei nicht wählen, so stark zitterten seine Hände. Er hatte geglaubt, alles unter Kontrolle zu haben, aber dann hatte dieses Zittern angefangen. Die Frau nahm ihm den Vierteldollar aus der Hand, wählte, übernahm das Reden. Nachdem sie eingehängt hatte, kaufte sie bei Simone eine Flasche Limonade.

»Die Polizei ist unterwegs«, sagte die Frau und erzählte, was sie gesehen hatte, die fette nackte Leiche, den blutigen Fuß; das inzwischen verbrannte Brathuhn; die Hitze, die unterspülte Straße.

»Wir sollten beten«, sagte sie und sah den Mann an, der abseits dastand, in den Regen starrte. Sie senkte das Kinn und faltete die Hände. »Ich glaube an die Liebe Jehovas und seine Macht – na los, beten Sie mit mir.«

»Ich glaube an die Liebe ...«, sagte der Mann.

Simone sagte, sie müsse kurz in die Werkstatt hinüberlaufen. Sie hielt sich eine zusammengelegte Papiertüte übers Haar, duckte sich unter dem Regenguß.

Albro lehnte hinten in der Werkstatt an der Werkbank, zog mit den öligen Fingern seiner rechten Hand an den Fingern seiner Linken. Die Bank war mit Werkzeug und leeren braunen Vanilleflaschen übersät.

»Also«, sagte Simone, »da sind zwei Bibeldeppen, kommen gerade von Warren Trussel. Behaupten, sie liegen beide tot auf dem Boden. Haben die Polizei gerufen.«

Sie blinzelte und blickte durch das Fenster hinter ihm hinaus auf die blaue Badewanne und die Muttergottes im strömenden Regen. »Da kommt ganz schön was runter.« Das Baumwollkleid hing feucht an ihren dürren Knochen.

»Hm«, sagte er.

Sie seufzte, ging zur Tür und öffnete sie.

»Das ist der Polizeiwagen. Die haben sich aber beeilt.« Sie hielt sich die feuchte Tüte über den Kopf, bereit, loszulaufen. »Jetzt will ich dir was sagen. Du hältst den Mund. Hörst du mich, du hältst einfach dem Mund«, sagte sie.

Soviel wußte er ohnehin.

NEGATIVE

Jahr für Jahr zogen reiche Leute in die Berge und bauten sich an hochgelegenen Stellen Glashäuser; wenn bei Sonnenuntergang die Täler in ledrigen Schatten lagen, blitzten die heliodorfarbenen Villen, als würde eine Armada das Signal zum Angriff geben. Der jüngste dieser Horste gehörte Buck B., einem zwangspensionierten Fernsehstar, der auf Landschaft stand. Im Herbst traf eine Mannschaft von Zimmerleuten ein und arbeitete bis zum Frühjahr. Über die unbefestigten Straßen krochen Lastwagen, die riesige getönte Glasscheiben geladen hatten. Der Besitzer tauchte erst im Juni auf, als sein staubiger Mercedes, mit einem Fahrrad auf dem Dach, vor dem Dorfladen vorfuhr: Herein kam Buck B. mit einer Landkarte unter dem Arm und fragte nach dem Weg zu seinem eigenen Haus.

Ein paar Wochen später spuckte das erste gelbe Taxi, das man in der Gegend jemals gesehen hatte, am gleichen Ort Walter Welter aus. Walter, der in

den zehn Jahren, seitdem er von Coma, Texas, aufgebrochen war, einen langen Weg zurückgelegt hatte, rief Buck B. vom Münzfernsprecher aus an,
sagte, er sei im Laden und Buck B. möge vorbeikommen und ihn abholen. Der Taxifahrer kaufte
sich eine Dose Ananassaft und ein schlichtes Käsesandwich, wartete in seinem Wagen.

»Denen geb ich ein Jahr«, sagte der Ladenbe-
sitzer, der zwischen Werbeplakaten hinausschaute
und zusah, wie Walter Stative, Mappen, Kame-
ras und sechs Koffer vom Taxi in den Mercedes um-
lud.

»Ich kann Ihnen sagen, was *ich* denen geben
würde«, sagte der hartgesottene Kunde. »Was *ich*
machen würde.«

Aber noch vor dem ersten Schnee war alles vorbei, und niemand hatte etwas dazutun müssen.


»Warum läßt du diese Schlampe herkommen?«
fragte Buck, die stumpfen Augen auf Walter gerichtet, der neben der Badewanne im Erdgeschoß
kniete. Buck streckte die tonverkrusteten Hände
steif von seiner schwarzen Schürze weg. Walters
Hände steckten in gelben Gummihandschuhen und
scheuerten den von Albina Muth stammenden
Schmutzrand weg. Bucks Gesicht bestand nur aus
Mund und langen Zähnen wie das von Fernandel
in alten französischen Filmkomödien; sein Haar
wellte sich wie silbernes Wasser.

»Du glaubst, du kannst ein paar Fotos rausholen,
stimmt's? Daß sie eine Art Sujet ist. Die mit Füßen
Getretene vom Land. Und dann liegen stapelweise

Fotos rum. Und außer dir weiß keiner, was drauf ist. Der Rand eines Ohrs. Ein dreckiger Fuß. Bring sie lieber nicht nach oben.« Er wartete, aber Walter erwiderte nichts. Zehn, elf Sekunden später stieß Buck die Badezimmertür mit dem Fuß zu und stakste zu seinem Ton zurück, die Hände von sich gestreckt wie zum Herausschneiden von Eingeweiden bestimmte zeremonielle Messer.

Sämtliche zehn Finger würden nicht ausreichen, um die Abendessen zu zählen, die Walter Welter mit seinen Geschichten von Albina Muth ruiniert hatte. Freunde, die zu einem Wochenende in den Bergen aus der Stadt kamen, mußten sich greuliche Berichte anhören: Sie habe ihren schrecklichen Mann wegen eines verrücken Überlebenskämpfers verlassen, der Messer unter Blechbüchsen im Wald versteckte, sie habe mit einem angegrauten Vertreter für Vorhangstangen zusammengelebt, der durch die ländliche Abgeschiedenheit zu einem solchen Satyr geworden sei, daß Albina zweimal mit Karacho in die Notaufnahme gebracht werden mußte; sie stehe unter Anklage wegen Sozialhilfebetrugs; ihre Kinder hätten Läuse; sie habe einen Schwanzstummel am Rücken.

Sie sahen sie, wie sie im Supermarkt des Einkaufszentrums anstand, mit Kindern, die wie Fliegen um den Einkaufswagen schwirrten, oder wie sie Tüten mit Bier und Kartoffelchips zu einem Pritschenwagen auf dem Parkplatz trug. Ihre Kinder, schwerlidrig und mit Reptilienmündern, saßen auf der mit Rinde übersäten Ladefläche und ließen leere Limodosen hin und her kullern. Albina, der die

Haare am Kopf klebten, schwang sich auf den Beifahrersitz, rauchte Zigaretten, wartete auf jemanden, der später kommen würde.

Eines Tages fuhr Walter auf der schlammigen Straße an ihr vorbei; sie hatte die stolpernden nörgelnden Kinder im Schlepptau. Er hielt an und fragte, ob er sie ein Stück mitnehmen könne.

»Da können Se Gift drauf nehmen.« Eine rauchige, rauhe Stimme. Sie stopfte die Kinder mit den verhauenen, verdreckten Gesichtern auf den Rücksitz und setzte sich neben ihn. Sie war dünn, ungefähr so groß wie eine Zwölfjährige. Ihr struppiges Haar sah aus, als würde sie es mit einem Klappmesser schneiden, ihr blasses Gesicht ähnelte einem zusammengepreßten Stück Weißbrot. Nicht die Farbe ihrer Augen fiel ihm auf, sondern die wie grün und blau geschlagen wirkende Haut um sie herum.

»Wissen Se, wo die Bullgut Road is? Die erste danach, das ist meine. Dort können Se uns rauslassen.« Der Ton war vorlaut. Sie biß Nägel, spuckte Splitter von ihrer Zungenspitze.

Die Straße war von Schlepperspuren zerfurcht. Sie zerrte die halb schlafenden Kinder heraus wie Säcke – »Macht schon, macht schon« – und ging durch den Schlamm los, einen Balg auf die Hüfte geklemmt, während die beiden anderen in ihrem eigenen Trott heulend hinterherliefen. Er winkte, aber sie drehte sich nicht um.

Beim Abendessen ahmte er nach, wie sie sich mit dem Handrücken die Nase abgewischt hatte. Das matte Haar voll Tonstaub, hörte Buck B. zu, aß eine

Schüssel mit Joghurt und Nüssen, starrte durch die Glaswand auf die Berge. Er sagte: »Gott, wie schön das ist. Warum machst du keine Gebirgsstudien? Warum machst du keine Fotos von etwas Ansehnlichem?« Dann sagte er, er fürchte, Albina Muth' Kinder hätten den Rücksitz des Mercedes mit Läusenissen übersät. Sie waren dabei, einen Streit vom Zaun zu brechen, als das Telefon klingelte und Walter das letzte Wort hatte: »Ich bin nicht da, falls das eine von deinen blöden Freundinnen ist, die ein Baumfoto will.« Er meinte Barb Cigar, die einmal angerufen hatte, um mitzuteilen, ihre Bäume seien mit dem herrlichsten Laub bedeckt, und zu fragen, ob Walter nicht mit seiner Kamera vorbeikommen wolle. Nein, das wollte er nicht. Barb Cigar mit den Hautlappen am Mund wie Hundelefzen war diejenige gewesen, die Buck B. einen alten Säbel geschenkt hatte, der angeblich Casimir Pulaski in der Schlacht um Savannah aus der Hand gefallen war (ein Abschiedsgeschenk ihres Exschwiegervaters aus seiner Hiebwaffensammlung); sie war diejenige gewesen, die einen jungen Mann in einem Pandabärkostüm losgeschickt hatte, damit er unter Buck B.s Fenster »Happy Birthday« sang; sie war es, die ihr Rottweilerjunges Mr. B. taufte.

Walter Welters Fotografien hatten etwas Gedrosseltes, Karges, sie waren verwackelt, der Hintergrund schief, im Vordergrund lauerten unkenntliche Gegenstände, die Köpfe der Leute waren geviertelt und halbiert. Das seiner Meinung nach beste Bild zeigte ein kleines schachtelförmiges Haus mit einer Weinlaube und einer Schaukel auf der Veranda. Das

Gras hätte gemäht werden müssen. Gäste, die die Fotos durchgingen, kamen immer wieder auf diese trübe Szene zurück, bis das Bild des Hauses seine heimliche Feindseligkeit offenbarte, die Laube hart und anstößig wurde, das schwere Gras sich vor Wut beugte. Die Kraft des Fotos trat zutage, als sei das Auge des Betrachters die Entwicklerlösung. Das würde viel schneller gehen, meinte Buck, wenn Walter die Bildunterschrift dazu schreiben würde: *Das Haus, in dem Ernest und Lora Cool von ihrem Sohn Buxton Cool erschlagen wurden.*

»Wenn man sagen muß, worum es bei einer Sache geht«, erwiderte Walter, »dann geht es nur noch um das, wovon du behauptest, daß es dabei geht.«

»Verschone mich«, sagte Buck, »verschone mich mit diesen tiefen philosophischen Einsichten.«

Walters Fotografenfreunde schickten ihm Abzüge: ein Arrangement aus Ziegeninnereien auf von hinten beleuchtetem Glas, ein totes Känguruh in einem Wasserloch, ein Mann mit hochgerecktem Kinn, der aus einem brennenden Aufzug rennt und dabei einen Tintenfischarm verschluckt, in blutige Vorhänge gewickelte Musliminnen. Einer dieser Freunde rief aus Toronto an und sagte, er hätte den Sommer mit den Archäologen verbracht, die den Norden auf der Suche nach Zeltringen überflogen. »Da war ein Versteck der Inuit auf der Boothia-Halbinsel.« Die Entfernung verzerrte seine Stimme zu einem dünner werdenden Band.

Die Holzkiste, sagte er, sei zerbrochen, als sie sie aus der Erde hoben. Sie hätten Messer, Schaber, zwei unversehrte Schallplatten mit religiöser Musik, einen Kugelmodel, eine zerbrochene Brille, einen Kochtopf mit dem Stempel *Reo*, Nadeln, eine Tabakbüchse darin gefunden. Aus der Tabakbüchse hätten sie ein Dutzend alte zerkratzte Negative gezogen. Abzüge seien an Walter unterwegs.

Als sie eintrafen, war er enttäuscht. Auf sämtlichen Fotos waren blinzelnde Missionare abgebildet, mit einer Ausnahme. Es zeigte ein Inuitmädchen vor einem vom Wetter gebleichten Gebäude. Sein Anorak war mit einem Zickzackmuster versehen, und im verschwommenen Hintergrund lag ein Schiff mit Masten. Das Gesicht des Mädchens war haselnußförmig, die Augenbrauen geschwungen wie Weidenlaub. Es stand an die verschrammten Bretter gelehnt, die Arme über der Brust verschränkt, den Mund zu einem spitzen Lächeln verzogen, beide Augen tief in den Höhlen.

Walter entdeckte den Bruch im Schatten. Zwischen den Sohlen der Kinderstiefel und dem Boden war ein Streifen Licht, weil das Gewicht des Mädchens auf den Fersen ruhte. Man hatte es an das Gebäude gestellt.

»Es ist eine Leiche«, sagte Walter hingerissen. »Sie ist steif.«

Buck, der Haferkekse röstete, überlegte, was das Foto zu bedeuten habe: »So wie Nanuk vielleicht? Verhungert? Oder Tuberkulose? So was vielleicht?«

Walter erwiderte, es sei zwecklos, die Bedeutung des Fotos verstehen zu wollen. »Uns kann es nichts bedeuten. Es bedeutete nur dem etwas, der dieses Negativ in die Tabakbüchse gesteckt hat.«

Buck, der einen kratzigen Wollpullover direkt auf der Haut trug, murmelte etwas vor sich hin.

Ein- bis zweimal die Woche fuhren sie zum Einkaufszentrum mit seinen Supermärkten, Pizzaständen, dem Getränkemarkt, dem Fotoladen, in dem Filme innerhalb einer Stunde entwickelt wurden, dem Optiker, bei dem man auf die Brille warten konnte, dem Schuhgeschäft, dem Billigteppichladen und dem Kräuterladen.

»Ich hab dir doch gesagt, du sollst die andere Kreditkarte mitnehmen«, sagte Buck. »Ich hab dir gesagt, daß die Visa kaputt ging, als sie unter den Sitz fiel und du ihn zurückgeschoben hast.«

Walter stöberte in seinen Taschen. Er fuhr hoch, als Albina Muth mit einer Bierflasche ans Beifahrerfenster klopfte. Sie lächelte, beugte sich aus einem neben ihnen geparkten Mülltransporter, aus ihrem Mund strömte Rauch, ihr hartes braunes Haar wie ein Fell. Sie trug denselben schmierigen, ausgeleierten Acrylpulli wie immer.

»Netter Wagen«, rief Walter. »Groß.«

»Ist nicht meiner. Gehört nem Freund von mir. Ich wart hier bloß auf ihn.« Sie schaute über die Straße, wo sich drei billige Kneipen befanden: das 74, das Hufeisen und Skippy's.

Walter scherzte mit ihr. Buck auf dem Fahrersitz verkrampfte sich innerlich, stürzte sich in einen Strom von Gefühlen. Er hatte die andere Kreditkarte in der eigenen Tasche gefunden. Albina warf den Kopf zurück, um Bier zu trinken, und Walter fielen die körnigen Schmutzringe an ihrem Hals auf.

»Sie machen Fotos?«

»Ja.«

»Na, vielleicht können Sie mal eins von mir machen?«

»Um Himmels willen«, zischte Buck, »bloß weg von hier.«

Aber Walter wollte sie fotografieren, so wie sie damals am Straßenrand ausgesehen hatte, bei starkem flackernden Licht.

Im Oktober fing Albina Muth an, im Mercedes zu schlafen. Walter wollte am Sonntag los, um Zeitungen zu kaufen. Da lag sie, so kalt, daß sie sich nicht aufsetzen konnte. Er mußte sie hochziehen. Stumpfe schwarzumränderte Augen, zitternde Fäuste. Sie konnte nicht sagen, was sie da machte. Er glaubte, daß sie am Samstagabend gesoffen und sich geprügelt hatte, weggelaufen war und sich in einem fremden Auto versteckt hatte. Es waren drei Kilometer von der Hauptstraße, bis zu dem Mercedes, und das alles im Dunkeln.

Er brachte sie ins Haus. Die Südwand, vom Dach bis zum Boden aus Glas, umrahmte den Berg, eine ansteigende Felsmasse in dumpfen krapprosa und braunen Strichen, Quellen an den Flanken, aus denen Dunstwölkchen aufstiegen. Der Berg drückte wie eine vage Vorahnung in den Raum. Die Luft um das Haus war gespickt mit blitzendem Eisstaub. Der Wind rüttelte an den Wänden, und im Glas zitterte Flüssigkeit.

In diesem bedeutungsschweren Haus wirkte Albina Muth schrecklich, ihr fahles Gesicht war vom

Stoff der Autopolster gezeichnet, die Hände wie Wurzeln, ihre zerlumpten Kleider stanken. Sie folgte Walter in die Küche, wo Buck gerade ein Rechenrätsel löste und Algentee trank, die gesenkten Lider glatt wie Porzellan, ein nackter, mönchischer Fuß wippte auf und ab.

»Was?« sagte er, schoß hoch, stieß die Tasse an, verschüttete Tee über die Rätselseite. Er humpelte aus dem Raum, der Gips an seinem rechten Fuß machte dabei ein klopfendes Geräusch.

»Was hat der denn angestellt?« fragte Albina. Verletzungen zogen sie an.

Walter schenkte Kaffee ein. »Er hat einen Hirsch angefahren.«

»Hat dem Auto gar nichts gemacht!«

»Er war nicht mit dem Auto unterwegs. Ist mit dem Fahrrad gefahren.«

Albina lachte mit Kaffee im Mund. »Einen Hirsch mit dem Fahrrad angefahren!«

»Der Hirsch stand da, und er dachte, der läuft weg, und ist weitergefahren, aber der Hirsch rührte sich nicht, und er fuhr drauf. Dann erst rannte der Hirsch weg, und Buck hatte den Knöchel gebrochen, und das Fahrrad war hin.«

Sie wischte sich über den Mund, sah sich um. »Das ist vielleicht ein Haus«, sagte sie. »Gehört aber nicht Ihnen. Sondern ihm.«

»Ja.«

»Muß reich sein.«

»Er war früher beim Fernsehen. Ist lange her. Ganz lang. Eine Kindersendung – *Mr. B.'s Playhouse*. Bevor Sie auf der Welt waren. Jetzt töpfert

er. Sie trinken da aus einer Tasse von ihm. Die Schale mit den Äpfeln.«

Sie legte den Kopf auf die Seite und betrachtete
den Tisch, die Bodenfliesen aus Ton, die Bulldogge
aus Schmiedeeisen, den handgeformten Kaktus, der
als Kleiderständer diente, trank den Kaffee mit einem Geräusch wie ein Abflußrohr und zwinkerte
Walter über den Rand der blauen Tasse zu.

»Er ist reich«, sagte sie. »Kann ich baden?«

Was würde sie sagen, dachte Walter, wenn sie
Buck B.s Badezimmer im oberen Stockwerk sähe,
mit der François-Lalanne-Wanne in Gestalt eines
blauen Flußpferds? Er führte sie ins Badezimmer im
Erdgeschoß.

Danach kam sie häufig, ging im Dunkeln den Pri-
vatweg entlang, kroch in das Auto und füllte es mit
ihrem schalen Atem an. Walter warf einen Schlafsack auf den Rücksitz. Sie legte einen Abfallsack aus
Plastik dazu, vollgestopft mit irgendwo aufgelese-
nen Pullovern und verkrumpelten Polyesterhosen,
einer verfilzten Haarbürste, einem Paar rosaroter
Plastikschuhe mit einem Schmetterlingsmuster auf
der Spitze. Er wunderte sich, was sie mit ihren Kindern gemacht hatte, fragte aber nicht.

Morgens wartete sie vor der Küchentür, bis Walter sie hereinließ. Er sah ihr zu, wie sie Toastrinde
eintunkte, hörte ihrem Gerede zu, das sich im Kreis
drehte und in sich zusammenfiel, wie die Windung
einer Meermuschel immer enger wird und sich in
sich selbst windet, und mittags, wenn die Kneipen
öffneten, fuhr er sie zum Einkaufszentrum.

»Na los, machen Sie ein Foto von mir. Seit ich klein war, hat keiner mehr ein Foto von mir gemacht«, sagte sie.

»Irgendwann mal...«

»Walter, sie wohnt in meinem Auto«, sagte Buck B. Er brachte kaum ein Wort heraus.

Walter warf ihm ein überhebliches Lächeln zu.

Bald war tiefer Herbst. Ausgesetzte Katzen und Hunde strichen die Straßen entlang. Das Flammen des Laubs erlosch, der Berg wurde graubraun, wie ein langweiliger Vogel. Eine zerstörerische Stimmung brach aus, als sich während der Viehauktion ein Stier losriß und einen alten Farmer niedertrampelte, als ein Auto von kürbiswerfenden, pickligen Störenfrieden von der Straße abgebracht wurde. Jäger kamen wegen der Hirsche, und von den Kotflügeln ihrer Pritschenwagen tropfte Blut. Walter fotografierte sie, wie sie an ihren Wagen lehnten. Durch ein Fernglas beobachtete Buck, wie Holzfäller den Berghang kahlschlugen, und Albina Muth schlief jede Nacht im Mercedes.

Walter mochte die Straße, die Third Pitch hieß, und fuhr zwei- bis dreimal in der Woche an den Überresten des alten Armenhauses vorbei. Diesmal wirkte es auf ihn wie ein eidottergelb getöntes, körniges russisches Aktfoto. Während er es betrachtete, verschwand das Sonnenlicht, und es wurde wieder zu einem verfallenen Gebäude. Er nahm sich vor, das Haus zu fotografieren. Morgen. Oder übermorgen.

Während sie schliefen, rollte eine Kaltfront her-

an, und am Morgen schnitt das Licht durch zerrissene Wolken; der Himmel zwischen Haus und Berg
war von Windschleifen erfüllt. Der Kamerariemen
schnitt Walter seitlich in den Hals, als er die Treppe zum Auto hinunterrannte. Er konnte die Bull-
dozer auf dem Berg hören. Albina Muth lag zusammengerollt auf dem Rücksitz.

»Ich arbeite heute. Muß Sie früher absetzen.«

Der Berg lag fleckig und dunkel unter Wolken-
schatten. Die Wiesen waren farblos bis auf ein paar
Kritzel in Krapprosa und Hellgelb. Albina setzte
sich auf, mit vom Schlaf verquollenem Gesicht.

»Ich stör Sie nicht. Ich bleib einfach im Auto liegen. Ich bin krank.«

»Hören Sie. Ich arbeite den ganzen Tag. Im Auto
ist es kalt.«

»Ich kann nicht in den Wohnwagen zurück, verstehen Sie? Ich kann nicht zum Einkaufszentrum. Er
ist dort, verstehen Sie?«

»Erzählen Sie mir nichts davon.« Er setzte mit
dem Mercedes zu weit zurück, fuhr mit den Hin-
terrädern in Bucks Grünlilienbeet. »Erzählen Sie mir
nicht von Ihren Streitereien.«

Das Armenhaus lag im veränderlichen Sonnenschein, ein Gerippe vom Wind abgetragener Gebäude, gleißend und dann wieder dunkel, als würde das stotternde Ende eines Films Ziffern und
grelles Licht ausspucken. Albina folgte ihm durch
die Kletten.

»Ich dachte, Sie wollten im Auto bleiben und
schlafen.«

»Ach, ich schau mich ein bißchen um.«

Die Zimmer waren so klein wie Speisekammern und Schränke. Streifen lehmfarbenen Gipses waren von den Wänden abgefallen, über den Boden trieben Glassplitter. Die Treppen waren Rutschbahnen aus Müll, Flaschen, Federn, Lumpen.

»Wollen Sie das Ding herrichten?« fragte sie und trat gegen Nußschalen, zog an Ketten, an die zerbrochene Glühbirnen angeschlossen waren.

»Ich mache Fotos«, erwiderte Walter.

»He, machen Sie eins von mir, okay?«

Er beachtete sie nicht, betrat ein Zimmer: ausgebrochene Türfüllungen, in den Ecken Fliegenschwärme, der Anstrich rissig wie getrockneter Lehm. Er hörte sie in einem anderen Zimmer im Schmutz kratzen.

»Kommen Sie hierher. Stellen Sie sich ans Fenster«, rief er. Er war von der Vielschichtigkeit des Lichts in der kleinen Kammer überrascht; durch das Fenster fiel eine Welle sandigen Graus, wurde entlang der Wand blasser und dunkler, je nachdem ob der feuchte Putz aufgeplatzt war oder sich wellte. Sie streckte den Arm am niedrigen Fenster entlang aus, umfaßte den farblosen Rahmen und legte den Kopf auf die Schulter.

»Genau so.«

Das Licht fiel flacher ein, so daß sie wie ein Teil der Fenstereinfassung wirkte.

»Menschenskind, ziehen Sie den scheußlichen Pullover aus.«

Ihr wissendes Grinsen verschwand unter dem Pullover, den sie sich über den Kopf zog. Sie glaubte zu wissen, was kommen würde. Mit gekräuseltem Mund verlagerte sie das Gewicht erst auf den einen, dann auf den anderen Fuß und schleuderte ihre Hose weg. Alles an ihr war senkrecht, nach unten verlaufende Linie, schmale Arme und Beine wie Holzstreifen, eine Brustwarze war unsichtbar, vom Licht ausgelöscht, die andere ein winziger Glanzpunkt im dürftigen Schatten ihres Körpers. Sie wartete darauf, daß Walter ihr in die Arme biß oder sie gegen die verschmutzte Wand drückte. Er befahl ihr, in dem Raum herumzugehen.

»Jetzt neben die Tür – legen Sie die Hand auf den Türknauf.«

Ihre dunkelrot angelaufenen Finger schlossen sich halb um die Porzellankugel. Durch das Fenster fiel Licht auf das stumme Fleisch, sie hustete, lehnte sich an die Tür, und die Farbe blätterte in spröden Schnipseln ab. Ihre hängenden Schultern, ihr Rücken mit den sich abzeichnenden Wirbeln hatten etwas Hundehaftes, das ihn weitertrieb.

»Hinter die Tür. Quetschen Sie sich neben das kaputte Brett. Lächeln Sie nicht.«

Ihr Gesicht tauchte in dem zersplitterten Rahmen auf, überflutet von der falschen Bedeutung, die die Kamera verleiht. *Klick ... Surr.*

Walters schweifender Blick streifte durch den Raum auf der anderen Seite des Flurs; auf dem Boden sah er einen Haufen Glas, Splitter und geschwungene Scherben, die zu einem stumpfen Kegel aufgehäuft waren. Durch einen kaputten Fensterladen drang Licht.

»Gehen Sie über dem Glashaufen in die Hocke.«

Ein heißes Gefühl durchfuhr ihn. Es würde ein un-
geheuerliches Bild werden. Das wußte er.

»Mensch, ich könnte mich schneiden.«

»Das werden Sie nicht. Halten Sie einfach das
Gleichgewicht.«

Unterwürfig ließ sie sich über dem Glas nieder,
berührte mit den gestreckten zerbissenen Fingern
den schmutzigen Boden, um die Balance nicht zu
verlieren. Mit den Wolken zogen Sonnenflecken
über ihr Gesicht und ihren Hals. Sie füllte den Sucher aus.

Wieder die eckigen Gliedmaßen, die haarigen
Schatten und schimmernden Biegungen ihres Körpers.

»Kann ich mich anziehen. Mir ist eiskalt.«

»Noch nicht. Noch ein paar.«

»Sie müssen doch schon hundert gemacht haben«, rief sie.

»Jetzt machen Sie schon.«

Sie folgte ihm ans Ende des Armenhauses, wo grüne Regale von der Wand fielen, zu der umgestürz-
ten Tür, die wie eine Rampe in die Welt führte. Er
ging auf einen alten Küchenherd mit Wasserbecken
zu, der im Unkraut verrostete. Die Backofentür fiel
ab, als er nach dem Griff langte. Albina blieb zu-
sammengekauert und schlotternd zurück.

»Albina, tun Sie so, als würden Sie in den Ofen
kriechen.«

»Ich will mich anziehen.«

»Gleich nach dem hier. Das ist das letzte.«

»Ich warte im Auto auf Sie.«

»Albina. Sie haben mich immer wieder gedrängt,

daß ich Sie fotografieren soll. Jetzt tu ich es. Kommen Sie, kriechen Sie in den Ofen.«

Sie ging durch den Dreck und bückte sich vor dem eisernen Loch. Ihre Hände, ihr Kopf und ihre Schultern verschwanden im Innern des Ofens.

»Schieben Sie sich so tief rein, wie Sie können.«

Die geschwärzten, geschwungenen Sohlen ihrer Füße, die straffen Hinterbacken und Schenkel, der pelzige Spalt ihres Geschlechts erschienen im Sucher. Sie hatte keinen Schwanzstummel. Sie schob sich allmählich wieder heraus, während er am Belichtungsmesser hantierte.

»Ich wollte, daß Sie Bilder von mir machen, wenn ich lächle«, sagte sie. »Hab gedacht, die werden süß, und ich kann mir nen kleinen Goldrahmen besorgen. Oder vielleicht sexy, und ich könnte sie in ne kleine schwarze Faltmappe stecken. Und nicht, daß ich in nen Ofen krieche und den Hintern rausstrecke.«

»Albina, Herzchen, sie sind süß, und ein paar sind sexy. Nur noch ein paar. Kommen Sie, stellen Sie sich in das Heißwasserding da.«

Sie kletterte auf den Herd hinauf, sagte etwas, was er nicht hören konnte, stieg in das Wasserbecken. In einer rotbraunen Wolke krachten ihre Füße durch das verrostete Metall. Der Beckenrand war auf einer Höhe mit ihrer Taille, und sie sah aus, als sollte sie bei einem schrecklichen Ritual geopfert werden. An einem ihrer Beine lief Blut herunter.

Aus seinen Mundwinkeln sprudelte ein hilfloses, dreckiges Gelächter, und Albina weinte und verfluchte ihn. Aber ja, jetzt konnte er diesen harten, dünnen Schenkel drücken, in die Brustwarzen zwicken, bis sie nach Luft rang. Er warf sie gegen den Herd. Als er sie später an der Kneipe absetzte, gab er ihr zwei Zwanziger und sagte ihr, sie solle nicht mehr im Auto schlafen. Sie erwiderte nichts, stopfte das Geld in ihre Tasche und stieg aus, ging davon, während die Plastiktüte mit den Kleidern gegen ihr Bein schlug.

Aus dem Haus strömte milchiges Licht. Bucks Schatten hinkte hin und her, bückte sich, hob etwas auf, die Silhouette von der nach unten laufenden Feuchtigkeit der Fenster verzerrt. Walter ging durch den Seiteneingang hinein, die Hintertreppe hinunter zur Dunkelkammer im Keller.

Der Film quietschte, als er ihn aufspulte. Er schüttelte den Behälter mit Entwickler, stand in der säuerlichen Dunkelheit, horchte auf die Geräusche des Wassers, beobachtete den Leuchtzeiger der Uhr. Das träge Wasser floß heraus, er schaltete das Licht ein. Oben ging Buck hin und her. Walter betrachtete blinzelnd die nassen Negative, die weißen, zusammengekniffenen Augen und brennenden Lippen, das schwarze Fleisch mit den leeren Schatten, ja, einen dünnen, krumm herabhängenden Arm, gespreizte Finger und den Glashaufen, der wie schwelende Kohlen aussah. Diesmal hatte er wirklich etwas Besonderes. Er ging nach oben.

Buck stand an der Wand, die Hände hinter dem Rücken verschränkt. An seinem gesunden Fuß trug er einen braunen Halbschuh mit dicker Sohle. Neben der Tür standen Walters Koffer.

»Es wird zu kalt«, sagte Buck B. mit einer Stimme, als würde sich ein Zahnrad drehen.

»Zu kalt?«

»Zu kalt, um hierzubleiben. Ich mache das Haus dicht. Heute abend. Sofort.« Er besaß noch ein Haus in Boca Raton, in dem Walter jedoch nie gewesen war.

»Ich dachte, wir würden bleiben, bis Schnee fällt.«

»Ich verkaufe es. Ich habe es ausgeschrieben.«

»Hör mal, unten trocknen Negative. Was soll ich machen?« Er versuchte, seine Stimme ruhig zu halten, im Gegensatz zu Bucks Stimme, die ins Schleudern geraten war.

»Mach, was du willst. Aber mach es woanders. Geh doch zu Albina Muth.«

»Hör mal ...«

»Ich hab's bis oben hin satt, eine Untermieterin in meinem Auto zu haben. Der Mercedes riecht, er stinkt, oder ist dir das nicht aufgefallen? Der Wagen ist ruiniert. Ich hab's bis oben hin satt, zuzuhören, wie Albina Muth meinen Kaffee schlürft. Und dich hab ich auch satt. Von mir aus kannst du das Auto haben, das stinkige Auto, das du ruiniert hast. Pack es und pack dich. Sofort.«

»Hör mal, das ist wirklich komisch. Albina Muth kommt nicht wieder. Sie hat ihr ganzes Zeug aus dem Auto genommen. Das war's. Seit heute. Ich hab ein paar Fotos gemacht, und das war's.«

Buck B. blickte zu dem schwarzen Fenster, zu dem Berg, der in der Schlucht der Nacht ertrank, er konnte gerade noch den kahlgeschlagenen Hang erkennen, der von Gestrüpp und Holzschlag bedeckt war, und hinter diesem frisch gerodeten Hang noch einen Hügel und die Wiese mit dem Armenhaus, das zum erstenmal durchs Fernglas zu sehen war.

»Pack dich«, sagte er durch die Nase, humpelte auf Walter zu und hob den Säbel von Barb Cigars Exschwiegervater. »Pack dich.«

Walter hätte beinahe gelacht, der alte Buck B. mit dem roten Gesicht, einen polnischen Säbel schwingend. Der Mercedes war kein schlechter Trostpreis. Er könnte ihn dampfreinigen lassen oder mit einem Deodorant behandeln oder so etwas Ähnliches. Er mußte bloß die Treppe hinunterlaufen, die Negative holen und verschwinden, dort hinaus, dann zum Mercedes. Er versuchte es.